Oetinger

Nina Weger, 1970 geboren, war nach dem Abitur zunächst eine Saison lang als Seiltänzerin beim Circus Belly beschäftigt, bevor sie eine Journalistenschule besuchte und als Redakteurin und Regieassistentin arbeitete. Heute lebt sie mit ihrem Mann und zwei Kindern als freie Autorin in Hannover und schreibt unter anderem Drehbücher für bekannte Fernsehserien. Nebenbei leitet sie mit einer Freundin ehrenamtlich den »Kinderzirkus Giovanni«, der mit dem »Deutschen Kinderpreis« ausgezeichnet wurde.

Trick 347 oder Der mutigste Junge der Welt

Nina Weger

Verlag Friedrich Oetinger · Hamburg

Mehr von Nina Weger bei Oetinger:
Helden wie Opa und ich
Ein Krokodil taucht ab (und ich hinterher)
Die sagenhafte Saubande – Kommando Känguru
Die sagenhafte Saubande – Polly in Not

Einband von Barbara Scholz
Satz: Dörlemann Satz, Lemförde
Druck und Bindung: GGP Media GmbH, Pößneck
Printed 2015
ISBN 978-3-7891-5135-4

www.oetinger.de

Für die Kinder des Circus Giovanni,
denen allein die Manege gehört
Für Biggi Kumkar, mit der ich den Platz
hinter dem roten Vorhang teile

Und für Udo, der zu meinem großen Glück
die Liebe zum Zirkus teilt

CHARIVARI

Nur weil es so aussieht, als würde der Magier den Tiger verschwinden lassen, ist die Raubkatze noch lange nicht weg. Schon am nächsten Abend faucht sie wieder durch die blitzenden Stäbe ihres Käfigs und lässt das Publikum den Atem anhalten, bevor sie sich erneut unter den Worten einer magischen Formel in Luft auflöst.

1. Kapitel

Wer behauptet, die Welt von oben sei schön, der hat sie nicht mit meinen Augen gesehen. Ich muss nur auf einen Tisch steigen und hinabsehen, schon wird mir schwindelig. Im Moment befinde ich mich auf einer Höhe von eins fünfundachtzig. Ich klammere mich mit aller Kraft an das dicke Seil und zwinge mich, nicht nach unten zu sehen. Mein Herz wummert wie ein Vulkan kurz vor dem Ausbruch. Ich würde alles dafür geben, wenn ich jetzt nur vorsichtig hinabrutschen könnte. Aber das kann ich nicht, denn es geht hier um Leben oder Tod! Und vor mir liegen noch vier Meter! Also hole ich ganz tief Luft, spanne meine Muskeln an und ziehe mich ein weiteres Stück hinauf. Jetzt bloß das Ziel im Blick behalten, immer schön nach oben sehen, in die Kuppel mit den weißen Sternen. Vor meinen Augen beginnen Lichtpunkte zu tanzen. Ich schlinge meine Beine fest um das Tau, fahre mit zittrigen Fingern das Seil empor. Mein Blick wird enger, als wenn sich langsam ein Vorhang zuschiebt … Es wird dunkler …

»Tom!«

Jemand ruft meinen Namen! Ich schüttele mich und versuche,

weiterzuklettern. Ich will nicht ohnmächtig werden. Ich will nicht stürzen. Ich will doch nur herausbekommen, wer mein Vater ist und warum mir niemand die Wahrheit sagen will!

2. Kapitel

Dass bei mir etwas anders ist als bei anderen Kindern, bemerkte ich zum ersten Mal vor sieben Jahren. Ich war damals vier Jahre alt und stand mit meiner Mutter in einem Supermarkt zwischen den Regalen für Fertiggerichte. Mama hatte mal wieder kein Kleingeld für einen Wagen dabei und balancierte den gesamten Einkauf auf dem Arm.

»Möchtest du noch ein paar von den Knackwürstchen?«, fragte sie und deutete mit dem Finger auf eine Konservenbüchse im mittleren Regalfach. Mein Blick fiel auf das grellbunte Etikett, das eine glückliche Vater-Mutter-Kind-Familie zeigte. Ich starrte auf das wellige Papierbildchen. Der Vater hatte den Arm um die Mutter und den Sohn gelegt und sah mit stolzem Blick auf den Jungen. Ich drehte mich zu Mama und fragte: »Hab ich eigentlich auch einen Vater?«

Vor Schreck ließ sie unsere Einkäufe fallen. Die Raviolidose krachte auf die Packung mit dem Kartoffelpüree, es machte *Puff*, und die gelben Flocken stoben in einer riesigen Fontäne bis zur Supermarktdecke auf. Dann sanken sie lautlos auf uns nieder. So als befänden wir uns in einer riesigen Schneekugel. Mama war kreidebleich im Gesicht.

»Natürlich hast du auch einen Vater«, stotterte sie. »Jeder Mensch hat einen.«

»Und wo ist er?«
Sie kniete sich vor mich, strich mir die Püreeflocken aus dem Haar und drückte mich fest an sich.
»Dein Vater«, flüsterte sie mit heiserer Stimme. »Also, dein Vater … Der … der ist im Himmel.«
Ich machte mich los und versuchte, ihr in die Augen zu schauen.
»Wie meinst du das?«
Sie wendete den Kopf ab.
»Er … Er ist gestorben.« Damit sammelte sie eilig unsere Einkäufe ein und marschierte so schnell zur Kasse, dass ich kaum Schritt halten konnte.
Auf der Fahrt nach Hause bombardierte ich sie mit Fragen: Wie war mein Vater? War er groß? War er stark? Konnte er schnell laufen? Was war sein Lieblingsessen?
Doch ich bekam keine einzige Antwort. Mama umklammerte mit beiden Händen das Lenkrad und guckte so konzentriert durch die Windschutzscheibe, als könnte jeden Moment ein Saurier unsere Fahrbahn kreuzen.
»Warum ist er tot? Was ist passiert?«, quengelte ich.
Da trat sie plötzlich mit voller Wucht auf die Bremse. Ich wurde in meinem Autositz nach vorn geschleudert, die Tüte Gummibärchen rutschte mir aus den Händen, und die bunten Fruchtgummis klatschten gegen das Armaturenbrett. Nur wenige Zentimeter vor unserer Stoßstange rollte ein riesiger Lkw vorbei. Erschrocken hielt ich die Luft an. Obwohl Mama so gebannt auf die Straße gestarrt hatte, wäre sie beinahe über eine rote Ampel gefahren.
»Mama? Alles okay?«, fragte ich ängstlich und schaute zum Fahrersitz.

Sie ließ ihren Kopf zurückfallen und schloss für einen Moment die Augen, dann sagte sie leise: »Dein Vater hatte einen Unfall.«
»Warst du dabei?«
Sie schüttelte den Kopf. »Nein.«
»Wann war das?«
»Am 13. Dezember 2001. Noch vor deiner Geburt.«
Hinter uns begannen die Autos zu hupen, denn die Ampel war wieder auf Grün gesprungen. Und weil ich nicht wollte, dass wir auch noch einen schlimmen Unfall bauten, hielt ich den Rest der Fahrt den Mund.
Erst zu Hause, als wir über unserer Fertigpizza am Küchentisch saßen, traute ich mich, noch einmal nachzuhaken.
»Wann hast du ihn zum letzten Mal gesehen?«
Mama legte die Fingerspitzen an die Schläfen, als müsste sie sehr genau überlegen.
»Das war im Zirkus«, antwortete sie schließlich. »Das letzte Mal habe ich deinen Vater während einer Zirkusvorstellung in Hannover gesehen. Du weißt schon, da, wo Oma und Opa wohnen.«
»Er war Artist?!« Ich war völlig aus dem Häuschen. »Er ist aufgetreten? Vor ganz vielen Leuten? Was hat er gemacht? Eine gefährliche Luftnummer? Oder war er Messerwerfer?«
Mama schien verwirrt und schüttelte den Kopf. »Was? Nein, er war … Er war Handstandakrobat.«
»Wirklich?!«
Sie seufzte. »Ja. Er stand auf den Händen so sicher wie auf den Füßen, ganz schwerelos. Er brauchte kein Requisit, nur sich. Auch kein Glitzerkostüm, nur ein weites, weißes Hemd und

eine weiße Hose, alles ganz schlicht. Auch die Musik war nur ein einfaches Klavierstück.«
»Wie sah er aus? Hatte er auch blonde Haare? Wie ich?«
»Nein, seine Haare waren dunkel«, antwortete sie und stützte müde die Ellenbogen auf die Tischplatte.
»Und die Augen?«, bohrte ich weiter.
Mama zögerte, dann zeigte sie rechts über ihren Mundwinkel. »Er hatte eine kleine Narbe, hier, über der Lippe.«
Sofort war ich abgelenkt. »Wieso? Was ist da passiert?«
»Vielleicht hörst du mal eine CD, ja?« Mama stand unvermittelt auf, verließ die Küche und verschwand in ihr Schlafzimmer. Noch bevor ich die *Play*-Taste meines CD-Spielers drücken konnte, hörte ich ein leises Schluchzen. Es klang furchtbar. Bis dahin hatte ich noch nie erlebt, dass meine Mutter weinte. Sie war fast immer fröhlich. Selbst wenn sie gestresst war, weil sie ja alles allein machte: Geld verdienen, den Haushalt, sich um mich kümmern ... Dass sie plötzlich so traurig war, machte mir Angst. Ich schämte mich furchtbar. Schließlich war es mein Bohren und Quengeln gewesen, das sie so schrecklich unglücklich gemacht hatten. Und ich konnte mich nicht erinnern, dass sie jemals die Tür zu ihrem Zimmer vor mir verschlossen hatte.
Als ich an diesem Abend ins Bett ging, beschloss ich, nie mehr nach meinem Vater zu fragen.

3. Kapitel

Immer wenn sich in den Jahren danach jemand nach meinem Vater erkundigte, ratterte ich denselben Satz herunter: »Der ist bei einem Unfall gestorben, am 13. 12. 2001, noch vor meiner Geburt.« Meistens senkten die Leute dann den Blick, murmelten etwas wie »Das tut mir aber leid« und ließen mich in Ruhe. Und wenn nicht, drehte ich mich einfach um und ließ sie stehen. So musste ich wenigstens nicht zugeben, dass ich gar nicht mehr über meinen Vater wusste.

Natürlich hätte ich auch die Geschichte vom großartigen Artisten erzählen können. Aber spätestens bei meiner Einschulung, als wir die Namen unserer Eltern in einen Steckbrief eintragen sollten, war ich stutzig geworden. Denn plötzlich wurde mir klar, dass ich nicht mal wusste, wie mein Vater hieß. Warum hatte Mama mir seinen Namen verschwiegen, aber so eine unwichtige Sache wie die Narbe über dem Mundwinkel erwähnt? Je länger ich darüber grübelte, desto mehr Ungereimtheiten fielen mir auf: Sie hatte mir die Farbe seines Kostüms verraten, aber nicht sein Alter. Sie hatte die Musik bei seinem Auftritt beschrieben, aber kein Wort zu seiner Familie gesagt. Ganz sicher hatte mein Vater doch noch irgendwo Verwandte! Eltern, Brüder, Schwestern, Cousins, Cousinen …?

Eine Zeit lang schnüffelte ich immer im Haus herum, sobald Mama mal einkaufen war oder etwas erledigen musste. Ich suchte nach Fotos, Briefen, irgendeiner Spur – aber da war nichts. Irgendwann fragte ich mich, wo und wie Mama meinen angeblichen Artisten-Vater überhaupt hätte kennenlernen sollen?! Sie ging nie in den Zirkus. Vorführungen oder Shows

interessierten sie nicht die Bohne! Meine Mutter, Dr. Julia Roth, war Geologin mit dem Spezialgebiet außeralpinische Vergletscherung. Sie fand viel spannender, was unter der Erdoberfläche passierte als über ihr. Worüber hätte sie sich mit einem Artisten also unterhalten sollen? Gesteinsproben?! Oder ihr Lieblingsthema *Sedimentation?*
Als ich versuchte, mir das vorzustellen, wurde mir endgültig klar: Die Zirkus-Geschichte war nur eine gut gemeinte Lüge. Die Wahrheit hatte mir Mama verschwiegen! Nur: Warum? *Wieso* wollte sie mir nicht verraten, wer mein Vater wirklich war? War er so peinlich gewesen? Oder gemein? War er ein Verbrecher?! Oder einfach nur ein totaler Idiot? Klar war nur eins: Was auch immer dahintersteckte, es musste ziemlich übel sein. Denn ohne Grund log man sein Kind ja in so einer wichtigen Sache nicht einfach an. Und obwohl ich zu gern gewusst hätte, wer und wie mein Vater war, traute ich mich nicht noch einmal nachzufragen. Meine Angst, etwas Gruseliges oder Schreckliches zu erfahren, war einfach zu groß.
Ich kam damit klar, ehrlich. Man kann schließlich nichts vermissen, was man nicht kennt. Nur ganz selten war ich mal traurig und wünschte mir einen Papa. Zum Beispiel beim Fußballturnier in der Schule, wenn die anderen Kinder von ihren Vätern angefeuert wurden. Aber schließlich war ich ja nicht das einzige Kind ohne Vater am Spielfeldrand. Und je mehr Zeit verging, desto weniger dachte ich über diese ganze Vater-Lügengeschichte nach.
Wahrscheinlich wäre es auch immer so geblieben, wenn nicht an einem Freitag, einige Monate vor meinem zwölften Geburtstag, zweimal kurz hintereinander das Telefon geklingelt hätte.

4. Kapitel

Mai 2014

Es war so um sieben Uhr abends, und Mama und ich saßen am Küchentisch. Auf dem Herd köchelten die grellorangen Dosen-Ravioli, und wir blätterten die neuste Ausgabe des *Journal of Earth Science* durch. Mama wollte mir einen ganz bestimmten Artikel zeigen. Kollegen von ihr waren in der Arktis mit riesigen Bohrern durch Eisschollen gebrochen und hatten eine Kamera zum Grund des Polarmeeres hinabgelassen. Mit den Millionen Jahre alten Vulkanschloten sah es da unten aus wie ein gigantisches Fabrikgelände voller Schornsteine. Mama beschrieb alles so genau, dass ich die eisige Kälte des Nordmeeres fast schon spüren konnte. Boden unter meinen Füßen schien sich gerade in strahlend weißes Gletschereis zu verwandeln … Da riss mich das schrille Klingeln des Telefons zurück in unsere Münchner Wohnung.

Mama und ich sahen uns überrascht an. Wir bekamen selten Anrufe am Abend. Ich wühlte unter einem Stapel Zeitungen den Apparat hervor und warf einen Blick auf das Display. Die Nummer hatte ich noch nie gesehen. Mit einem Schulterzucken reichte ich Mama den Hörer.

»Roth«, meldete sie sich. Einige Momente später weiteten sich ihre Augen, und sie plumpste zurück gegen die Stuhllehne. »Das … Das ist ja eine Überraschung«, stotterte sie.

Ich eilte um den Tisch und drückte mein Ohr ganz dicht ans Telefon. Der Mann am anderen Ende der Leitung, der da so umständlich sprach, war offensichtlich der Chef des Instituts für Polarforschung aus Bremerhaven.

»Es geht um die Expedition ARK-XXVIII. Ein Kollege ist plötzlich erkrankt, von einem Tag auf den anderen, deshalb sind wir auf der Suche nach einer neuen Leitung des geologischen Forschungsteams. Da Sie bereits mit dem Team zusammengearbeitet haben, ist es mehr als naheliegend, die Leitung in Ihre Hände zu geben. Frau Dr. Roth, Sie wären unsere erste Wahl. Hätten Sie Interesse?«
Mama schluckte. »Das klingt wirklich sehr interessant, und ich fühle mich geehrt, aber …«
»Na, vielleicht sende ich Ihnen besser erst einmal alle wichtigen Informationen per E-Mail«, unterbrach der Institutschef. »Nicht, dass Sie mir nach diesem Überfallkommando vorschnell eine Absage erteilen. Denken Sie bitte in Ruhe nach, und melden Sie sich am Montag bei mir. Einverstanden?«
Mama versprach, sich alles gründlich zu überlegen, bedankte sich überschwänglich für das große Vertrauen und legte auf. Völlig erstarrt hockte sie auf ihrem Stuhl. Ich wusste, dass so eine Expedition in die Arktis ihr allergrößter Traum war. Sie hatte Unmengen von Vorträgen zu dem Thema gehalten und zwei Bücher darüber geschrieben – aber sie war noch nie selbst ins ewige Eis gefahren, um dort zu forschen.
Zur Beruhigung brachte ich ihr ein Glas Wasser.
»Herzlichen Glückwunsch! Das ist mindestens eine Sechs auf der Mercalli-Skala!«, rief ich. Mit dieser Maßeinheit für Erdbeben beschrieben wir die Intensität unserer Gefühle, wenn uns die Worte fehlten. Und sechs bedeutete *Bäume schwanken* und *Putz an Hauswänden reißt*.
Mama nahm einen kräftigen Schluck und lächelte mich tapfer an.

»Ach was, maximal vier.«
Ich glaubte ihr kein Wort, denn *vier* hieß, dass nur *lockere Gegenstände wackelten.*
»Wirklich!«, beteuerte Mama. »Außerdem ist es völlig ausgeschlossen, dass ich an so einer Expedition teilnehme. Ich wäre wochenlang unterwegs. Wie soll das gehen?« Sie gab mir einen Kuss auf die Wange. »So schnell schmilzt das Eis der Arktis ja auch nicht. Ich kann auch noch in ein paar Jahren dort for…«
In dem Moment klingelte das Telefon zum zweiten Mal. Ich schnappte nach dem Hörer.
»Hallo, Tom Roth hier«, sagte ich und drückte diesmal gleich die Lautsprechertaste, damit wir beide mithören konnten.
»Tom? Hier ist Oma. Ich muss dringend deine Mutter sprechen«, schepperte es aus dem Hörer.
Mama sah mich erstaunt an und nahm mir den Apparat aus der Hand.
Oma kam sofort zur Sache. »Julia, dein Vater liegt im Sterben. Und er hat nur noch einen Wunsch: Dich noch ein Mal zu sehen.«
Das war mindestens genauso überraschend wie das Forschungsangebot in der Arktis, denn eigentlich herrschte zwischen Mama und Opa totale Funkstille. Die beiden sprachen kein Wort mehr miteinander, seit sie ihm gesagt hatte, dass sie mit mir schwanger war, aber nicht verraten wollte, von wem. Opa hatte sie das Lügenmärchen nämlich gar nicht erst vorgegaukelt. Das wusste ich, weil ich mal ein Gespräch zwischen Mama und Oma belauscht hatte. Damals war mir auch klar geworden, warum Oma immer nur allein zu Besuch kam – das tat sie jedenfalls so lange, bis Opa einen Schlaganfall hatte.

Von da an musste Oma sich Tag und Nacht um ihn kümmern, und es gab nur noch Telefonate und einen Umschlag mit Geld zu Weihnachten und zum Geburtstag.
Oma hatte Mama oft gebeten, sich mit Opa auszusöhnen. All die Jahre war Mama hart wie ein Granitstein geblieben, doch jetzt sagte sie nur: »Wir kommen. Wir nehmen den ersten Zug, gleich morgen früh.«
Und das war der Moment, von dem an alles anders wurde.

5. Kapitel

Am nächsten Mittag stand ich, Tom Roth, elf Jahre alt, das allererste Mal vor dem weißen, spitzen Häuschen meiner Großeltern im Königskinderweg in Hannover.
»Klingle schon mal«, sagte Mama, während sie noch das Taxi bezahlte. Ich lief zur Eingangstür und drückte den runden, kupferfarbenen Knopf. Als Oma die Tür öffnete, sah sie genauso aus, wie ich sie in Erinnerung hatte: Sie trug eine blütenweiße Bluse, eine dunkelblaue Hose mit strenger Bügelfalte und Perlenohrringe. Selbst ihre Frisur war noch die gleiche, nur dass ihr Haar jetzt eisgrau war. Oma umarmte erst mich und dann Mama lang und fest. »Kommt rein«, sagte sie und wischte sich schnell eine Träne aus dem Auge.
Mama eilte sofort zu Opa in das Schlafzimmer im ersten Stock, während Oma und ich etwas unschlüssig voreinander im Flur standen und nicht wussten, was wir sagen sollten.
»Vielleicht zeige ich dir erst einmal das Haus, was denkst du?«, fragte Oma.

Ich fand so eine Besichtigungstour zwar komisch, immerhin lag da oben Opa im Sterben, aber ich hatte auch keine Ahnung, was man in solchen Situationen normalerweise tut. Und da ich Opa überhaupt nicht kannte, war mir jetzt auch nicht zum Heulen zumute. Also nickte ich und folgte Oma als Erstes ins Wohnzimmer. Dort standen ein paar große Sessel mit Blumenmuster in einem perfekten Halbkreis vor einem Kamin, genau in der Mitte befand sich ein Tischchen mit einem Strauß frischer Rosen. Nirgendwo lagen Schuhe, Ordner oder alte Zeitungen herum – ich konnte nicht einmal ein Körnchen Staub entdecken! Auch in der Küche blitzte alles. Hier waren sogar die Kissen auf der Eckbank aus demselben Stoff geschneidert wie die Vorhänge! Und auf einem Teller mit Blümchenmuster war ein Kuchen angerichtet, der eindeutig selbst gebacken aussah! Alles war so super-perfekt wie in diesen glänzenden Einrichtungs-Magazinen, die immer beim Arzt rumlagen. Ich schloss die Augen und sog den Kuchenduft in die Nase. Hätte irgendjemand noch vor einer halben Stunde behauptet, dass Mama in so einem mega-ordentlichen Haus aufgewachsen war, dann hätte ich ihm einen Vogel gezeigt!

»Komm«, sagte Oma. Wir gingen hinaus auf die Terrasse und über eine kleine Steintreppe in den Garten. Auf dem großen Rasenstück wuchsen in absolut gleichen Abständen mehrere Obstbäume. Weiter hinten gab es sogar Himbeerstauden und ein Gemüsebeet, dessen Reihen so gerade waren, als wären sie mit dem Lineal gezogen! Vielleicht war es doch ganz gut, dass Oma uns so lange nicht besuchen konnte, dachte ich. Beim Anblick unserer chaotischen Wohnung wäre sie bestimmt sofort in Ohnmacht gefallen.

Nachdem mir Oma auch noch den Keller und das obere Stockwerk mit Opas Arbeitszimmer und Mamas früherem Kinderzimmer gezeigt hatte, setzten wir uns in die gemütlichen Korbsessel auf der Terrasse. Bei einem Gläschen Himbeersirup und köstlichem Streuselkuchen fragte mich Oma, wie es so in der Schule war und was ich sonst noch so machte. Ich gab mir Mühe, möglichst genau zu antworten, doch irgendwie fühlte sich das komisch an. Auch wenn Oma früher oft bei uns zu Besuch gewesen war – in den letzten Jahren hatte sie nicht wirklich viel von meinem Leben mitgekriegt. Sie wusste nicht mal, dass ich in den Turnverein ging und Kunst und Mathe meine Lieblingsfächer waren. Und das wussten selbst die doofen Schraders, die unter uns wohnten.

Nach einer Stunde hörte ich endlich Schritte aus dem Haus. Kurz darauf trat Mama zu uns auf die Terrasse. Ihre Augen waren rot geweint.

»Ich könnte jetzt einen Kaffee gebrauchen«, sagte sie und ließ sich in einen der Korbstühle fallen.

»Mit Milch und Zucker?«, fragte Oma sanft und strich ihr dabei über das Haar.

Mama antwortete nicht. Reglos starrte sie auf die Tischplatte.

»Julia?« Omas Blick wanderte beunruhigt von Mama zu mir und zurück.

Da holte Mama tief Luft und schlug ihre Gabel so fest in den Streuselkuchen, als müsste sie Sedimentbrocken aus einer Gesteinsprobe schlagen.

Erschrocken zuckten Oma und ich zusammen.

»Mutti«, stieß Mama hervor. »Ich brauche deine Hilfe.«

»Ja … natürlich … immer, das weißt du doch«, versicherte

Oma, noch ganz verwirrt von der Attacke auf ihren Streuselkuchen.
»Gut. Die Sache ist nämlich die: Das Institut für Polarforschung hat mir ein phantastisches Angebot gemacht. Ich hätte die einmalige Chance, eine Polar-Exkursion zu leiten. Und anschließend würde ich einen Forschungsauftrag in Bremerhaven bekommen.«
Jetzt verstand ich gar nichts mehr. Wie kam sie denn plötzlich auf dieses Thema? Ging es hier nicht um Opa, der im Sterben lag, und um ihre große Versöhnung?
Doch bevor ich weiter darüber nachdenken konnte, fuhr Mama fort: »Das Institut liegt nur anderthalb Zugstunden von hier entfernt. Ende Juni müsste ich für drei Monate in die Arktis, aber danach könnte ich pendeln und einen Teil meiner Arbeit von zu Hause aus erledigen. Darum wäre es schön, wenn wir hier bei dir wohnen könnten und du dich um Tom kümmern würdest, während ich arbeite.«
Im ersten Moment glaubte ich, nicht richtig gehört zu haben, doch dann sah ich Mamas entschlossenes Gesicht. Sie meinte das tatsächlich ernst!
»Nein!«, schrie ich auf. »Ich will nicht umziehen!«
Oma schien fast genauso schockiert. Jedenfalls schüttelte sie heftig den Kopf und rief: »Ich möchte nicht, dass du meinetwegen deinen guten Job in München aufgibst und Tom aus seinem Umfeld gerissen wird! Ich komme hier gut allein klar, was auch immer dein Vater gesagt hat!«
»Mutti, ich mache das nicht für *dich*, sondern ich bitte dich um Hilfe für *uns*!«, widersprach Mama. Dabei warf sie mir einen bitterbösen Blick zu. So hatte sie mich bisher nur ein einziges

Mal angeschaut: als ich mit fünf Jahren nach einem Wutanfall weggerannt und beinahe vor einen Bus gelaufen wäre. So viel war klar: Wenn ich jetzt nicht die Klappe hielt, drohte ein mördermäßiges Donnerwetter. Ich kochte vor Wut, blieb aber Oma zuliebe still. Sie konnte ja nichts für diesen superdämlichen Vorschlag, und sie sollte nicht glauben, dass ich ihretwegen nicht herziehen wollte.

»Ich setze mal eben Kaffee auf«, murmelte Oma und verschwand in die Küche.

»Was soll das?!«, zischte ich Mama zu. »Du hast doch selbst gesagt, dass du auch noch in ein paar Jahren in der Arktis forschen kannst!«

»Pscht!« Mama wedelte mit den Händen, als könnte sie so bei mir den Ton leiser stellen. Dann schaute sie schnell zur Küchentür, beugte sich über den Tisch und flüsterte: »Es geht nicht um den Forschungsauftrag, sondern um Oma. Ich muss das nur so sagen, verstehst du?«

»Nein!«

»Anders würde sie nicht zulassen, dass wir zu ihr ziehen!«

»Wieso auch?! Sie will doch gar nicht, dass wir herkommen! Hast du das nicht gehört?«

Mama machte so eine Begreifst-du-es-nicht?-Geste. »Oma ist total selbstlos. Sie würde eher in ein tiefes, schwarzes Loch fallen, als uns irgendwelche Umstände zu bereiten! Nur darum behauptet sie, dass sie uns nicht braucht. Verstehst du? Außerdem habe ich es Papa versprochen.«

»Was?«

»Na, dass wir uns um Oma kümmern. Und dafür sorgen, dass sie etwas um die Ohren hat, wenn er nicht mehr da ist.«

»Wenn sie etwas um die Ohren braucht, dann kauf ihr doch einen Hund!«
Jetzt haute Mama mit der flachen Hand auf den Tisch. »Ist das so schwer zu verstehen?!«, fauchte sie. »Opa kann nicht mehr. Er möchte sterben, aber er schafft es nicht, solange er das Gefühl hat, Omas Leben sei nicht geregelt. Er ist in solcher Sorge um sie, dass er sogar über seinen Schatten gesprungen ist und mich um Verzeihung gebeten hat.« Sie nahm meine Hände und drückte sie so fest, dass es wehtat. »Omas Lebensinhalt ist ihre Familie. Sie hat sich ihr ganzes Leben lang um uns gekümmert. Erst um mich, dann um Opa, als er krank wurde, und jetzt …«
»… soll sie sich um mich kümmern«, vollendete ich ihren Satz.
Mama nickte. Ich riss meine Hände weg und warf mich zurück in den Korbsessel.
»Das sagst du doch nur, weil du so schnell wie möglich in die Arktis willst!«
»Tom!«
»Wieso?! Stimmt doch! Du verpieselst dich ins Eis, und ich soll in eine Stadt umziehen, wo ich keinen Menschen kenne. Ich soll auf eine völlig fremde Schule gehen!«
»Deine Klasse wird nach den Sommerferien doch sowieso neu aufgeteilt.«
»Aber ich bleibe mit allen Spanisch-Schülern zusammen, und es kommt noch jemand aus meinem Turnverein dazu und …«
»Wir werden hier auch eine tolle Schule und eine Turngruppe finden«, fiel sie mir ins Wort und sah mich flehend an. »Bitte! Es wird für alles eine Lösung geben.«

In dem Moment trat Oma mit der Kaffeekanne aus der Küche, und Mama lehnte sich schnell wieder in ihrem Sessel zurück. In der nächsten halben Stunde sagte keiner ein Wort. Wir starrten auf unsere Teller und stopften schweigend den Kuchen in uns hinein. Erst als Mama ihren Kaffee ausgetrunken hatte, legte sie Oma sachte eine Hand auf den Arm und fragte: »Ich würde Papa gern Tom vorstellen, was denkst du? Wollen wir nicht alle zusammen nach oben gehen?«

Oma nickte und stand auf.

Für einen Moment vergaß ich sogar meine Wut. Ich hatte Opa noch nie gesehen und erst recht keinen Menschen, der im Sterben lag. Das war bestimmt total gruselig! Ich überlegte, wie ich mich schnell verdrücken könnte, aber da packte mich Mama schon am Arm und schob mich die Treppe hinauf. Ich könnte aufs Klo gehen, dachte ich, oder Übelkeit vortäuschen. Oder auf den Stufen stolpern und mir den Fuß verknacksen. Ich müsste nicht mal ein schlechtes Gewissen haben! Schließlich wollte Opa mich die letzten elf Jahre und sieben Monate nicht sehen. Dabei konnte ich am allerwenigsten dafür, dass Mama nicht sagen wollte, wer mein Vater war. Und nur weil Opa es sich plötzlich anders überlegt hatte, musste ich ja nicht sofort springen! Doch in dem Moment waren wir schon oben angelangt, und bevor ich etwas sagen konnte, öffnete Mama die Schlafzimmertür und stupste mich hinein.

Opa lag unter geblümter Bettwäsche in einem breiten Ehebett. Durch die Vorhänge fiel warmes, weiches Licht ins Zimmer, und zu meiner Überraschung roch es gar nicht muffig und krankenhausmäßig, sondern nach Weichspüler, diesem blauen mit Wiesenduft.

Mama führte mich ganz nah an das Bett heran.
»Papa?«, sagte sie leise, und ihre Stimme klang ungewohnt sanft. »Ich möchte dir Tom vorstellen, deinen Enkelsohn.«
Opa öffnete die Augen. Einen Moment flackerte sein Blick im Raum herum, aber dann blieb er an mir hängen, und es geschah etwas sehr Seltsames: Es war wie bei dieser App, wo man ein Foto von sich 120 Jahre älter machen kann. Man erkennt sich sofort, obwohl man plötzlich so faltig und zerdetscht aussieht wie ein alter Apfel. Genauso war es jetzt mit Opa und mir, nur in echt! Irgendwie sah ich aus wie er! Auch wenn meine Haut nicht schlaff an den Wangen herunterhing und unterm Kinn so eine Welle schlug, ähnelten wir uns unglaublich. Vor lauter Erstaunen wusste ich nicht mal, ob mich das jetzt wütender oder noch trauriger machen sollte. Auf jeden Fall hätte ich das gern früher gewusst und nicht erst jetzt, wo es fast zu spät war. Opa hingegen schien sich zu freuen, denn er lächelte – und zog seinen Mundwinkel genauso schief hoch, wie ich es immer tat! Das war wirklich der Hammer!
Mama nahm Opas Hand und setzte sich auf die Bettkante.
»Stell dir vor, Papa, wir haben eine wunderbare Lösung für mein Problem gefunden. Ich weiß gar nicht, warum ich da nicht früher drauf gekommen bin! Tom und ich ziehen einfach hierher, und Mama kümmert sich um ihn, während ich in der Arktis forsche. Ist das nicht toll? Tom freut sich auch schon.«
Ich hätte ihr am liebsten gegen das Schienbein getreten, aber da huschte über Opas Gesicht ein erleichtertes Lächeln.
»Das wäre wunderbar«, flüsterte er. Mühsam drehte er seinen Kopf zu Oma. »Wie schön, dass du dich jetzt um unseren Enkel kümmerst. Das macht mich sehr glücklich.«

Oma sah nicht begeistert aus, aber was blieb ihr schon übrig? Sie nickte, und Opa schloss zufrieden die Augen. Ein leichter Windhauch blähte die Vorhänge auf und ließ gelbe Lichtpunkte über die Tapete tanzen. Erschrocken sah ich zu Mama. In Filmen setzt in solchen Momenten ja immer traurige Musik ein, und dann gibt es einen Schnitt, und alle stehen in schwarzen Klamotten um ein Grab. Doch zu meiner Beruhigung schmatzte Opa nun ziemlich laut.

»Lassen wir ihn schlafen«, sagte Oma und deutete zur Tür. »Für heute war das genug Aufregung.«

Den Rest des Tages hing Mama über ihrem Laptop und traf Vorbereitungen für unseren Umzug. Dabei achtete sie darauf, dass sie immer in der Nähe von Oma saß und ich keine Chance für eine weitere Diskussion hatte. Selbst als Oma im Garten Himbeeren pflücken ging, rückte Mama nach und platzierte sich mit ihrem Rechner auf einer Decke in Hörweite. Erst am Abend, nachdem Oma ins Badezimmer verschwunden war, konnte ich Mama endlich zur Rede stellen. Ich baute mich vor dem Sofa im Wohnzimmer auf, wo sie mir gerade ein Bett für die Nacht bereitete, und legte los.

»Ich glaube, Oma möchte wirklich nicht, dass wir hierherziehen«, sagte ich in einem möglichst erwachsenen Ton. »Sie hat nämlich nicht ein Wort mit mir darüber gesprochen.«

Mama schob mich beiseite und breitete ein Laken über das Polster.

»Das wundert mich nicht, so wie du dich benommen hast.«

»Vielleicht will sie ihr Haus auch mal ganz für sich allein haben?«

Mama schüttelte den Kopf. »Ich kenne meine Mutter. Glaub mir, sie denkt immer erst an die anderen und zuletzt an sich.«
»Sie könnte auch zu uns ziehen!«
Mama drehte sich kurz zu mir um. »Und mit welchem Argument? Von München aus kann ich ja schlecht zum Institut für Polarforschung pendeln!«
Da zog ich meinen letzten Trumpf aus dem Ärmel.
»Hier gibt es nicht mal ein Zimmer für mich! Soll ich vielleicht für immer auf dem Sofa schlafen?«
»Du bekommst Opas Arbeitszimmer.«
»Weiß Oma davon? Oder hast du das auch allein entschieden?«
»Nein, es war Opas Idee – und ja, sie weiß davon. Und keine Sorge: Im Zweifelsfall würde Oma lieber selbst auf dem Sofa schlafen, damit du es bequem hast.« Sie warf mir das Kopfkissen zu. »Das kannst du beziehen, ich muss nämlich noch die Bestätigungsmail an das Umzugsunternehmen schicken.«
Unglücklich ließ ich mich auf das Sofa fallen. Es war entschieden. Mama hatte Opa auf dem Sterbebett ein Versprechen gegeben, und dagegen kam anscheinend kein logisches Argument an.
An diesem Abend dauerte es lange, bis ich einschlief. Dabei ratterte keine Straßenbahn unter meinem Fenster entlang, und es pöbelte auch kein Besoffener auf dem Gehsteig herum. Im Gegenteil, es war totenstill. Wie in einem Altenheim, dachte ich und verwünschte das ordentliche Haus, den Garten, die Blumenbeete, Versprechen an Sterbebetten, die Polarforschung und überhaupt die ganze Arktis.

6. Kapitel

Am nächsten Morgen erwachte ich von fremden Stimmen und aufgeregtem Getrappel auf der Treppe. Ich brauchte einen Moment, bis mir klar wurde, wo ich mich befand, aber dann war ich putzmunter. Ich sprang vom Sofa und eilte zur Tür. Im Flur standen zwei Sanitäter in neonorangefarbener Kluft, außerdem eine genauso grell gekleidete Frau, der Oma gerade die Hand reichte. Als ich näher trat, entdeckte ich auf ihrer Jacke einen Aufnäher mit dem Wort: *Notarzt.*

»Mein herzliches Beileid«, sagte sie. »Aber es sollte Sie trösten, dass er ganz friedlich im Schlaf von Ihnen gegangen ist. So ein sanfter Tod ist nicht jedem vergönnt.«

Oma nickte tapfer, und Mama legte den Arm um sie.

»Was müssen wir denn jetzt genau tun?«, fragte sie etwas hilflos.

»Sie müssen einen Bestatter informieren, der Ihren Vater im Laufe des Tages abholt«, antwortete die Notärztin. »Der erklärt Ihnen dann auch alle weiteren Schritte.«

Mama nickte, und die Notärztin und ihre Kollegen verabschiedeten sich. Zurück blieb eine schwere, bleierne Stille. Ich wusste nicht, was ich tun oder sagen sollte. Ich wusste ja nicht mal, was ich fühlen sollte oder wo auf der Mercalli-Skala ich mich gerade befand. Zum zweiten Mal in meinem Leben verlor ich einen Menschen, der mir eigentlich ganz nahestehen sollte, den ich aber in Wahrheit gar nicht kannte. Wie bei meinem Vater gab es auch bei Opa nichts, was ich in Zukunft vermissen konnte. Wir hatten nichts zusammen erlebt, ich hatte keine einzige Erinnerung an irgendetwas

Gemeinsames. Und das war wahrscheinlich das Traurigste überhaupt daran.
»Wenn es euch recht ist, dann hätte ich jetzt gern eine halbe Stunde mit ihm allein«, brach Oma die Stille und stieg die Treppe nach oben zum Schlafzimmer.
Ich folgte Mama in die Küche und half ihr, das Frühstück zu machen. Ich glaube, sie merkte gar nicht, was sie genau tat. Jedenfalls schnitt sie zwanzig Scheiben Brot ab, und hätte ich sie nicht gebremst, dann hätte sie mit ihren flattrigen Fingern auch noch den frisch gebrühten Kaffee wieder weggeschüttet.
Wir hatten uns gerade an den Tisch auf der Terrasse gesetzt, als Oma wieder runterkam. Ganz ruhig schlug sie ihr Telefonbuch auf und suchte die Nummer des Beerdigungsinstituts heraus. Mit fester Stimme informierte sie den Bestatter über Opas Tod und vereinbarte einen Termin. Dann sagte sie zu Mama: »Geh jetzt am besten zu ihm und verabschiede dich. Und gib mir Bescheid, wenn du so weit bist, dann müssen wir einiges erledigen.«
Mama nickte und huschte ins Haus. Verwirrt sah ich ihr nach. Sie schien mir viel trauriger und verzweifelter zu sein als Oma.
»Weißt du«, erklärte Oma und nahm einen großen Schluck Kaffee. »Dein Opa und ich hatten eine lange Zeit des Abschieds. Für Julia geht das jetzt alles sehr schnell. Es wird sicher eine Weile dauern, bis sie das begreifen und verwinden kann. Sie wird noch ein Weilchen daran zu knabbern haben.« Sie warf einen Blick auf die Uhr. »Wir lassen ihr jetzt einen Moment, und dann gehen wir nach oben und holen sie.« Ich muss ziemlich entsetzt geguckt haben, denn Oma lachte laut auf. »Keine Angst, dein Opa sieht ganz friedlich aus. Sein Anblick hat et-

was sehr Tröstendes und Beruhigendes. Und du wirst sehen, irgendetwas fehlt. Ich kann dir nicht einmal sagen, was es ist, und ich weiß auch nicht, wohin es entfleucht ist, aber das da oben ist nicht mehr Opa, so wie ich ihn kannte. Es ist nur noch seine Hülle.« Ich war nicht gerade überzeugt, aber Oma strich mir über die Wange und sagte: »Vertrau mir.«

Als ich wenig später oben im Schlafzimmer stand, musste ich ihr recht geben: Opas Tod hatte nichts Gruseliges. Er sah total zufrieden und ganz leicht aus. Es fehlte tatsächlich etwas. Sein Körper war ein bisschen wie ein abgetragener Anzug. Ich fand das sehr beruhigend, denn dann beerdigten wir tatsächlich nur diese Hülle.

Oma nahm Mama fest an den Schultern und befahl: »Komm jetzt, duschen und anständig anziehen.«

Und von dem Moment an war eigentlich kaum mehr Zeit zum Nachdenken und Traurigsein, so viel musste für Opas Beerdigung und unseren Umzug entschieden und organisiert werden.

7. Kapitel

Zehn Tage nach Opas Tod hielt der Möbelwagen im Königskinderweg, und wir zogen mit all unseren Sachen bei Oma ein. Danach ging es im Turbogang weiter: Einräumen, Schule suchen, Behördengänge, Mamas Polarausrüstung kaufen, ärztliche Untersuchungen … Wir sausten mit Vollspeed durch die nächsten zwei Wochen. Mama konnte ihre Abreise in die Arktis immerhin noch bis zu meinem ersten Tag in der neuen

Schule hinauszögern, aber dann, an einem Montagmorgen, war es so weit.
Ich wachte, lange bevor der Wecker klingelte, auf. Es war erst sechs Uhr, doch die Sonne brannte schon von einem wolkenlosen Himmel und blitzte durch das Fenster meines neuen Zimmers. Wer weiß, dachte ich, vielleicht bekomme ich ja gleich am ersten Tag hitzefrei? Ich reckte mich, legte den Kopf in den Nacken und sah auf die blaue Wand hinter dem Kopfteil meines Bettes. Ich hatte auf die knallige Farbe bestanden, zu Mamas großem Ärger. Für Oma war es kein Problem gewesen.
»Bitte«, hatte sie nur gesagt, als ich im Baumarkt auf den Farbeimer gezeigt hatte. »Wenn es dich glücklich macht.« Bevor Mama Luft holen konnte, hatte ich den Eimer in den Wagen gewuchtet. Die blaue Wand sah cool aus. Überhaupt war mein neues Zimmer um einiges toller als das alte in München. Es war größer, heller, und der glatte Dielenboden sah viel schöner aus als mein alter, abgelatschter Teppich. Ich gab mir aber große Mühe, meine Freude darüber zu verbergen. So einfach wollte ich Mama den Umzug nicht verzeihen.
Ich kletterte aus dem Bett und zog mich an. Das Shirt, die Jeans und die gemusterten Socken für meinen ersten Tag in der neuen Schule hatte ich schon am Abend zuvor herausgelegt.
»Das musst du von mir haben«, hatte Oma begeistert gerufen. »Ich sage auch immer: Es gibt keine zweite Chance für einen ersten Eindruck.«
Das schien übrigens Omas neues Hobby zu sein, Eigenschaften bei mir zu suchen, die ich von irgendeinem Familienmit-

glied geerbt hatte. Mama nickte mir dann jedes Mal hinter ihrem Rücken zu, so als wollte sie sagen: Siehst du, wie gut, dass wir hierhergezogen sind.

Ich stieg über die letzten Umzugskartons, die noch im Flur standen, und öffnete die Badezimmertür. Wie im restlichen Haus erinnerte auch hier nur noch wenig an Opa. Das Rasierwasser auf der Ablage am Waschbecken, der kratzige Massageschwamm über der Wanne – all das war verschwunden. Während wir in München unsere Sachen gepackt hatten, hatte Oma den Großteil von Opas persönlichen Besitztümern in den Keller geräumt. Nur ganz wichtige Dinge aus Opas Arbeitszimmer, wie seine Lieblingsbücher oder den alten Kompass, hatte sie an andere Stellen im Haus verteilt. Eilig wusch ich mir das Gesicht und putzte die Zähne. Jetzt war ich doch ganz schön aufgeregt. Schließlich konnte an so einem ersten Schultag eine Menge schiefgehen, und ich hatte keine Lust, einen Fehlstart hinzulegen.

Mama und Oma hatten darauf bestanden, mich gemeinsam zur Schule zu fahren. Ich erlaubte ihnen, mich bis zum Tor zu begleiten, aber dann schickte ich sie zurück zum Auto. Mit klopfendem Herzen trat ich durch den Haupteingang und sah mich um. Die Eingangshalle war menschenleer, und bis auf ein Murmeln hinter den Klassentüren war es eigentümlich still. Ich schaute auf den großen Plan an der Stirnwand. Meine neue Schule war riesig. Über 1400 Schüler von der ersten bis zur zwölften Klasse teilten sich das Gebäude. Ich sollte mich heute Morgen als Erstes im Sekretariat melden.

Die Schulassistentin begrüßte mich freundlich und überreichte mir meine Bücher.

»Dann bring ich dich mal zu deiner neuen Klasse«, sagte sie und führte mich wieder hinaus in das Labyrinth der Gänge. »Am besten, du nutzt diese letzten dreieinhalb Wochen bis zu den Ferien, um Freunde zu finden, mit denen du nächstes Jahr gemeinsam in eine Klasse gehen möchtest«, plauderte sie fröhlich los. Wahrscheinlich wollte sie so meine Nervosität dämpfen. »Und nachher müssen wir noch deine neue Fahrkarte ausstellen. Hast du an das Passfoto gedacht?«

»Klar«, antwortete ich.

Die Schulassistentin blieb vor einer Tür stehen und klopfte. Ohne eine Antwort abzuwarten, öffnete sie und schob mich in den Raum. »Guten Morgen, Frau Peetz. Ich bringe Ihnen unseren neuen Schüler.«

Fünfundzwanzig Augenpaare starrten mich an.

»Tom, nicht wahr?«, sagte Frau Peetz, kam auf mich zu und schüttelte mir die Hand. »Hier vorn neben Maren ist noch ein Platz frei, bitte setz dich dorthin.«

Schüchtern schob ich mich an den Stühlen meiner neuen Klassenkameraden vorbei und klemmte mich hinter den Ecktisch in der ersten Reihe. Ich warf einen kurzen Blick auf das Mädchen neben mir. Normalerweise war es ja nie ein gutes Zeichen, wenn der Platz neben einem frei war. Nur neben Volldödeln und Stinkern wollte keiner sitzen. Aber diese Maren sah eigentlich ganz nett aus.

»Möchtest du uns vielleicht erzählen, wie es kommt, dass du so kurz vor dem Schuljahresende nach Hannover gezogen bist?«, fragte Frau Peetz.

»Meine Mutter muss für drei Monate mit einem Forschungsschiff in die Arktis. Wir sind hierhergezogen, weil Oma auf

mich aufpasst, während Mama auf ihrer Expedition ist. Das passte ganz gut, weil Oma gerade ziemlich allein ist. Mein Opa ist nämlich vor Kurzem gestorben.«
»Oh, das tut mir leid«, sagte Frau Peetz.
Die anderen Schüler schauten ebenfalls betroffen. Und in dem Moment fiel mir auf, dass niemand diesen fragenden Blick aufgesetzt hatte, wie sonst immer. Mit Mama, Oma und Opa hatte ich wohl so etwas wie eine vollständige Familie präsentiert, bei drei Leuten auf der Liste schien die Frage nach dem Vater nicht mehr so wichtig.
Frau Peetz sah mich freundlich an. »Vielleicht hast du ja Lust, uns von dem spannenden Beruf deiner Mutter zu erzählen, wenn du dich ein bisschen eingelebt hast?«
Ich nickte. »Klar.«
Es war ein guter Start, und als ich in der Pause meine Brotdose mit Omas geschmierten Schnitten und den Gurkenscheiben aufklappte, fühlte ich mich zum ersten Mal ziemlich normal. Leider hatte ich an diesem Tag nicht viel Zeit, meine neuen Mitschüler kennenzulernen. Zwischen den Unterrichtsstunden musste ich meine neue Fahrkarte abholen und mich für das Mittagessen anmelden. Und als nach der sechsten Stunde der Gong schlug, sauste ich direkt zum Parkplatz, wo Oma und Mama mich schon erwarteten.
»Wie war es?«, fragten sie gleichzeitig.
»Gut. Die sind alle sehr nett«, sagte ich und kletterte auf den Rücksitz. »In Mathe und Englisch konnte ich alles.«
»Toll!« Mama pustete erleichtert aus, und dann gab sie auch schon Gas, und wir düsten in Omas altem Golf in Richtung Flughafen.

Ich lehnte mich zurück und dachte, dass der Umzug nach Hannover alles in allem vielleicht gar nicht so schlimm war. Geologisch betrachtet, hatten wir uns sogar verbessert. Laut Mama gab es hier weit und breit keine tektonische Störung, wie zum Beispiel ein Riss in der Kontinentalplatte. Das Erdbebenrisiko ging damit gegen null. Natürlich tröstete mich das nur wenig über den Verlust meiner alten Schule und der Jungs vom Turnen hinweg. Und mir fiel es nicht leicht, Mama gleich für drei Monate in die Arktis zu verabschieden. Anderseits hatte ich dafür eine Oma mit einem ordentlichen Haus und jeder Menge Geschichten bekommen. Allein in den letzten zwei Wochen hatte ich mehr über mich herausgefunden als in den ganzen Jahren zuvor. Zum Beispiel wusste ich jetzt, woher ich meine Haarfarbe hatte (eindeutig von Opa) oder meine knubbeligen Knie (von Omas Bruder Reinhold). Außerdem hatte sich geklärt, warum ich gut malen konnte (von Uropa Georg geerbt) und keinen Kümmel mochte (wie Oma).

Nur zwei Eigenschaften waren ein absolutes Rätsel geblieben: mein Talent zum Turnen und meine Höhenangst. Niemand in Mamas Familie war sonderlich sportlich, und keiner geriet in Panik, wenn er aus einem Fenster im ersten Stock blickte. Das musste aus der Familie meines Vaters stammen. Wobei einem ja auch nicht alles vererbt wird, wie Oma mir erklärt hatte, manches bekam man einfach so, wie einen Gewinn im Lotto oder eine Niete an der Losbude.

Bevor ich noch weiter darüber nachdenken konnte, hatten wir den Flughafen erreicht, und Mama bog links auf die Spur, die zur Abflugebene führte. Die Straße wand sich in einer steilen Kurve nach oben, und dort hielten wir, auf dem Parkdeck di-

rekt vor dem Terminal. Ich half Mama, ihren Seesack vom Kofferraum auf einen Gepäckwagen zu hieven, und schob ihr den zentnerschweren Sack über die Straße.
In der Abflughalle war es angenehm kühl. Ich lief zu der großen Anzeigetafel und suchte die Nummer von Mamas Flieger. Zuerst musste sie nach Oslo fliegen, von da aus ging es weiter nach Tromsø, wo im Hafen das Forschungsschiff *Nordlicht* lag.
»Guck mal, da steht schon *Check in*«, sagte ich und zeigte auf die blinkenden Lichter hinter Oslo.
Mama hörte gar nicht hin.
»Habe ich eigentlich meine Zahnbürste eingepackt?«, fragte sie, während wir auf den Schalter der Fluglinie zusteuerten, um ihr Gepäck aufzugeben.
Oma seufzte. »Kind, wir sind die Liste gestern vier Mal durchgegangen. Du hast alles. Zwei neue Zahnbürsten liegen in deiner Kulturtasche.«
»Okay«, sagte Mama und begann, in ihrer Handtasche nach dem Pass zu wühlen. Überraschenderweise fand sie ihn sofort.
»Am besten, Sie gehen gleich weiter zur Sicherheitskontrolle«, sagte die Frau vom Bodenpersonal, nachdem sie Mamas Boardkarte ausgestellt hatte und der Seesack über das kleine Laufband hinter einer Wand verschwunden war.
Ehrlich gesagt, war ich froh, dass die Zeit knapp war. Ich konnte Abschiede nicht leiden. Außerdem waren Mama und ich noch nie länger als eine Woche getrennt gewesen, und ich wollte die Sache so schnell wie möglich hinter mich bringen. Mama schien es ähnlich zu gehen. Jedenfalls marschierte sie

schnurstracks durch die Halle bis zu dem abgesperrten Bereich, wo man nur mit einer Bordkarte hineindurfte. Dort holte sie tief Luft und schloss mich in die Arme. Sie drückte mich ganz fest und flüsterte: »Es sind nur drei Monate.«

»Wir kriegen das hin, mach dir keine Sorgen«, versicherte ich. »Im Vergleich zum Alter eines Feuersteins ist das doch gar nichts!« Das hatte Mama früher immer zu mir gesagt, wenn wir auf Klassenfahrt gingen.

Sie legte mir die Hände auf die Schultern und sah mich an. Hoffentlich heult sie jetzt nicht los, betete ich. In meinem Hals steckte nämlich ein dicker, fetter Kloß, und ich war nicht sicher, ob ich meine coole Fassade dann noch halten konnte.

»Ich rufe über Skype an, sooft ich kann. Wenn ich mich nicht melde, dann nur, weil wir kein Netz haben, ja? Ich habe euch an Omas Laptop alles eingerichtet. Wenn ihr auf *Favoriten* geht, findet ihr sofort die Website, die zeigt, wo ich bin, da steht auch die Notfallnummer vom Institut und …«

»Das hast du uns alles zehn Mal gezeigt, Mama«, unterbrach ich sie. »Ich glaube, du musst jetzt echt los, sonst verpasst du noch deinen Flieger.«

Mama nickte und zog ihre Reiseunterlagen aus der Tasche.

»Habe ich euch auch gesagt, wo die Krankenkassenkarte und der Impfpass liegen?«

»Ja!«

»Und kannst du noch die letzten Umzugskartons aus dem Flur in den Keller räumen, und …«

»Mama, ja!«, rief ich. »Los jetzt!«

Sie seufzte tief, umarmte Oma, warf mir eine Kusshand zu und eilte, ohne sich noch einmal umzudrehen, durch die ver-

schlungenen Absperrungen, die in großen Schlaufen zum Sicherheitscheck führten.
Ich sah ihr nach, bis sie hinter der grauen Wand verschwunden war. Plötzlich fühlte ich mich ganz fremd neben Oma. Klar, wir hatten in den letzten Wochen viel gemeinsam gemacht, aber Mama war immer dabei gewesen. Ohne sie wusste ich gar nicht, wie ich mich verhalten sollte. So fühlt sich also Einsamkeit an, dachte ich und folgte Oma hinaus in die warme Sonne.

8. Kapitel

Schweigend fuhren wir zurück in den Königskinderweg, und weil ich auch zu Hause nicht wusste, was ich sagen oder tun sollte, trug ich als Allererstes wie versprochen die letzten Umzugskartons in den Keller. Ich hatte schon vier Kartons mit Mamas Krimskrams im früheren Kohlenraum verstaut und schleppte gerade die fünfte und letzte Kiste nach unten, als mitten auf der Treppe mit einem lauten Krachen der Boden des Kartons nachgab. Mamas gesammelte Schätze purzelten die Stufen hinab bis ins Erdgeschoss.
»Mist!«, fluchte ich und begann, die Sachen zusammenzuklauben: Andenken, Zeugnisse, Mitbringsel. Ich war fast fertig, da fiel mir eine bunte Karte mit einem rot-gold geschwungenen Schriftzug ins Auge. Ich bückte mich und hob sie auf. Es war das Ticket für eine Zirkusvorstellung. Im ersten Moment fragte ich mich noch, weshalb Mama diesen Papierfetzen zwischen ihrem Abiturzeugnis und der Dose mit meinen Milch-

zähnen aufbewahrte, da fiel mein Blick auf den rechten Rand des Tickets. Mir stockte der Atem. Ziemlich verblasst, aber noch gut lesbar prangte dort ein Aufdruck: *13. Dezember 2001.* Das war das angebliche Todesdatum meines Vaters!

Mein Herz schlug schneller. Gleichzeitig hämmerte es in meinem Kopf: Nein, nein, nein, das muss ein Zufall sein. Mamas Zirkus-Geschichte war nur eine behämmerte Lüge! Dieses Ticket hat nichts mit meinem Vater zu tun. Es gab nie einen Mann, der auf den Händen so sicher stand wie auf den Füßen! Es gab nie … Doch in dem Moment, als ich das dachte, entdeckte ich hinter den Wörtern *Zirkus Merlini*, zwischen Jongleuren und Feuerspuckern, das Bild eines Akrobaten. Er trug ein schneeweißes Kostüm und stand kopfüber auf durchgedrückten Armen.

In meinem Hirn krachte es, als würden zwei Kontinentalplatten zusammenknallen. Meine Gedanken wurden durchgerüttelt wie die Erde bei einem Beben der Stärke neun. Was zum Teufel hatte das zu bedeuten?! Mein ganzes Leben lang wusste ich nichts über meine Familie, dann erfuhr ich im Turbogang alles über die Angehörigen meiner Mutter – und jetzt fiel mir auch noch diese Zirkuskarte in die Hände mit einem Bild, das genau zu meinem erfundenen Vater passte!

Ich musste mich setzen. Ganz fest drückte ich die Finger gegen die Schläfen und versuchte, mir Mamas Worte von damals in Erinnerung zu rufen. *Dein Vater hatte einen Unfall. Am 13. Dezember 2001. Noch vor deiner Geburt … Das letzte Mal habe ich deinen Vater während einer Zirkusvorstellung in Hannover gesehen*. War die Karte der Beweis, dass sie mir doch die Wahrheit gesagt hatte? War mein Vater also doch Artist gewesen und

kurz nach einer Vorstellung verunglückt? Das klang absolut verrückt! Andererseits hatte Mama diese Eintrittskarte sicher nicht ohne Grund fast zwölf Jahre lang aufbewahrt.
»Tom?! Alles in Ordnung?«
Ich hörte Oma von unten aus dem Keller kommen. Eilig stopfte ich die Zirkuskarte in die Hosentasche und sprang auf.
»Alles gut! Bei der einen Kiste hier ist nur der Boden durchgekracht«, rief ich betont beiläufig und sammelte den restlichen Krimskrams von den Stufen.
Oma schaute um die Ecke. »Brauchst du Hilfe?«
»Nein, nein, ich hab's gleich.« Ich warf die letzten Papiere in den Karton und griff diesmal mit den Händen unter den Boden. »Sag mal, könntest du mir gleich kurz den Laptop geben? Ich müsste noch etwas für die Schule nachgucken.«
»Natürlich!«, sagte sie. »Hast du sonst noch einen Wunsch?«
»Nein, sonst habe ich alles, was ich brauche.«

Sobald ich auch die letzte Kiste verstaut hatte, schnappte ich mir den Laptop und verzog mich in mein Zimmer. Ich setzte mich an meinen Schreibtisch, klappte das Gerät auf und gab in die Suchmaschine die Stichwörter *Zirkus Merlini, Unfall* und *13. 12. 2001* ein. Es dauerte keine Sekunde, da blitzte mir die Antwort auf dem Bildschirm entgegen: *Es wurden keine übereinstimmenden Dokumente gefunden.* Mist! Ich löschte das Wort *Unfall* und versuchte es mit dem Datum und *Zirkus Merlini*. Sieben Treffer. Das war doch was!
Mit zitternden Fingern klickte ich den ersten Eintrag an. Es war ein Bericht über eine Zirkusgala in Hannover, auf dem Zirkusplatz am Güterbahnhof. Ein berühmter Artist namens

Arthur Merlini trat dort mit seiner Compagnie vor wichtigen geladenen Gästen auf. Neben dem Artikel prangte das Bild desselben Mannes wie auf der Eintrittskarte. Leider war nicht viel von seinem Gesicht zu erkennen. Aber dafür wusste ich jetzt, dass dieser Kerl, der angeblich mein Vater sein sollte, Arthur Merlini hieß. Ich überflog den Bericht, der eine Lobeshymne auf Merlinis Künste war – aber über einen Unfall wurde kein Wort verloren. Bei den nächsten Treffern war es genauso.

Merkwürdig, dachte ich und ließ mich in meinen Schreibtischstuhl zurückfallen. Irgendwie kam ich so nicht weiter. Ich löschte die ganze Suchanfrage und versuchte es anders. Diesmal tippte ich einfach nur *Arthur Merlini* in das Kästchen mit der Lupe – und nun spuckte das Internet 3762 Treffer aus! Ganz oben blitzten Ausschnitte von Fotos und Videos auf. Zögerlich klickte ich auf das erste Bild. Es war ein Porträt von Arthur Merlini. Der Mann, der angeblich mein Vater sein sollte, schaute mich aus funkelnden, dunklen Augen an. Sein Blick hatte etwas Einschüchterndes, er wirkte ziemlich streng. Oder lag das nur an seinen dunklen, scharf geschwungenen Augenbrauen? Auf jeden Fall gefiel mir sein Mund. Er lächelte leicht verschmitzt. Seine Lippen waren von einem sorgfältig gestutzten Bart umrahmt, der sich in zwei sichelförmigen Schwüngen bis zu den Schläfen zog. Und dann entdeckte ich die Narbe. Klein, aber ganz deutlich, und genau dort, wo Mama vor Jahren hingedeutet hatte: rechts, oberhalb des Mundwinkels. Ich spürte das Blut in meinem Hals pochen. Es gab keinen Zweifel: Arthur Merlini war der Mann, den meine Mutter beschrieben hatte, als ich sie damals nach meinem Vater gefragt hatte!

Ich sprang vom Stuhl und tigerte aufgelöst in meinem Zimmer auf und ab. Das war absolut verrückt! Normalerweise funktionierte es doch so: Menschen glaubten an eine Wahrheit, und dann waren sie schwer erschüttert, wenn sich das Ganze als Lüge entpuppte. Aber andersherum, dass für ein ausgedachtes Märchen plötzlich echte Beweise auftauchten ... Das war völlig irre!

Ich blieb stehen und versuchte, mich zu beruhigen. Was sollte ich jetzt tun? Da fiel mir ein, was Mama in solchen Momenten immer sagte: Ob du eine komplizierte Gesteinsprobe bestimmst oder deinen Turnbeutel suchst – weißt du nicht weiter, musst du folgendermaßen vorgehen: Informationen sammeln, sortieren und dann auswerten. So behältst du einen kühlen Kopf.

Also beschloss ich, erst einmal so viel wie möglich über meinen Vater herauszubekommen. Ich atmete durch, setzte mich wieder an den Schreibtisch und klickte das erste Video an. Es war beim Zirkusfestival Monte Carlo im Jahr 1996 aufgenommen. Erst sah ich nur einen schwarzen Bildschirm, dann setzte leise Klaviermusik ein, Scheinwerfer flammten auf, und jetzt entdeckte ich eine weiß gekleidete Figur in der Mitte der Manege. Sie fiel in sich zusammen und streckte sich im nächsten Moment auf den Händen stehend in die Luft. Es sah unmenschlich aus, fast wie bei einem Engel. Oder als würde Arthur Merlini von unsichtbaren Fäden bewegt. Seine fließenden Bewegungen waren perfekt. Nun konnte ich mir doch vorstellen, dass Mama das irgendwie interessiert hatte. Schon aus wissenschaftlichen Gründen.

Ich selbst war absolut verzaubert. Vom Turnen wusste ich

schließlich, wie schwer schon ein einfacher Handstand war! Als am Ende der Darbietung die Scheinwerfer erloschen, klickte ich sofort das nächste Video an, und dann noch eins und noch eins. Ich konnte mich nicht sattsehen an Arthurs Auftritten. Überall auf der Welt hatten die Menschen ihn bewundert: 1998 in Moskau, 2000 im Apollo Düsseldorf, 2002 in Buenos Aires ... Moment! Ich scrollte zurück. Da stimmte etwas nicht! Der Unfall war doch am 13. Dezember 2001 gewesen, also musste mein Artistenvater im Jahr 2002 schon lange unter der Erde gelegen haben! Ich wollte mich schon über diese Geschmacklosigkeit aufregen, da entdeckte ich direkt darunter ein Foto vom 29. 01. 2014 aus der *Hannoverschen Zeitung*. Es zeigte zwar keinen Arthur Merlini, aber eine Ansammlung etwas heruntergekommener Zirkuswagen und einen Rundbau mit Zeltkuppel. Darunter stand ein Text. Es ging um den Zirkusplatz in der Nähe des alten Güterbahnhofs, wo laut Zeitungsartikel Arthur Merlini und einige Kollegen bis vor einigen Jahren den jährlichen Winterzirkus veranstaltet hatten. Jetzt gab es Ärger um die Nutzung des Grundstücks, das Merlini und weiteren Artisten mit Erlaubnis der Besitzer heute als Wohn- und Trainingsort diente.

Die Buchstaben verschwammen vor meinen Augen. Heute? Im Jahr 2014? Hieß das, Arthur Merlini lebte?! Ganz in meiner Nähe? In der Stadt, wo meine Mutter ihn vor zwölf Jahren angeblich das letzte Mal gesehen hatte? War der tödliche Unfall gar nicht passiert? Oder war Arthur doch nicht mein Vater? Was stimmte an dieser Geschichte eigentlich, und was war gelogen?! Ich packte ein Lineal, das zufällig auf dem Tisch lag, und schleuderte es mit voller Wucht an die Wand. Was hatte

sich Mama bei diesen Lügengeschichten und Halbwahrheiten nur gedacht?!
Kurz darauf hörte ich Schritte auf der Treppe. Jetzt hatte ich auch noch Oma aufgeschreckt! Schnell klappte ich den Rechner zu, löschte das Licht und schmiss mich aufs Bett. Ich konnte im Moment einfach mit niemandem sprechen!
Eine Sekunde später öffnete Oma die Zimmertür. Im Schatten hinter meinem Fußende sah ich, wie sie einen Moment auf der Schwelle verharrte, dann kam sie ans Bett, setzte sich auf die Kante und strich mir über das Haar.
»Alles in Ordnung?«
Ich zuckte mit den Schultern.
»Vermisst du deine Mutter?«
»Nein«, sagte ich harsch, und das war nicht mal gelogen, denn ich war einfach nur sauer.
»Soll ich dir ein Honigbrot bringen?«
Ich schüttelte den Kopf. »Ich glaube, ich möchte einfach nur schlafen.«
Einen kurzen Moment schien Oma unschlüssig, ob sie bleiben oder gehen sollte, aber dann stand sie doch auf.
»Wenn etwas ist, rufst du mich, ja?«
Ich nickte stumm.
Sie ging zum Schreibtisch, schnappte sich den Laptop und verließ das Zimmer. Damit waren meine Recherchen fürs Erste beendet, aber das war nicht schlimm. Das Internet konnte mir sowieso nicht mehr weiterhelfen. Der einzige Weg, Klarheit in dieses Wirrwarr zu bringen, führte über Mama. Ich musste sie zur Rede stellen. Sie konnte sich jetzt nicht mehr drücken oder mit irgendeiner Lüge herausreden. Und diesmal war es mir

auch egal, wenn sie zu heulen anfing. Das war ihr Problem. Ich war alt genug für die Wahrheit!

9. Kapitel

»Tom?!« Ich erwachte, als mich jemand heftig an den Schultern rüttelte. »To-om!«

Ich schlug die Augen auf. Oma beugte sich zu mir herunter und sah mich kopfschüttelnd an. »Ist es immer so schwer, dich aus den Federn zu kriegen?«

Ich stützte mich verwirrt auf die Ellenbogen.

»Du musst zur Schule! Außerdem wollte deine Mutter uns noch anrufen. Sie ist gestern Nacht an Bord gegangen und sticht gleich in See!«

Langsam fiel mir wieder ein, was am Abend zuvor passiert war. Hastig sprang ich aus dem Bett, schnappte meine Sachen und stürmte ins Bad. Ich musste fertig sein, wenn Mama anrief. Wer wusste, wann sie sich das nächste Mal melden konnte.

Als ich in die sonnendurchflutete Küche trat, saß Oma schon hinter dem aufgeklappten Laptop auf der Eckbank und schaute gespannt auf den Bildschirm. So hatte ich mir das natürlich nicht vorgestellt. Ich konnte Mama doch unmöglich in Omas Beisein nach meinem Vater fragen.

»Fang schon mal an zu essen, sonst wird die Zeit knapp«, sagte Oma, ohne ihren Blick vom Rechner zu lösen.

Ich schnappte mir eine Scheibe Brot, tauchte das Messer in den zähen, goldgelben Rübensirup und grübelte, wie ich Oma aus der Küche locken konnte. Da meldete der Skype-Klingelton auch schon einen Anrufer. Ich ließ mein Messer auf den Teller fallen und quetschte mich zu Oma in die Eckbank.

»Du musst das Gespräch annehmen!«, rief ich. »Schnell, geh auf den grünen Hörer!«

Oma klickte das kleine Symbol an. Kurz sah man eine schwankende, enge Kammer, dann erschien Mama, die fröhlich winkte.

»Hallo, ihr beiden! Alles gut bei euch?«

»Alles bestens«, rief Oma unnötig laut.

»Ich wollte euch nur meine Koje zeigen. Noch sind wir nah genug an Land, und ich kann mit dem Handy skypen – aber das ist gleich vorbei. Guckt mal!«

Mama drehte ihr Handy nach rechts und links. Wir sahen einen spärlich eingerichteten Raum. Durch zwei viereckige Bullaugen fiel etwas Licht. Rechts von der Tür befand sich ein Spind und links ein Etagenbett mit gelben Vorhängen, die man zuziehen konnte, um seine Ruhe zu haben. Gerade noch konnte ich am Kopfende des unteren Bettes ein Foto von mir entdecken, da richtete Mama die Handykamera wieder auf sich.

»Meine Mitbewohnerin kommt aus Frankreich, Nathalie, eine Biolo…« Jetzt waberten nur noch Klangfetzen zu uns durch.

»Hallo? Hallo!«, versuchte ich, Mamas Redeschwall zu unterbrechen, denn offensichtlich hatte sie die Störung nicht bemerkt. Ihre Lippen bewegten sich fröhlich weiter, und sie zeigte mit wilden Gesten im Raum herum. Gerade wollte ich das Telefonat beenden und neu wählen, da kam der Ton zurück.

»… Laborplatz einrichten«, beendete Mama ihren Bericht. »Und wie sieht es bei euch aus?«

»Ganz gut«, antwortete ich knapp.
»Wirklich?«, vergewisserte sich Mama.
Bevor ich antworten konnte, rutschte Oma von der Eckbank und sagte: »Ich glaube, ich lasse euch mal alleine.« Sie zwinkerte mir zu und verschwand aus der Küche. Im selben Moment begann das Bild auf dem Rechner wieder zu flackern.
»Mit Mutti … Freizeit-Programm …«, stotterte Mamas Stimme.
»Was?«
Jetzt fror Mama mit halb offenem Mund zu einem Standbild ein.
»Mama, hey! Hörst du mich?«, rief ich. »Hallo?«
Endlich kam wieder Bewegung auf den Bildschirm, und Mamas Worte klangen zum ersten Mal richtig deutlich.
»Was hast du gesagt, Tom?«
Unter diesen miserablen Bedingungen konnte ich nicht lange drum herum reden, also legte ich direkt los: »Mama, ich muss dich was Wichtiges fragen. Die Geschichte von meinem Vater …«
Mit etwas Verzögerung erschien eine steile Falte auf ihrer Stirn. Ich beugte mich ganz nah an den Bildschirm heran und sprach extra laut und langsam: »Die Sache mit dem Unfall …«
»Hallo? Hallo?«, rief Mama dazwischen.
Hörte sie mich wirklich nicht, oder wollte sie mich nicht hören?
»Dieser Unfall«, brüllte ich, »am 13. 12. 2001 – ist der wirklich passiert?«
Diesmal hatte sie mich eindeutig verstanden. Mit vor Schreck weit aufgerissenen Augen starrte sie mich an.

»Re… wenn ich … zu Hause … ganz in Ru…« Wieder riss der Ton ab.
»Nein«, protestierte ich. »Ich will *jetzt* die Wahrheit wissen. Was ist damals wirklich passiert?!«
»… gesehen … Zirkus … Wahrheit«, stammelte es aus den Lautsprechern. Dann war das Bild ganz weg. Es rauschte, als hätte Mama ihr Handy über Bord geworfen.
»So ein Dreckmist!«, fluchte ich.
Als Nächstes hörte ich ein Knarzen.
»To…o…o…m, ich ver…spre…che … dir …«
»Sag mir wenigstens, ob er wirklich tot ist!« Vor Wut schlug ich auf den Tisch. Als hätte das etwas bewirkt, sprang das Bild wieder an. Mama sah jetzt aus, als wäre sie innerhalb der letzten fünf Sekunden seekrank geworden.
»Hast du damals gelogen?«, schrie ich. »Lebt mein Vater noch? Bitte, sag mir: Hast du dir den Unfall nur ausgedacht?«
Ich sah, wie Mama den Blick senkte und nickte.
Dann brach die Verbindung endgültig ab.
Wie betäubt ließ ich mich in die Küchenbank fallen. Mein Vater lebte. Es hatte nie einen Unfall gegeben! Wie hatte Mama mich nur so belügen können?! Selbst wenn Arthur Merlini irgendetwas Blödes, Gemeines, Fieses gemacht hätte – was konnte so schlimm sein, dass man einen Menschen für tot erklärte?
Da hörte ich aus dem Flur Schritte. Ich warf einen Blick auf die Uhr. Zum Glück fuhr in wenigen Minuten mein Bus, und es blieb keine Zeit für große Gespräche mit Oma. Ich bemühte mich um mein allersorglosestes Gesicht, sprang von der Bank und schnappte mir meinen Rucksack.
Drei Minuten später rannte ich durch die warme Morgensonne

den Königskinderweg entlang. Hinter einem Zaun bellte ein Hund, in den Vorgärten summten die Rasensprenger, und der künstliche Sprühregen, der sich über die Hecken bis auf den Gehweg verteilte, streifte mein Gesicht. Plötzlich fühlte ich mich ganz klar. Ich wusste, was ich zu tun hatte: Ich würde zum Zirkusplatz am Güterbahnhof fahren und meinen Vater suchen. Und zwar gleich heute! Denn wie schnell jemand in mein Leben treten und sofort wieder verschwinden konnte, hatte ich ja bei Opa gesehen. Noch mal passierte mir das nicht! Da konnte Mama von mir aus im Polareis kochen oder vor Wut Eisschollen zersägen: Ich wollte Arthur Merlini kennenlernen, und ich würde herausbekommen, was damals geschehen war. Es war Zeit, dass ich endlich die Wahrheit erfuhr – ganz egal, wie furchtbar sie auch sein würde.

10. Kapitel

Es hatte noch nicht einmal zur ersten großen Pause geklingelt, doch die meisten Schüler hingen schon jetzt wie nasse Handtücher über den Tischen. Die Raumtemperatur hatte mindestens Toaster-Stufe drei erreicht, und die Lehrer ließen freiwillig die Türen zu den Fluren offen stehen, damit wenigstens ein kleiner Windhauch die Hitze erträglicher machte. Trotzdem konnte ich dem Unterricht nicht länger als zehn Sekunden am Stück folgen. Mathematik, Naturwissenschaften, Musik – alles zog an mir vorbei. Nur in den Pausen war ich hellwach. Dann stürzte ich mit dem Gongschlag aus dem Klassenraum, hinaus zu den Klettergerüsten am rechten Hofrand. Dort war der

Handyempfang am besten, und ich konnte die Zeit nutzen, um im Internet nach einer Wegbeschreibung zum Zirkusplatz am Güterbahnhof zu forschen.
Jedes Mal, wenn ich wie von der wilden Hummel gestochen nach draußen raste, spürte ich die Blicke meiner Mitschüler im Rücken. Wahrscheinlich hielten sie mich für total gestört. Aber das war mir egal. Ich hatte wichtigere Sorgen: Denn wenn ich meinem Vater heute wirklich zum allerersten Mal begegnete, wie sollte ich ihn dann ansprechen? Herr Merlini? Papa? Arthur? Plötzlich spürte ich einen Klumpen in meiner Brust. Was, wenn mein Vater gar nichts von mir wissen wollte? Darüber hatte ich mir noch keine Gedanken gemacht! Aber vielleicht war ja genau das der Grund, warum Mama ihn für tot erklärt hatte? Weil sie mir eine fiese Zurückweisung ersparen wollte?!
Der Klumpen drückte immer fester gegen meine Rippen. Zäh und klebrig, wie Omas Rübensirup, breitete sich die Angst in mir aus. Was sollte ich tun, wenn Arthur mich zum Teufel jagte, noch bevor ich ihn überhaupt kennengelernt hatte? Wenn er … Stopp! Ich durfte jetzt nicht durchdrehen. Ich musste die Nerven bewahren und mir eine gute Taktik überlegen, damit ich nicht alles mit einer trampeligen Überrumplungsaktion vermasselte.
Doch je länger ich in den nächsten Unterrichtsstunden darüber nachdachte, desto unsicherer wurde ich. Kurz vor dem letzten Klingeln wollte ich die ganze Sache abblasen und auf Mamas Rückkehr warten. Aber dann, auf dem Nachhauseweg von der Bushaltestelle zu Oma, fiel mir plötzlich die Lösung ein. Warum war ich da nicht gleich drauf gekommen? Ich musste

Arthur Merlini doch erst mal gar nicht sagen, wer ich war! Ich konnte inkognito ganz in Ruhe die Lage auskundschaften und irgendwann später, in einem geeigneten Moment, mit der Wahrheit herausrücken. Ich musste nur versuchen, irgendwie in seinen Dunstkreis zu gelangen – aber das konnte nicht so schwer sein. Auf einem Zirkusplatz gab es bestimmt immer etwas zu tun: Rasen mähen, Stall ausmisten, Reklamezettel verteilen ... Irgend so eine blöde Aufgabe würde ich mir besorgen. Voller Zuversicht stieß ich die Tür zu Omas Vorgarten auf. Jetzt musste ich nur noch Oma verklickern, dass ich noch etwas ganz Dringendes zu erledigen hatte. Und zwar allein!

»Hallo, junger Mann«, rief Oma, als ich in die Küche kam, und stellte einen Teller mit Kartoffeln, heller Soße und Fleischklößen auf meinen Platz. »Königsberger Klopse, das Lieblingsessen deiner Mutter. Magst du bestimmt auch, oder?«
Ich musste mir ein Grinsen verkneifen. Mama hatte ein einziges Mal versucht, das Gericht zu kochen, natürlich aus der Tiefkühltruhe. Aber wie immer war irgendetwas schiefgegangen. Jedenfalls waren die Klopse innen noch eiskalt gewesen, während die Soße leicht angebrannt geschmeckt hatte. Aber das musste ich Oma ja nicht erzählen, darum nickte ich einfach und probierte.
»Wunderbar«, schmatzte ich mit vollen Backen und erntete dafür einen strengen Blick, aber dann strahlte Oma.
Als ich etwa die Hälfte meiner Portion verdrückt hatte, schob mir Oma einen Stapel Papiere über den Tisch zu. »Hier, das ist von deiner Mutter, für uns.«

Ich warf einen Blick auf die Listen. »Was ist das?«
»Unser Freizeit-Programm. Sie hat uns für die gesamte Zeit ihrer Abwesenheit einen Plan erstellt. Heute sollen wir ins Landesmuseum.«
Ich schnappte nach Luft. »Was?!«
»Wir können die Tagespunkte auch tauschen, hat sie gesagt. Also, wenn du heute lieber etwas anderes machen möchtest …?«
Mist!, dachte ich. Oma hatte sich wahrscheinlich den ganzen Tag auf dieses Landesmuseum gefreut. Schließlich hatte sie bis jetzt nur allein zu Hause rumgesessen und gekocht. Fieberhaft überlegte ich, wie ich den Ausflug und die Erkundung des Zirkusplatzes irgendwie unter einen Hut bringen konnte. Um Zeit zu gewinnen, blätterte ich in den Zetteln herum. Es war wirklich unfassbar! Mama hatte für jeden einzelnen Tag einen Programmpunkt festgelegt! Ich hatte keine freie Minute! Wie sollte ich denn so meinen Vater kennenlernen?
»Wir könnten heute auch ein Eis essen gehen«, schlug Oma etwas gleichgültig vor. »Dann zeige ich dir die Innenstadt.«
»Mmmh, was würdest du denn gern machen?«, fragte ich ausweichend.
»Ach, ich richte mich da ganz nach dir«, sagte Oma und klang jetzt alles andere als begeistert. »Das Einzige … Also, wenn es passt, dann würde ich gern noch etwas erledigen. Aber wenn nicht, dann …«
»Doch!«, rief ich, leider völlig überstürzt.
Oma sah mich erstaunt an.
»Also, ich meine, wenn du noch irgendwas erledigen musst, dann ist das kein Problem«, ruderte ich schnell zurück. »Ich

muss nämlich auch noch was für die Schule besorgen und überhaupt … gar ein Problem. Mach das. Bitte.«

Oma schien unschlüssig. »Ich möchte aber nicht, dass du dir vernachlässigt vorkommst.«

»Oma, ehrlich, du kannst deine Sachen erledigen, und wir gehen später ins Landesmuseum. Oder morgen. Du musst dir um mich keine Sorgen machen.«

»Und du dir nicht um mich!«, platzte Oma heraus.

Verwirrt sah ich sie an.

»Entschuldige.« Oma senkte so reumütig den Blick, als hätte ich sie gerade bei einem Ladendiebstahl erwischt. »Ich freue mich wirklich sehr, dass du da bist und dass wir beide endlich Zeit miteinander verbringen können, aber dieser Plan … für jeden Tag ein Programmpunkt … Das ist so zwanghaft. Ich meine, will denn ein elfjähriger Junge jeden Nachmittag mit seiner Oma verbringen?«

Ich musste grinsen. »Will denn eine Oma jeden Nachmittag mit ihrem Enkel verbringen?«

Nun grinste Oma auch.

»Also, es ist so«, sagte ich vorsichtig. »Mama hat Angst …«

»… dass ich mit meinem Leben nichts mehr anfangen kann und in ein tiefes, dunkles Loch falle. Ich weiß!« Oma streckte verzweifelt die Arme in die Luft. »Aber das tue ich nicht. Ehrlich, es gibt so viel, was ich gern noch ausprobieren und machen möchte. Aber das konnte ich natürlich nicht deinem Opa sagen! Dann hätte er doch ein schlechtes Gewissen bekommen, weil ich mich rund um die Uhr um ihn kümmern musste!«

Jetzt kriegte ich mich vor Lachen nicht mehr ein. Das war wirklich zu komisch!

Oma hob die Zettel hoch und wedelte verzweifelt damit herum.
»Ich brauche keine Beschäftigungstherapie! Ich habe mich schon lange vorbereitet für die Zeit, wenn Opa nicht mehr da ist!«
»Wirklich?«, gluckste ich immer noch. »Was willst du denn alles machen?«
Oma hob warnend den Zeigefinger. »Aber du lachst mich nicht aus?«
»Ich schwöre!«
»Ich habe mich zu ein paar Kursen angemeldet: japanisch kochen, Yoga, Computer für Dummies und Selbstverteidigung«, zählte Oma etwas verlegen auf. »Außerdem wollte ich noch bei einem Lesezirkel einsteigen.«
»Das klingt cool«, sagte ich. »Vor allem das mit der Selbstverteidigung.«
Oma schaute zerknirscht von ihren Klopsen auf.
»Der Kurs startet heute um vier Uhr.«
»Aber dann gehst du da auch hin!«, rief ich begeistert. Und das war ich wirklich nicht nur, weil es mir in den Kram passte, sondern weil ich mich ehrlich für Oma freute.
»Sicher?«
»Logo. In München war ich doch auch allein unterwegs. Außerdem müssen wir es Mama ja nicht sagen«, versuchte ich Oma zu beruhigen. »Eigentlich will sie doch nur, dass es uns beiden gut geht, während sie durchs Eis schippert.«
»Abgemacht«, sagte Oma. »Aber dann gehen wir heute Abend am Leineufer eine Pizza essen, und ich zeige dir die Altstadt.«
»Perfekt!« Ich hielt ihr die Hand zum Einschlagen hin. Besser

hätte es nicht laufen können. Oma würde einen schönen Tag haben, und meinem Treffen mit Arthur Merlini stand nichts mehr im Weg.

11. Kapitel

Der Güterbahnhof war ganz leicht mit Bus und Bahn zu erreichen. Doch als ich vor dem heruntergekommenen Gebäude stand, sah ich weit und breit kein Zeltdach und keinen Zirkuswagen. Komisch, dachte ich, in dem Artikel im Internet hatte es so geklungen, als könnte man den Zirkusplatz gar nicht übersehen. Ich holte mein Handy aus der Tasche und betrachtete noch einmal das Foto. Gleich hinter den Wohnwagen verlief eine Bahntrasse. Also musste irgendwo hier, direkt an den Gleisen, der Zirkus stehen.

»Los!«, machte ich mir Mut und marschierte in der brüllenden Hitze die Straße an den Schienensträngen entlang, vorbei an einem Bauunternehmen, einer Sammelstelle für Altpapier und unter einer riesigen Autobrücke hindurch. Dahinter machte die Straße plötzlich einen Knick nach rechts, die Schienen einen Bogen nach links – und eine hohe Mauer versperrte mir den Weg. Wenn ich weiter einen Blick auf das Gleisbett haben wollte, musste ich jetzt klettern. Auch das noch, dachte ich und holte tief Luft. Dann sprang ich an der Mauer hoch, krallte die Finger in die Kante und versuchte, meine Turnschuhe zwischen die Fugen zu zwängen. Prustend und schnaubend robbte ich mich hinauf, bis ich längs auf den heißen Ziegeln lag. Mein Herz raste, und ich japste nach Luft. Doch das lag nicht

an der brennenden Sonne, sondern auch an meiner schrecklichen Höhenangst. Jedes Mal wenn ich mich mehr als einen Meter über dem Erdboden befand, begannen meine Knie zu schlottern und ich bekam Atemnot. Niemals hätte ich gewagt, mich auf dieser Mauer hinzustellen. Eher wäre ich in einen Bottich mit Kakerlaken gesprungen!
Also rollte ich mich vorsichtig auf die andere Seite und plumpste in einen dreckigen Rasenstreifen. Müde und allmählich ziemlich durstig, setzte ich meinen Weg an der Bahnlinie fort. Die stieg jetzt langsam, aber stetig an, bis der Wall, über den die Trasse lief, so hoch war, dass ich nicht mehr drüber wegschauen konnte. Das war zwar unpraktisch, aber so hatte ich wenigstens einen schmalen Schattenstreifen. Mittlerweile dröhnte mir von der Hitze der Kopf, und meine Zunge klebte wie ein trockener Schwamm am Gaumen. Ehrlich gesagt, hatte ich nicht erwartet, dass schon der Weg zum Zirkusplatz ein Problem werden könnte! Zehn Minuten noch, dann drehe ich um, beschloss ich. Als die verstrichen waren, setzte ich sogar noch eine Zugabe von drei Minuten drauf. Als dann immer noch kein Zirkusplatz aufgetaucht war, gab ich auf. Enttäuscht ließ ich mich auf den Rasen fallen, lehnte mich an den Bahndamm und schloss die Augen. Über mir auf der Trasse rumpelte ein Güterzug vorbei und füllte die Luft mit seinem lauten Dröhnen. Der Boden vibrierte, und Sand rieselte aus den Fugen des alten Mauerwerks auf meine Schultern. Dann entfernte sich das Rumpeln, und nur ein leises Schnaufen blieb zurück. Das konnte unmöglich von dem Zug stammen. Hatte ich jetzt schon einen Sonnenstich und bekam Halluzinationen? Genervt öffnete ich die Lider – und bekam fast einen Herzstill-

stand, denn ich starrte direkt in zwei gigantische Nasenlöcher! Darunter mahlten zwei riesige, behaarte Kiefer und sonderten einen Sabberfaden ab, der stoßweise auf meine Turnschuhe tropfte. Zwei dunkle, kugelrunde Augen glotzten mich an. Das war keine Fata Morgana! Direkt vor mir, mitten in der Stadt, an einem heruntergekommenen Bahndamm, stand ein echtes Kamel!

Ganz langsam und ohne das riesige Tier einen Moment aus den Augen zu lassen, drehte ich mich zur Seite und begann, auf dem Hintern rückwärtszurutschen. Doch mit jedem Stückchen, das ich mich wegschob, setzte das Kamel einen schwieligen Fuß nach vorne. Es kam näher und näher, bis sein Maul mit den gummiartigen Lippen meine Stirn berührte. Jetzt wagte ich nicht mehr, mich zu rühren. Die stacheligen Barthaare schabten über meinen Kopf. Ich spürte, wie der Kamelspeichel auf mein verschwitztes Haar triefte und an meiner rechten Schläfe herunterlief.

Ich atmete so flach, dass ich fast ohnmächtig wurde. Was tat man, wenn plötzlich ein riesiges Trampeltier vor einem aufragte? So etwas lernte man ja nicht in der Schule! Doch in derselben Sekunde wurde mir noch etwas ganz anderes klar: Da, wo ein Kamel rumlief, konnte der Zirkusplatz nicht weit sein! Ich hätte vor Glück jubeln können, aber wegen des Riesenviehs beließ ich es lieber bei einem leisen »Jippieh!«.

Da zog das Kamel den Kopf zurück und sah mich an.

»Braaaav, ganz braaaaav«, versuchte ich, mich bei dem Trampeltier einzuschmeicheln. Es sollte beruhigend und cool wirken, doch meine Stimme klang so blechern, als würde ich in einen alten Eimer rufen. Überraschenderweise schienen meine

Worte trotzdem zu wirken. Jedenfalls ging das Tier einen Schritt zurück und sah mich freundlich an. Vorsichtig streckte ich die Hand aus und streichelte ihm über die Nase. Sie fühlte sich samtig an, und dem Kamel schien es zu gefallen.

»Ich stehe jetzt auf«, sagte ich. »Also nicht erschrecken, ja? Aaaaaachtung!« Ich drückte mich langsam vom Boden ab. Gleichzeitig knickte das Kamel mit den Vorderbeinen ein, so als hätte ich ihm einen geheimen Befehl gegeben. Es sah wirklich aus, als wollte es sich vor mir verbeugen! Ich war baff. Das lang gezogene *Achtung* musste das Kommando für einen Zirkustrick gewesen sein!

Mit etwas Sicherheitsabstand baute ich mich vor dem Kamel auf. »Du kannst jetzt auch aufstehen!«, sagte ich, »hopp!«, und riss mit Schwung die Arme hoch.

Schwankend kam das Kamel wieder auf die Füße. Das war wirklich unglaublich! Ich streckte den Arm lang aus und streichelte das Tier. Allmählich beruhigte sich auch mein Herzschlag wieder. Eigentlich war es ein großes Glück, dass ich dem Kamel begegnet war, dachte ich. Denn jetzt musste ich nur noch warten, bis es seinen Heimweg antrat oder von irgendwem abgeholt wurde. Als hätte das Tier meine Gedanken gelesen, drehte es sich um und marschierte los. Eilig griff ich in das Halfter und lief mit. Ich verstand zwar nicht, warum es genau in die Richtung lief, aus der ich gekommen war, aber trotzdem schien es mir das Sicherste, ihm zu folgen.

Mit meinem fiesen Durst und dem Trampeltier an meiner Seite fühlte ich mich wie Sindbad, der mit seiner Karawane durch die endlose Wüste stapfte. Und genau wie dieser Abenteurer in den Sanddünen hatte auch ich keine Ahnung, wo

es langging. Nach einer Weile blieb das Kamel ruckartig stehen und schob mich mit dem Kopf ganz nah an die Wand des Bahndammes. Jetzt entdeckte ich hinter einem Gebüsch eine schmale Unterführung. Die war mir vorher gar nicht aufgefallen. Das Kamel schaute mich gespannt an. Ich schob die verkrüppelten Äste beiseite und spähte in den engen Tunnel. Modriger Geruch schlug mir entgegen. Das wenige Licht, das vom anderen Ende in den Durchgang fiel, warf gespenstische Schatten. Bestimmt wohnten in dem Loch jede Menge Ratten und Spinnen. Ich wollte einen Schritt zurückweichen, da gab mir das Kamel einen heftigen Schubs, sodass ich mitten in die Unterführung hineinstolperte. Ich rutschte über den glitschigen Boden, geriet ins Straucheln und konnte mich gerade noch an der Mauer abstützen, sonst wäre ich der Länge nach in eine der schleimigen Pfützen gefallen.
Angeekelt richtete ich mich auf. Ich traute mich weder vor noch zurück. Das Kamel brummte und trampelte energisch auf mich zu. Ich wich aus, krallte mich schnell in dem Fell seines Halses fest und schloss die Augen. Blind ließ ich mich durch den ekligen Tunnel führen. Plötzlich stieg mir der Geruch von Sägespänen, Pferden und wilden Tieren in die Nase. Als ich wieder warme Sonnenstrahlen auf meinen Armen spürte, öffnete ich vorsichtig die Augen. Vor mir stand ein seltsames, kreisrund gemauertes Gebäude. Und wie auf dem Foto im Internet thronte obendrauf nicht ein Dach, sondern die rote Kuppel eines Zirkuszeltes. Auf der Wiese daneben parkten kreuz und quer alte Lkws und Zirkuswagen. Manche waren mit bunten Schriftzügen verziert, andere mit Bildern von Handstandkünstlern oder Feuerspuckern. Vor dem größten

und schönsten Wagen, der etwas abseits der anderen stand, erstreckte sich eine kleine Veranda mit Küchenkräutern in weißen Blumenkästen. Die Räder des Wagens waren mit Gras und Moos überwuchert. Er musste schon sehr lange hier stehen.
Unsicher schaute ich mich um. Der Platz war menschenleer. Nur eine Gänsefamilie marschierte zwischen den Wagen umher, und aus den geöffneten Fenstern eines Lagerhauses am anderen Ende des Grundstücks schauten zwei Pferde und versuchten, Blätter von einer nahe stehenden Birke zu zupfen. Ich überlegte. Sollte ich einfach irgendwo klopfen? Oder lieber warten? Da klappte in einem Windzug die breite Holztür des Rundbaus. Vielleicht fand ich ja dort jemanden? Vielleicht sogar meinen Vater?
Mit klopfendem Herzen zog ich das Kamel hinter mir her und drückte die Tür auf. Kaum war der Spalt groß genug, drängte mich das Tier hindurch. Die Luft unter der roten Zirkuskuppel war stickig, und es dauerte einen Moment, bis sich meine Augen an das schummrige Licht gewöhnt hatten. Neugierig schaute ich mich um. In dem Rondell sah es aus wie in einem richtigen Zirkuszelt: Die Mitte bildete eine runde Manege, die mit Sägespänen ausgestreut und von rot-weißen Holzkästen umrandet war. Vom First unter der Zeltplane hingen zwei Trapeze und ein langes Tau hinunter. Allerdings besaß dieser Zirkus keine Zuschauerbänke. Dort, wo normalerweise das Publikum saß, befand sich auf der linken Seite eine kleine Bühne, und auf der rechten war ein schulterhohes Drahtseil gespannt. Dazwischen lagen Mattenbahnen und eine dicke blaue Weichbodenmatte, wie ich sie vom Turnunterricht kannte.
Ich drehte mich noch einmal zu allen Seiten, aber hier war ein-

deutig niemand. Dafür entdeckte ich auf einem Stapel rot-goldener Podeste eine Flasche Mineralwasser. Mein Mund war so ausgetrocknet, dass ich nicht einmal mehr schlucken konnte. Ob ich wohl einfach etwas Wasser nehmen konnte? Ich würde die Flasche auch bezahlen. Schließlich hatte ich zehn Euro in der Tasche, weil ich Oma ja gesagt hatte, ich müsste etwas für die Schule besorgen.

Ich schaute noch einmal zum Eingang, doch außer den Staubkörnern, die im gleißenden Licht des offen stehenden Tors tanzten, rührte sich nichts. Vorsichtig zog ich meine Hand aus dem Halfter des Kamels, schlich zu dem Podest und griff nach der Flasche. In meiner Aufregung fegte ich zwei silbern glänzende Fackeln zu Boden. Schnell legte ich sie zurück, dann drehte ich gierig den Verschluss auf, schielte noch einmal zur Tür – und zuckte erschrocken zusammen. Gegen das Licht hob sich die Silhouette eines muskulösen, stolz aufrecht stehenden Mannes ab. Mein Herz begann zu jagen. War er das? War das mein Vater, Arthur Merlini?

Ganz langsam senkte ich die Hand und stellte die Flasche so lautlos wie möglich hinter meinem Rücken wieder ab. Gehörte sie etwa ihm? Was für einen Eindruck hatte er jetzt von mir?! Mein Brustkorb wummerte wie ein alter Vulkan, der gleich eine Ladung Lava in die Luft schleudern wollte. Ich konnte meinen Blick nicht von ihm lösen, aber ich war auch nicht in der Lage, nur einen Piep zu sagen. Ich starrte ihn einfach nur an. Er hatte breite Schultern, aber nicht auf eine bullige Art, eher athletisch. Die Hände hielt er in die Seite gestützt, sodass sich zwei beeindruckende Oberarme gegen das Licht abzeichneten. Sein Schattenriss erinnerte mich an die Bilder der Superhelden auf den Sammelkarten, die ich in der ersten Klasse immer während der Pausen getauscht hatte. Warum sagte er nichts? Jetzt kam er langsam auf mich zu. Für einen Moment war ich irritiert. Sein Gang passte irgendwie nicht zu der durchtrainierten Figur. Die Bewegungen wirkten etwas steif, so als hätte er Rückenschmerzen oder einen verknacksten Knöchel. Genau in der Sekunde, als ich das dachte, flackerte ein Lichtstrahl über sein Gesicht und räumte meine letzten Zweifel aus. Die funkelnden Augen, die kräftigen Brauen – dieser Mann war Arthur Merlini, mein Vater.

Ich konnte die Stille nicht länger ertragen. Mit zittrigen Fingern deutete ich in Richtung des Trampeltiers und sagte: »Ich habe das Kamel gebracht, es war dahinten, auf der anderen Seite des Bahndamms, da habe ich es gefunden.«

»Danke«, sagte Arthur. »Sehr liebenswürdig.« Seine Stimme klang tief und samtig.

Doch bevor ich auch nur ein weiteres Wort herausbrachte, drehte er sich um, nahm das Kamel am Halfter und spazierte hinaus. Ich stand wie angewurzelt. Das war alles? Das war die erste Begegnung mit meinem Vater? Natürlich hatte ich keine Umarmung und Freudengeheul erwartet. Ich sah ja nun mal Mamas Familie sehr ähnlich, es wäre schon ein Wunder gewesen, wenn er auf den ersten Blick seinen Sohn in mir erkannt hätte. Aber dass so gar nichts passiert war, das traf mich wie ein Schlag in die Magengrube. Ich spürte, wie mir die Tränen aufstiegen, und das machte es noch schlimmer. Auf gar keinen Fall wollte ich hier jetzt losflennen! Ich stürzte zur Tür – und prallte direkt in eine kleine, drahtige Frau, die gerade den Rundbau betreten wollte.

»O, là, là!«, stieß sie mit einem heiseren Lachen aus und zeigte dabei eine gewaltige Zahnlücke zwischen ihren Schneidezähnen. Dann musterte sie mich prüfend. »Du bist ja ganz grün im Gesicht! Hast du einen Geist gesehen?« Sie sprach mit einem französischen Akzent und war nicht viel größer als ich. Doch in ihrem kleinen Körper schienen enorme Kräfte zu stecken, jedenfalls packte sie mich mit festem Griff am Arm und schob mich zurück in das Rondell. Energisch drückte sie mich auf einen der rot-weißen Kästen und befahl: »Sitzen bleiben und nicht ohnmächtig werden.«

Dann durchquerte sie die Manege, langte auf der anderen Seite mit einer Hand hinter die Kästen und zog eine Flasche Apfelschorle hervor.

»Du musst etwas trinken«, sagte sie und brachte mir das Getränk.

Ich schraubte den Verschluss auf und schüttete die Schorle in meinen ausgetrockneten Hals. Währenddessen marschierte die kleine Frau zu den Podesten, nahm sich die Fackeln und zündete sie an. Dann griff sie zu der Wasserflasche, wunderte sich kurz, dass der Deckel locker saß, und setzte sie an den Mund. Mit vollen Backen stellte sie sich in die Mitte der Manege und prustete die Flüssigkeit in die Flammen. Eine drei Meter hohe Stichflamme schoss in die Zirkuskuppel. Für Sekunden war alles in ein orangerotes Licht getaucht, und eine gewaltige Hitzewelle schlug mir ins Gesicht. Ich war so schockiert, dass ich für einen Moment sogar das missratene Treffen mit meinem Vater vergaß. In der Flasche hatte sich kein Wasser befunden, sondern irgendeine Feuerspucker-Flüssigkeit! Was, wenn ich davon getrunken hätte?! Wahrscheinlich

würde ich mich jetzt in Krämpfen auf dem Boden winden, wenn ich überhaupt noch leben würde!
Die kleine Frau wischte sich mit dem Handrücken über den Mund und grinste zu mir herüber.
»Nicht gesund, aber auch nicht tödlich. Ich experimentiere mit der Zusammensetzung … Die Flammenfarbe gefällt mir immer noch nicht. Geht's dir besser?«
Ich zuckte mit den Schultern, denn ich wusste es wirklich nicht.
Sie pustete die Fackeln mit einem kräftigen Atemstoß aus und kam auf mich zu. Erst jetzt fiel mir auf, wie unnatürlich breit ihr Kreuz im Vergleich zu den streichholzdünnen Beinchen und dem Kinderpopo war. In ihrem eng anliegenden, rosa Trikot erinnerte sie mich irgendwie an die Krabben auf Mamas Lieblingspizza Frutti di Mare.
»Komm, trink aus«, sagte sie und setzte sich neben mich.
Ich gehorchte und trank den Rest der Apfelschorle.
Sie nickte zufrieden und nahm mir die Flasche aus der Hand.
»Arbeiten Sie hier?«, fragte ich schüchtern.
»Niemand arbeitet hier.«
Verdutzt sah ich sie an.
»Wir sitzen nicht rum!« Sie lachte heiser auf und zeigte wieder ihre Zahnlücke. »Wir üben neue Nummern, unterrichten, kurieren uns aus nach einem Unfall. Darum sind wir hier. Für eine Zeit.«
»Und Arthur Merlini?«
»Arthur?« Sie zog eine Braue hoch und löste das Haargummi aus ihrem schludrigen Pferdeschwanz. »Ihm gehört alles.«
»Aber trainiert er auch?«

Über ihr Gesicht huschte ein trauriges Lächeln. »Nein.«
»Warum?«
»Hey!« Sie wedelte gespielt streng mit dem Zeigefinger. »Dafür, dass dir eben noch so elend war, fragst du eine Menge!«
»Ich … Ich habe ein Video von ihm gesehen«, stotterte ich. »Er war toll …« Und in dem Moment kam mir die Idee. Wenn es hier Unterricht gab, dann konnte ich ja vielleicht Arthurs Schüler werden! So würde ich ihn ganz genau kennenlernen, ohne dass ich sagen musste, wer ich war. Außerdem war ich im Turnen wirklich gut. »Gibt Arthur Merlini Stunden in Akrobatik?«, fragte ich aufgeregt.
Die kleine Frau sah mich an, als hätte ich vorgeschlagen, dass der amerikanische Präsident mir Nachhilfe in Englisch geben sollte.
»Non!«, rief sie empört. Dann senkte sie die Stimme: »Er ist … comme ce dit, ein Einzelgänger. Er will nichts mit anderen Menschen zu tun haben, klar?«
»Mit niemandem?«
»Nur wenn es nötig ist.«
»Hat er denn keine Familie?«
»Sag mal, bist du von der Polizei?«
Ich schüttelte den Kopf. »Nein, ich wollte doch nur … Es ist … Ich möchte auch so ein Akrobat werden wie er.«
Sie warf mir einen mitleidigen Blick zu.
»Vergiss es. Arthur war einzigartig. Unter Tausenden findet sich keiner wie er.« Dann legte sie den Kopf schief und musterte mich. »Aber wenn du unbedingt Akrobat werden willst, kann ich dir ein bisschen was zeigen. Donnerstags trainiere ich ein Mädchen am Trapez, um vier Uhr. Da kannst du auch

kommen. Du kannst bezahlen oder im Gegenzug meine Requisiten putzen und ein paar Dinge für mich erledigen.«
Ich nickte heftig. »Das mache ich gern. Ich kann Ihnen auch jeden Tag etwas helfen. Auch morgen schon!«
Sie überlegte kurz, dann stimmte sie zu. »Okay, sei morgen um halb vier hier. Es gibt genug zu tun. Außerdem …« Sie tippte auf meinen Bauch und meine Arme. »… musst du erst einmal Krafttraining machen. Ich zeig dir ein paar Übungen, die du dann allein trainieren kannst. Geht es dir jetzt besser?«
»Ich denke schon.«
»Gut, dann ab nach Hause.«
Sie gab mir einen Klaps, und ich stand auf.
»Können Sie mir noch sagen, wie Sie heißen?«
»Man nennt mich Crevette.«
»Und wissen Sie vielleicht auch, wie ich am schnellsten zurück zur Bahnstation komme?«
Sie zeigte ungeduldig in die entgegengesetzte Richtung des Bahndamms. »Immer der Straße nach!«
Ich reichte ihr die Hand. »Danke … Vielen Dank für alles!«
Sie zuckte lässig mit den Schultern.
»Halb so wild. Du bekommst es ja nicht umsonst.«
Sie konnte ja nicht ahnen, wie sehr sie mir geholfen hatte! Ab sofort hatte ich einen Vorwand, jeden Tag in der Nähe meines Vaters zu sein!
»Bis morgen«, rief ich glücklich und wollte gerade aus dem Rundbau schlüpfen, da schnippte sie mit dem Finger.
»Hey, Superfan. Arthur hat keine Familie. Früher war er mal verheiratet, aber das ist lange her.«
Ich drehte mich um. »Dann hat er auch keine Kinder?«

Crevette lachte auf. »Also wenn, dann weiß er selbst nichts davon!«
Ich nickte stumm, winkte noch einmal und trat hinaus in das warme Licht des Spätnachmittags.
Während ich die staubige Straße einschlug, die Crevette mir gewiesen hatte, dachte ich über die vielen Neuigkeiten nach. Wenn stimmte, was Crevette behauptete, dann hatte Arthur nicht den blassesten Schimmer, dass es mich überhaupt gab! Mama hatte mich ihm einfach verschwiegen! Das erklärte natürlich, warum er sich nicht für mich interessiert und nie gemeldet hatte! Natürlich gab es die Minimöglichkeit, dass Arthur die Sache einfach so peinlich war, dass er niemandem von mir erzählt hatte und Crevette darum nichts wusste. Aber nach dem Telefonat mit Mama tippte ich eher darauf, dass Arthur völlig ahnungslos war. Ich war so erleichtert, dass mir ungefähr zwanzig Tonnen Sedimentgestein vom Herzen polterten.
Diesmal legte ich die Strecke nach Hause in null komma nichts zurück. Es war nämlich ganz einfach: Ich hätte einfach nur eine Station früher aussteigen und mich dem Güterbahnhof von der Rückseite nähern müssen. Bald nachdem ich im Königskinderweg angekommen war, kehrte auch Oma heim. Wie verabredet, fuhren wir in die Altstadt und verbrachten den Abend in einer Pizzeria am Leineufer. Oma erzählte, wie sie ihren Selbstverteidigungslehrer mit einem gezielten Wurf auf die Matte gelegt hatte, und ich verkündete, dass ich ab sofort in einer Zirkusschule Akrobatikunterricht nehmen wollte. Oma war begeistert, und ich musste ihr alles ganz genau beschreiben. Nur als sie fragte, warum ich ausgerechnet Akro-

batik lernen wollte, flunkerte ich. Ich behauptete einfach, ein Mitschüler hätte mir davon vorgeschwärmt.

12. Kapitel

Am nächsten Tag brach ich gleich nach dem Mittagessen zum Zirkusplatz auf. Diesmal war ich besser vorbereitet. Während der Schulzeit hatte ich mir genau überlegt, wie ich meinen Vater ansprechen sollte. Ich fand, das beste Thema für ein erstes, unverfängliches Gespräch war der Winterzirkus. Ich wollte Arthur einfach fragen, warum er in der Weihnachtszeit keine Vorstellungen mehr gab.

Als ich die staubige Straße zum Zirkusplatz hinuntermarschierte, fühlte ich mich mit meinem Plan noch absolut sicher. Aber als ich zur Zirkuswiese kam und Arthur auf der Veranda des abseits stehenden Zirkuswagens sitzen sah, begann mein Herz so heftig zu hämmern, als müsste ich gleich einen zehn Meter hohen Fahnenmast hinaufklettern. Ich hatte mir die Situation sechs Schulstunden lang ganz genau ausgemalt. Das Problem war nur: In meiner Phantasie waren wir immer während des Trainings aufeinandergestoßen. Hiermit hatte ich absolut nicht gerechnet! Was sollte ich jetzt tun? Guten Tag sagen? Oder stehen bleiben und Arthur die Hand schütteln? Oder ganz den Mund halten? Plötzlich hatte ich das Gefühl, dass mich meine Füße viel zu schnell in Richtung Zirkuswagen trugen – aber nun war es auch zu spät, um einfach stehen zu bleiben. Vor lauter Aufregung ploppte mir viel zu früh und ungefähr fünfmal zu laut »Hallo, guten Tag!« aus dem Mund.

Ich hätte mich am liebsten selbst geohrfeigt. Wie konnte ich nur so dämlich sein!
»Guten Tag«, antwortete Arthur tonlos. Genauso gut hätte er mir *Platz da* oder *ein Pfund Mettwurst* zurufen können. Ich war nicht einmal sicher, ob er mich überhaupt angesehen hatte. Hastig stolperte ich weiter zum Rondell. Mit fliegenden Fingern schob ich den Riegel des großen Tors zurück – da spürte ich einen Blick im Rücken. Ich drehte mich um. Arthur saß immer noch in derselben Haltung auf der Veranda, aber er betrachtete mich. Mein Herz zog sich zusammen wie eine geballte Faust. Wie gern wäre ich jetzt zu ihm gestürmt und hätte ihm gesagt, wer ich war! Aber mit so einem Überfall würde ich garantiert alles verbocken. Also huschte ich in den Rundbau und zog die Tür hinter mir zu. Ich setzte mich auf eines der rot-goldenen Podeste und atmete erst mal durch. Warum musste in meinem Leben immer alles so schrecklich kompliziert sein?!
Zur Beruhigung schüttelte ich mich einmal, dann zog ich meine Turnschuhe aus, schlüpfte in die Gymnastikschuhe, die ich auch beim Turnen immer trug, und begann, um das Manegenrund zu traben. Heute sah es im Rundbau ganz anders aus. Ein Teil der Sägespäne war mit einem harten Boden ausgelegt, auf dem ein Einrad lag. Auf dem rot-weißen Manegenrand stand eine Kiste mit Keulen und Bällen, und unter das hohe Trapez hatte jemand die Weichbodenmatte geschoben. Es schien, als würden die Artisten nur eine kurze Trainingspause machen. Bestimmt würde es bald weitergehen – und tatsächlich, kaum hatte ich damit begonnen, mich zu dehnen, trat ein Mann mit spiegelglatt rasiertem Kopf in den Zirkusbau.
»Hey, was machst du da?!«, motzte er mich an.

Mir klappte der Kiefer runter, aber nicht wegen der unfreundlichen Begrüßung. Noch nie in meinem Leben hatte ich so monstergroße Oberschenkel und einen solchen Kugelpo gesehen! Der Kerl sah aus, als hätte er sich zwei Fußbälle unter die blaue Jogginghose gesteckt!
»Mund zu«, sagte da eine raue, bekannte Stimme, und Crevette trippelte herein.
»Alles in Ordnung, Antoine«, rief sie dem Kugelpo zu. »Das ist mein neuer Schüler.« Sie sah mich fragend an. »Wie heißt du eigentlich?«
»Tom.«
»Antoine, das ist Tom!«
Antoine musterte mich missbilligend.
»Findest du das eine gute Idee, Crevette? Wir wollten hier doch keine Fremden mehr haben!«
Crevette verdrehte die Augen. »Hey, guck ihn dir an! Sieht er aus wie jemand, der Ärger machen will?« Dann wandte sie sich wieder an mich. »Hör nicht hin. Ich zeige dir jetzt ein paar Übungen zur Muskelkräftigung, das dauert etwa eine Stunde, und dann kannst du meinen Fackelständer putzen.«
»Was hat er denn?«, fragte ich und deutete unauffällig zu Antoine-Kugelpo.
»Ach, Quatschkram, gar nichts«, wiegelte Crevette ab und führte mich zu dem niedrigen Trapez. Es hing gerade so weit herunter, dass ich mit ausgestreckten Armen die Stange erreichen konnte.
»Dranhängen, mit dem Daumen um die Stange fassen – und jetzt die Beine in der Hocke anziehen, danach die gestreckten Beine heben. Immer dreimal zehn Stück, dazwischen ein kur-

zer Verschnaufer«, befahl Crevette und führte mir die Übungen vor.
Ich griff um die Trapezstange und legte los. Schon nach der ersten Zehner-Runde zitterte mein Körper vor Anstrengung, und mein T-Shirt färbte sich schweißnass. Doch das war erst der Anfang. Es folgten Klimmzüge, Liegestütze, Kniebeugen und weitere Lektionen für die Rumpfmuskulatur. Ich war gerade beim *Klappmesser* angelangt, einer Übung, bei der man auf dem Rücken liegt und gleichzeitig Oberkörper und Beine anhebt, also zusammenklappt wie ein Taschenmesser, als Arthur in den Zirkusbau trat. Sofort gab ich mir noch mehr Mühe. Arthur blieb einen Moment am Manegenrand stehen, ließ seinen Blick durch das Rondell schweifen und verschwand, bevor ich auch nur Luft für meine zurechtgelegte Frage geholt hatte. Frustriert ließ ich mich auf die Matte fallen. Wie sollte ich meinem Vater jemals einen Zentimeter näherkommen, wenn er sich immer sofort wieder davonmachte?!
Noch zwei Mal knarrte in der nächsten Stunde die Rondelltür. Jedes Mal fuhr ich erwartungsvoll herum – und wurde enttäuscht: Erst stapfte ein mürrisch schauender junger Mann herein, der die Jonglage-Kiste holte, und kurz darauf tänzelte eine zarte Frau mit Puppengesicht in die Manege, schwatzte mit Crevette und trainierte dann Handstände auf zwei langen Stäben.
Ich war so niedergeschlagen, dass ich alle Übungen doppelt so oft wiederholte, wie Crevette gesagt hatte. Danach fühlten sich meine Arme und Beine wie Gummi an. Aber nun musste ich ja auch noch Crevettes Fackelständer putzen!
Gemeinsam mit dem unfreundlichen Antoine schleppte ich

das geschmiedete Gestell vor den Zirkusbau. Crevette brachte mir einen Eimer Seifenlauge, und ich begann, mit einem rauen Schwamm den eingebrannten Ruß von den Stangen zu schrubben. Obwohl ich mit ganzer Kraft aufdrückte und wie wild scheuerte, kam ich nur langsam voran. Aber dafür stand ich ja mitten auf dem Zirkusplatz, schräg gegenüber von Arthurs Wagen, und konnte alles ganz genau beobachten.

Als Erstes sah ich einen langen, dürren Herrn, der umständlich aus einem Zirkuswagen nahe der Bahntrasse kletterte. Auf seinem schlaksigen Körper saß ein kleiner Kopf mit wirren Haaren. Sie standen zu allen Seiten ab, wie das Kunstfell von meiner Kapuzenjacke. In seinem karierten Jackett schlenderte der Mann zweimal betont desinteressiert an mir vorbei und eilte, nachdem er über einen Maulwurfshügel gestolpert war, zu einem blau-weiß gestreiften Lkw. Dort klopfte er aufgeregt an die Blechwand.

Nun erst sah ich, dass in den Kasten des Lieferwagens Löcher für Fenster und eine Tür geschnitten waren – in dem Laster wohnte jemand! Mit Schwung flog die obere Hälfte der Tür auf, und eine steinalte Frau mit feuerrot gefärbten Haaren streckte den Kopf heraus. Der lange Dürre zischte aufgebracht los. Dabei sah er immer wieder mit empörter Miene zu mir herüber. Die alte Frau nickte und regte sich nun in irgendeiner Sprache auf, die ich noch nie gehört hatte. Gerade als sie richtig in Rage geriet, trat Arthur aus der Tür seines Wohnwagens. Augenblicklich hielt die Alte den Mund. Arthur stieg die Treppe seiner Veranda hinab, sein Blick blieb für den Bruchteil einer Sekunde an mir hängen, dann verschwand er zwischen den Wohnwagen in Richtung Stallgebäude.

Ich reckte den Hals und erforschte jeden Zentimeter von Arthurs Körper. Ich suchte einen Beweis. Irgendetwas, woran man erkennen konnte, dass er mein Vater war. Es konnte auch eine verräterische Bewegung sein, eine Geste, von mir aus auch eine Macke – wie der schiefe Mundwinkel bei Opa und mir –, Hauptsache, irgendetwas, in dem wir uns ähnelten! Aber ich konnte nichts entdecken. Vielleicht war unsere Verwandtschaft erst auf den zweiten Blick zu erkennen, tröstete ich mich. Zum Glück gab es ja meine Begabung im Turnen. Die musste doch von Arthur stammen. Nachdenklich wandte ich mich wieder der Rußkruste am Fackelständer zu. Aus den Augenwinkeln sah ich, dass der lange Dürre jetzt wieder zu seinem Wohnwagen stakste und die Alte ihren faltigen Schildkrötenhals zurück in den Lkw zog. Dann herrschte erst mal Ruhe.

Etwas später tauchte am Ende des Platzes, hinter den letzten Wohnwagen, ein Kerl in einem blauen Arbeitsoverall auf. Er führte eines der Pferde, einen kräftigen Rappen, aus dem Stallgebäude Richtung Bahndamm. Im hohen Rasen pflockte er ihn an, damit er dort ein wenig grasen konnte. Kurz hatte ich das Gefühl, dass er zu mir herüberschaute. Ich winkte, doch entweder hatte er mich nicht gesehen oder er wollte nicht grüßen, jedenfalls stapfte er grußlos zurück ins Stallgebäude. Merkwürdig, dachte ich, während ich weiter die Metallstreben putzte. Warum waren alle so misstrauisch und nervös? Nur Crevette schien völlig entspannt – und natürlich Arthur. Antoine hatte gesagt, dass es keine gute Idee wäre, einen Fremden auf den Platz zu lassen. Was bedeutete das?

Während ich darüber nachgrübelte, dröhnte plötzlich ein blechernes Tröten über die Wiese. Ich riss den Kopf herum. So ein Geräusch hatte ich noch nie gehört. Es klang wie eine Lokomotive mit Bronchitis oder eine festgefahrenen Kreissäge. Und es wurde immer wieder unterbrochen von Pupsgeräuschen und wildem Scheppern. Der merkwürdige Lärm hielt so lange an, bis ich den Ständer auf Hochglanz gebracht hatte. Dann riss er so plötzlich ab, wie er begonnen hatte. Irgendwie war doch alles sehr schräg auf diesem Zirkusplatz.

»Wow«, sagte Crevette, als ich ihr den blitzblanken Fackelständer präsentierte. »So gut hat der ja noch nie ausgesehen! Kommst du morgen wieder? Ich habe noch mehr zu tun.«

»Gern, aber …« Ich trat einen Schritt näher und flüsterte: »Ich glaube, die anderen Artisten finden es nicht so gut, dass ich hier bin.«

Crevette wuschelte mir durchs Haar. »Ach, das hat nichts mit dir zu tun. Es gibt hier gerade ein bisschen Ärger. So ein blöder Makler versucht, uns vom Platz zu ekeln.«

»Wieso das denn?«, fragte ich und erinnerte mich an den Artikel aus dem Internet, in dem irgendetwas über einen Streit um den Platz gestanden hatte.

Crevette machte eine wegwerfende Handbewegung.

»Keine Ahnung, anscheinend soll das Grundstück verkauft werden. Aber das geht nicht, weil Arthur so ein Nutzungsrecht hat.«

»Nutzungsrecht? Ich dachte, ihm gehört alles?«

»Tut es ja auch, irgendwie.« Sie zuckte mit den Schultern. »Wie auch immer. Dieser Kerl will Ärger. Es gab so einen Vorfall, die Polizei war hier … Wir wissen, dass es Sabotage war, aber wir haben keine Beweise. Im Zweifelsfall sind sowieso immer die Zirkusleute schuld.«

»Wieso?«, fragte ich verständnislos.

Crevette lächelte müde. »Weil wir fahrendes Volk sind. Wir sind den meisten Leuten suspekt, sie trauen uns nicht.«

Darüber hatte ich noch nie nachgedacht. Aber es stimmte. Die doofen Schraders hatten auch gegen jeden neuen Mieter etwas – schon bevor sie den richtig kannten. Und Zirkusleute kamen ja immer neu in irgendeine Stadt und waren Fremde.

»Also«, sagte Crevette. »Wenn einer komisch ist, nimm dir das nicht zu Herzen. Das hat nichts mit dir persönlich zu tun.« Sie zeigte zum Lkw. »Anastasja ist sowieso etwas hysterisch, und Herr Bohne wittert hinter jedem einen Handlanger dieses Maklers.«

»Herr Bohne?«

»Der lange Seiltänzer mit dem karierten Jackett.«

»Ach, der«, sagte ich. »Heißt der wirklich so? Bohne?«

»Keine Ahnung, ich kenne ihn jedenfalls nur unter dem Namen.« Crevette stützte die Arme in die Seite. »So, für heute hast du genug getan. Geh jetzt nach Hause, und leg dich in die warme Badewanne.«

»Was?! Bei der Hitze?«

»Glaub mir, wenn du morgen wieder trainieren willst, ist es das Beste, was du machen kannst.«

13. Kapitel

Am nächsten Morgen kroch ich auf allen vieren aus dem Bett. Ich hatte noch lange über die Sache mit dem fahrenden Volk nachgedacht und über der ganzen Grübelei hatte ich blöderweise Crevettes Tipp mit dem heißen Bad vergessen. Nun gab es keine Faser in meinem Körper, die nicht wehtat. Als ich die ersten Treppenstufen hinunterstieg, zweifelte ich, ob ich jemals am Frühstückstisch ankommen würde. Einen solchen Muskelkater hatte ich in meinem ganzen Leben noch nicht gehabt! Stöhnend eierte ich in die Küche und ließ mich auf die Eckbank fallen.

Oma schüttelte den Kopf.

»Gesund sieht das aber nicht aus. Wissen die überhaupt, was sie da tun?«

»Natürlich«, ächzte ich, »das sind Profis.«

»Ich muss mir das heute mal genauer anschauen«, entschied Oma und reichte mir meinen Kakao.

Hoffentlich sind ihr Zirkusleute nicht auch suspekt, dachte ich alarmiert. So gut kannte ich Oma ja noch gar nicht, und über »fahrendes Volk« hatten wir noch nicht gesprochen.

Oma setzte sich mir gegenüber an den Tisch, nahm einen Schluck Kaffee und sah mich prüfend an.

»Deine Mutter hat mich gestern Nacht noch angeskypt.«

Verdammt! Über der ganzen Aufregung hatte ich völlig vergessen, wie doof mein letztes Telefonat mit Mama gelaufen war. Hatte sie Oma etwa von den Fragen nach meinem Vater erzählt? Ich versuchte, Omas Blick zu deuten. Doch es war unmöglich, irgendetwas daraus abzulesen.

»Ich habe versucht, dich zu wecken, aber du hast geschlafen wie ein Stein«, stellte sie beiläufig fest und nahm ein Brötchen aus dem Korb. »Honig oder Marmelade?«

»Honig«, antwortete ich und hatte das blöde Gefühl, dass dieses Gespräch in keine gute Richtung ging.

»Deine Mutter war beunruhigt und hat gefragt, ob irgendetwas passiert sei.«

Klar! Natürlich fragte sich Mama, warum ich ausgerechnet jetzt auf diese Vater-Sache kam. Jetzt bloß kein falsches Wort, sonst konnte ich meine vorsichtige Annäherung an Arthur vergessen! Also holte ich tief Luft und tat total überrascht.

»Häh? Wie kommt sie denn darauf?« Kopfschüttelnd schob ich Oma das Honigglas zu. »Ich meine … Also, was hast du ihr gesagt?«

»Dass ich von nichts weiß und du eigentlich gut drauf bist.« Sie legte das Messer ab und sah mich besorgt an. »Das stimmt doch, oder?«

»Jaa!«

»Wirklich?«

»Oma, mir geht es super, ehrlich! Vielleicht war ich ein bisschen durcheinander, als ich mit Mama geskypt hab. Ist ja auch viel los gerade.«

Oma atmete auf. »Das habe ich ihr auch gesagt. Und dass du sogar schon einen Freund gefunden hast und Akrobatikunterricht in einer Zirkusschule nimmst.«

Ich schluckte. »Und wie fand Mama das mit dem Zirkus?«

»Erst hat sie sich gewundert, aber als ich ihr erzählt habe, dass das über den anderen Jungen zustande gekommen ist, hat sie sich unheimlich gefreut. Sie war ganz begeistert, dass du

schon einen Freund gefunden hast. Ich soll ihn mir mal angucken.«
»Klar, kein Problem.« Ich winkte lässig ab, obwohl ich natürlich keine Ahnung hatte, woher ich jetzt diesen erfundenen Freund zaubern sollte. Dafür beruhigte mich Mamas Reaktion ein bisschen. Ich glaubte zwar keinen Moment, dass sie die Geschichte mit dem Freund, der zufällig in eine Zirkusschule ging, einfach so geschluckt hatte. So chaotisch sie auch war – eins und eins konnte sie immer blitzschnell zusammenzählen. Aber offensichtlich wollte sie Oma nicht in diese Vater-Sache reinziehen, und das war gut.
Für Oma schien das Thema damit gegessen zu sein. Jedenfalls zog sie die Papiere mit Mamas Programmpunkten hervor und breitete sie auf dem Tisch aus.
»Heute müssen wir mal irgendetwas von dieser Liste unternehmen. Julia hat schon nachgefragt.« Oma überlegte kurz. »Wir könnten ins Sprengel Museum gehen. Das liegt am Maschsee. Dann hast du den auch gleich gesehen und schaffst es trotzdem noch rechtzeitig zum Training.«

Das Museum gefiel mir viel besser, als ich erwartet hatte. Neben Unmengen von Bildern gab es ein weißes Zimmer, in dem alles krumm und schief war. Am besten aber fand ich eine winzige Kammer, so eng wie eine Raumkapsel, in der man nur ganz allein stehen konnte. Das Licht wechselte seine Farben, und man fühlte sich wie ein Astronaut, ganz fern der Erde.
Nach unserem Rundgang aßen wir Nudeln im Museumsrestaurant, und dann brachte Oma mich zum Zirkusplatz. Schon als wir von der Hauptstraße abbogen und die Straße Richtung

Güterbahnhof hinunterbrausten, schüttelte Oma missbilligend den Kopf.
»Hier ist ja der Hund verfroren.«
»Wie bitte?«
»Ich meine, hier ist nichts los. Tote Hose. Im Dunkeln würde ich dich nie allein hier langgehen lassen!«
Oma parkte auf dem Rasenstück vor Arthurs Wohnwagen.
»Aha«, sagte sie und schaute skeptisch über das Areal. »Und hier wohnen die Leute auch alle?«
»Genau.«
»Und wie viele Kinder trainieren so insgesamt bei denen?« Ihre Stimme klang jetzt ziemlich misstrauisch.
»Puh«, machte ich lässig, als müsste ich die Menge erst im Kopf überschlagen. »Keine Ahnung, wie viele das genau sind. Ich kenne ja noch nicht alle, und manche kommen nur einmal die Woche …«
Zum Glück hielt genau in dem Moment ein schickes Cabrio hinter uns. Ein Mädchen mit kastanienbraunem Pferdeschwanz stieg aus und lief, ohne uns weiter zu beachten, zum Rundbau.
»Das ist zum Beispiel eine Trapez-Schülerin von Crevette«, behauptete ich schnell.
Oma warf einen Blick in den Rückspiegel. Der Anblick der sehr ordentlich frisierten Mutter in dem schicken Auto schien sie zu entspannen.
»Na, dann wünsche ich euch viel Spaß.«
Ich stieg aus und wartete, bis Oma weggefahren war. Natürlich hoffte ich, Arthur auf der Veranda oder vorn in seinem Wagen zu sehen. Diesmal hatte ich mich innerlich auf ein Tref-

fen in den ersten zwei Minuten eingestellt. Doch zu meiner Enttäuschung war die Wagentür verschlossen. Ich trabte zum Rondell und zog die Tür auf.

Das Mädchen saß auf dem Manegenrand und schnürte sich gerade ein paar merkwürdige, lange Stiefel. Das Leder reichte fast bis zum Knie, aber unten hatten die Schuhe keine Sohlen, sondern nur einen Steg, der über die Mitte des Fußes lief. Überhaupt schien das Mädchen wie eine echte Artistin ausstaffiert zu sein: Über ihr rotes Trikot hatte sie trotz der Hitze einen Nierenwärmer aus Angorawolle gestreift, und sobald sie ihre Schuhe geschnürt hatte, trat sie damit in Holzclogs, wie sie auch Crevette die letzten beiden Tage getragen hatte.

»Hallo!«, rief ich dem Mädchen zu und winkte.

Sie schaute kurz auf, hob eine Augenbraue und antwortete kühl: »Hi.«

Aha, dachte ich. Die redet wohl nicht mit jedem.

Hinter einem Podest schlüpfte ich in meine Sporthose und begann, meine Runden zu laufen. Währenddessen stellte sich das Mädchen auf eine der Matten an der Seiltanzanlage und trippelte auf der Stelle. Zeitgleich wechselten wir beide in die Manege und dehnten uns. Dabei würdigte sie mich keines Blickes. Leider muss ich zugeben, dass sie ziemlich beweglich war. Jedenfalls rutschte sie nach fünf Minuten mühelos in den Rechts- und dann in den Links-Spagat. Auch ihre Brücke war ein perfekter Bogen, bei dem die Schultern genau über den Händen standen.

Zügig ging ich die Übungen durch, die mir Crevette zum Aufwärmen gezeigt hatte, und hängte mich dann an das niedrige

Trapez, um meine Bauchmuskeln zu trainieren. Ich hatte gerade das vierte Mal die Beine angehoben, als mich ein spitzer Finger in den Rücken pikste.
»Ich habe jetzt Unterricht.«
Ich ließ die Stange los und drehte mich herum.
Das Mädchen blitzte mich aus angriffslustigen, grünen Augen an.
»Danke«, sagte sie, drängelte mich beiseite und schnappte sich das Trapez.
Resolut zog ich die Stange zurück.
»Erst mache ich meine Übungen fertig, klar?«
Das Mädchen verzog das Gesicht. »Pfff, deine Übungen? Ich habe dich noch nie hier gesehen.«
»Ich dich auch nicht«, entgegnete ich, hängte mich ans Trapez und zog erneut die Beine an.
»Ich«, sagte das Mädchen, »trainiere hier seit einem Jahr. Wenn du mich noch nicht gesehen hast, dann musst du blind sein. Oder bist du erst seit gestern hier?«
Ich holte Luft, doch mir fiel nichts wirklich Gutes ein, was ich ihr entgegensetzen konnte.
»Damit ist ja klar, wer hier Vorrang hat«, triumphierte sie und nahm mir das Trapez wieder aus der Hand. »Ich muss meine Vorübungen machen, bevor Crevette kommt.«
»Das muss ich auch.«
»Ja, aber nach mir.«
Was für eine eingebildete Zicke, dachte ich und wollte ihr das Trapez schon wieder entreißen, da schwang sie sich lässig daran empor, hakte sich mit den Kniekehlen ein, ließ sich wieder fallen und schwang sich in den Sitz. Ich schluckte. Diese

blöde Zicke war leider wirklich ziemlich gut. Gegen sie war ich ein blutiger Anfänger, und sicher würde sie mich das bitter spüren lassen, sobald sie meine mickrigen Akrobatikversuche sah.

Geschlagen ging ich zu einer Matte und machte erst einmal mein Krafttraining auf dem Boden. Kurz darauf marschierte Crevette in den Rundbau. Sie klatschte in die Hände und zeigte auf das lange Tau, das von der Kuppel herunterhing.

»Mia: Fünfmal das Vertikalseil hoch. Tom: Bauchmuskelübungen am Trapez.«

Für einen kurzen Moment fühlte ich mich als Sieger. Aber nur so lange, bis Mia sich dieses Vertikalseil schnappte und daran lässig bis ganz nach oben unter die Zirkuskuppel kletterte! Mir wurde schon vom Zusehen flau im Magen. Hoffentlich kam Crevette nicht auf die Idee, dasselbe von mir zu verlangen!

Ich hatte Glück: Nachdem ich mit dem Krafttraining am Trapez fertig war, sollte ich üben, auf den Händen zu laufen – und das war wirklich meine Spezialität! Ich platzierte die Matten extra so in der Manege, dass ich den Eingang im Blick hatte und Arthur sofort bemerken würde, wenn er das Rondell betrat.

Doch an diesem Tag kam leider nur der lange Herr Bohne in den Rundbau und trainierte auf dem Drahtseil. Später gesellte sich noch der bullige, Furcht einflößende Jongleur dazu. Er konnte gleichzeitig sieben Bälle in der Luft halten, sprach aber in der ganzen Zeit kein einziges Wort. Dafür redete Herr Bohne umso mehr. Kaum war er über den dünnen Draht gelaufen und hatte nach irgendeiner Verrenkung oder einem

künstlichen Stolperer das Podest erreicht, sabbelte er ohne Punkt und Komma.
»Arbeitet er auch an einer neuen Nummer?«, fragte ich Crevette während einer kleinen Pause leise.
»Herr Bohne? Nein, der hat sogar eine ganz wunderbare Nummer, du siehst ja, er ist Clown auf dem Drahtseil.«
»Und warum ist er dann hier?«
Crevette trat ein Stückchen näher.
»Er leidet so sehr unter Lampenfieber, dass sie ihn zuletzt unter Androhung von Prügeln in die Manege tragen mussten.«
»Der Arme«, sagte ich, denn ich wusste ja durch meine Höhenangst, wie sich solche Panikattacken anfühlten.
Crevette nickte und seufzte. »Irgendwann ist seinem Zirkusdirektor der Kragen geplatzt. Er soll durch das ausverkaufte Chapiteau gebrüllt haben: ›Bohne, du bist einer der wenigen Menschen, die dafür bezahlt werden, dass sie über ihre eigenen Füße stolpern. Aber wenn du nicht einmal das kannst, dann mach, dass du wegkommst!‹ Seitdem wohnt Bohne bei Arthur auf dem Platz.«
»Wie lang ist das jetzt her?«
Crevette zuckte mit den Schultern. »Drei Jahre? Vier?«
Ich schaute mitfühlend zu Herrn Bohne, der sich plötzlich aus dem Stand fallen ließ, mit dem Po auf dem Seil landete und mit dem nächsten Schwung wieder zum Stehen kam.
»Wovon lebt er denn?«, fragte ich. »Er muss doch Essen kaufen und Anziehsachen!«
»Manchmal wird er als Clown für Kindergeburtstage gebucht, und ansonsten füttert Arthur seine Leute halt durch.«
Ich sah Crevette verwundert an.

»Ist Arthur so reich?«
»Nein, er hat hinten im Stallgebäude eine Werkstatt. Da baut er Requisiten für andere Artisten.«
»Oh«, machte ich, denn wie Arthur sein Geld verdiente, darüber hatte ich noch nicht nachgedacht.
»Aber weißt du«, fuhr Crevette fort, »wenn man im Wohnwagen lebt, muss man sich sowieso auf das Nötigste beschränken. Man hat ja keinen Platz für irgendwelchen Krimskrams. Wir brauchen nicht viel. Außerdem zahlen wie keine Miete, und meistens essen wir alle zusammen. In Mengen kochen ist auch billiger.«
»Wer kocht denn für euch?«
»Anastasja, die Alte mit den roten Haaren. So, und jetzt genug gequatscht.«
Crevette schnappte sich einen Stab, der an beiden Enden eine kleine Fackel besaß. Der Trick bestand darin, ihn zwischen zwei anderen Stäben so schnell hin- und herzuwerfen, dass es aussah, als wenn er frei schwebend durch die Luft tanzte. Wenn ich richtig verstand, was Herr Bohne vor sich hin plapperte, nannte man das Ding *Devilstick*. Nachfragen wollte ich nicht – ich hatte schließlich keine Lust, mich vor der angeberischen Mia zu blamieren. Ich wartete, bis sie endlich gegangen war, und fragte Crevette dann nach meiner Arbeitsaufgabe.
»Im Stallgebäude steht ein Paket, darin ist mein neuer Feuer-Hula-Hoop-Reifen. Den hol mir doch bitte, und bau ihn zusammen«, sagte sie und beschrieb mir, wo ich das Päckchen finden würde.
Begeistert sauste ich los. Vielleicht traf ich im Stallgebäude ja Arthur in seiner Werkstatt? Dann konnte ich ihn endlich nach

dem Winterzirkus fragen und mit ihm ins Gespräch kommen. Ich lief über die Wiese zwischen den Lkws hindurch, umrundete einen Holzwagen, sprang über die Deichsel eines kleinen Wohnwagens – da traf mich plötzlich eine Möhre am Kopf. Wütend fuhr ich herum. Aber ich sah niemanden. Gerade wollte ich weitergehen, als ich ein Rascheln vernahm. Jetzt erst bemerkte ich einen weitläufigen Käfig, der direkt an einen alten Zirkuswagen grenzte und von ein paar Bäumen und Büschen verdeckt war. In einer Ecke, halb verborgen von Zweigen, saß ein alter Schimpanse und bleckte seine langen gelben Reißzähne. Aufgebracht schüttelte er seine Faust und schleuderte mit der anderen Hand eine Ladung Stroh in meine Richtung. Offensichtlich gefiel es ihm nicht, dass ich über den Platz lief. Zum Glück sitzt das Vieh hinter Gittern, dachte ich und eilte schnell weiter.
Direkt vor der Tür des großen Stallgebäudes parkte ein großer, schwarz glänzender Geländewagen. Zwischen den alten, verwitterten Zirkuswagen wirkte er wie ein Ufo, das versehentlich auf dem falschen Planeten gelandet war. Ich fragte mich, wer von den Artisten wohl so ein teures Auto besaß, und umrundete den Wagen, als ich an der Fahrertür den Schriftzug *Liebermann Immobilien- und Grundstücksmakler* entdeckte. War das der Kerl, von dem Crevette erzählt hatte? Dieser Makler, der Arthur von seinem Platz vertreiben wollte?
Ich drängte mich an der Stoßstange vorbei zum Eingang des Stallgebäudes. Kaum war ich in den düsteren Eingangsbereich geschlüpft, hörte ich eine laute Stimme. Ich versuchte, mich zu orientieren. Links lagen die Stallungen, hatte Crevette gesagt. Ich machte ein paar Schritte vorwärts und spähte durch einen

Türspalt. Weitläufige Boxen säumten einen langen Gang. Ich sah zwei kräftige Pferde und ganz hinten das Kamel. In den freien Boxen waren Stroh- und Heuballen aufgestapelt. Ich wandte mich neugierig zur rechten Seite, wo Arthurs Werkstatt sein musste. Von dort kam auch die aufgebrachte Stimme. Die Tür gleich vorn war geschlossen, aber weiter hinten war ein Fenster in die rote Backsteinwand gebrochen. Die Scheibe war total verstaubt, nur schemenhaft erkannte ich Maschinen und Werkzeuge. Auf Zehenspitzen schlich ich näher ans Fenster und wischte ein kleines Stück frei. Jetzt entdeckte ich Arthur, der sich mit verschränkten Armen gegen eine Tisch-Kreissäge mit einem riesigen zackigen Sägeblatt lehnte. Ihm gegenüber stand ein Mann in einem schicken Anzug. Er sah nicht so aus, als wollte er sich ein neues Requisit bestellen. Ehrlich gesagt machte er mir ein bisschen Angst mit seinen kalten, kleinen Augen und den schmalen, zusammengepressten Lippen. Er hatte etwas Fieses, Rattiges an sich. Außerdem kam er Arthur viel zu nah und fuchtelte ständig vor seinem Gesicht herum. Arthur blieb ganz ruhig und lauschte scheinbar gleichgültig den Hasstiraden.

»Was wollen Sie denn noch?!«, geiferte das Rattengesicht. »Ich biete Ihnen jetzt nicht nur eine eigene Wohnung, in der Sie leben können, sondern auch noch eine zweite zum Vermieten. So hätten Sie ein sicheres Auskommen und ein gutes Leben.«

»Ich habe bereits ein gutes Leben«, hörte ich Arthur entgegnen.

»Früher oder später wird man Sie doch sowieso von diesem Platz vertreiben!«, drohte der Anzugträger mit schneidender Stimme.

»Dann lieber später«, sagte Arthur.
»Ist das Ihr letztes Wort?«
»Das habe ich Ihnen schon bei Ihrem letzten Besuch gesagt«, antwortete Arthur ruhig. »Der Platz ist nicht zu verhandeln. Er ist nicht nur mein Zuhause, sondern auch das Zuhause meiner Leute und der Tiere. Und Sie wissen genau, dass ich ein lebenslanges Nießbrauchrecht besitze!«
»Ja, mein Lieber, aber das ist nicht im Grundbuch eingetragen«, fauchte das Rattengesicht, und seine Stimme überschlug sich vor Wut. »Und in dem Moment, wo der Platz verkauft wird, zählt Ihr Papier einen Scheißdreck!«
»Aber Ihrem Interessenten scheint dieses Papier zu genügen, um von einem Kauf abzusehen«, beharrte Arthur.
Ich fand ihn ziemlich cool, wie er den Makler einfach so abblitzen ließ.
»Noch!«, höhnte der nun. »Aber ich verspreche Ihnen: Wenn Sie den Platz nicht freiwillig räumen, dann werde ich Ihnen das Leben zur Hölle machen! Ich werde Ihnen den Tierschutz, die Behörden, die Polizei und meine Anwälte auf den Hals hetzen. So lange, bis jeder, aber wirklich jeder in dieser Stadt froh ist, wenn Sie und Ihr Zirkuspack endlich weg sind. Und merken Sie sich: Ich gebe nie auf! Und ich habe noch nie verloren!«
»Sie verschwenden Ihre Zeit«, gab Arthur unbeeindruckt zurück. Dann drehte er sich weg und schaltete die Kreissäge an. Surrend setzte sich das scharfe Sägeblatt in Bewegung.
Ich sprang schnell in eine der Kammern am Ende der Eingangshalle. Gerade noch rechtzeitig, denn nun klappte die Werkstatttür auf, und das Rattengesicht stürmte wutschnau-

bend aus dem Stallgebäude. Ein Schauer lief mir den Rücken herunter. Obwohl ich nur die Hälfte verstanden hatte, machte mir dieser Kerl Angst. Ich konnte jetzt gut verstehen, warum die Artisten so angespannt waren. Wenn dieses fiese Rattengesicht nur die Hälfte seiner Drohungen wahr machte, stand den Bewohnern des Platzes einiges bevor. Wie konnte Arthur da nur so ruhig bleiben?

Als ich kurz darauf mit den Einzelteilen des Hula-Hoop-Reifens in den Rundbau kam, war Crevette verschwunden.
»Ich soll dir sagen, du kannst den Ring auch morgen zusammenbauen«, rief der geschwätzige Herr Bohne mir zu. »Du scheinst ja jetzt häufiger zu kommen, was?«
Ich nickte stumm.
Er sprang vom Drahtseil und kam auf mich zu. Eilig packte ich meine Sachen zusammen. Ich hatte jetzt überhaupt keine Lust, mit ihm zu reden. Er hatte so eine merkwürdige Art, alle auszuhorchen, und ich war noch viel zu verwirrt von dem Gespräch zwischen Arthur und dem Rattengesicht, um mich nicht zu verplappern.
»Okay, dann bis morgen«, rief ich schnell, schulterte meinen Rucksack und lief aus dem Rundbau.

Als ich an diesem Abend im Bett lag, dachte ich darüber nach, wie mutig sich Arthur im Streit mit dem Makler vor die Artisten und Tiere gestellt hatte. Irgendwie war das doch komisch. Auf der einen Seite wollte er mit niemandem etwas zu tun haben, aber dann sorgte er dafür, dass alle Artisten einen Platz zum Leben hatten. Er hätte ja auch einfach die zwei Wohnungen nehmen können! Und das brachte mich zu dem eigentlichen Punkt: Arthur ließ offensichtlich niemanden im Stich. Und so jemand würde sich doch auch immer um sein Kind kümmern, oder? Warum nur hatte Mama ihn dann aus unserem Leben gestrichen?

Ratlos drehte ich mich auf die Seite und guckte aus dem Fenster in die dunkle Nacht. Eines war klar: Irgendetwas musste zwischen meinen Eltern gewaltig schiefgelaufen sein. Ich hatte nur keine Ahnung, was. Und ich konnte niemanden danach fragen! Mama war Tausende Kilometer entfernt, und mein Vater hatte bisher nicht mal zwei ganze Sätze mit mir gesprochen. Seufzend kuschelte ich mich in meine Kissen. Wann würde ich endlich an meinen Vater herankommen? Wann würde ich dieses verdammte Rätsel lösen?

Damals wusste ich noch nicht, dass ich meine Chance bekommen sollte. Und zwar schneller, als ich es mir in dieser Nacht erträumte.

ÄQUILIBRISTIK

Nur wer das Unmögliche will – von einem Trapez zum anderen fliegen, über einen bleistiftdünnen Draht tanzen oder auf einer glitzernden Kugel schweben –, nur der sollte es wagen, in das Rund der Manege zu treten. Denn ein Leitspruch eint die Feuerspucker und Jongleure, Seiltänzer und Schlangenmenschen: Wunder sind machbar.

1. Kapitel

Als ich am nächsten Morgen verschlafen über den Schulhof stapfte und zum Haupteingang blickte, glaubte ich für einen Moment, schlecht zu träumen! Gleich hinter der großen Tür mit dem Sicherheitsglas, in einem Pulk von gackernden Mädchen, stand … Mia! Die blöde Kuh ging also auch noch auf meine Schule! Reichte es nicht, dass ich mit ihr in einem Zirkuszelt trainieren musste? Ich versuchte, mich unauffällig an ein paar Zwölftklässlern vorbei in das Gebäude zu drängen, als ich Mia laut sagen hörte: »Ach, der … Der ist neu und heißt Tom.«

Ich tat, als hätte ich sie gar nicht bemerkt, eilte weiter und beschloss, in der nächsten Pause auf gar keinen Fall allein bei den Klettergerüsten abzuhängen. Mia brauchte nicht wissen, dass ich noch keine Freunde gefunden hatte. Da mischte ich mich lieber unter die langweiligen Computer-Freaks, die in der Cafeteria ihre Spiele tauschten. Doch meine Sorge war völlig unbegründet. Ich begegnete Mia weder in der ersten noch in der zweiten Pause. Dafür hatte ich am Ende des Schultages gleich zwei Mal bei einem komischen Fangspiel meiner

Klassenkameraden mitgespielt, zur großen Freude meiner Lehrerin.
»Wie schön, dass du jetzt Anschluss gefunden hast«, sagte sie, als ich nach der sechsten Stunde mit einer Gruppe Jungs aus dem Klassenzimmer trabte.
Natürlich erzählte ich das Oma gleich weiter, damit sie beruhigt war und Mama beim nächsten Telefonat davon berichtete. Ich ließ absichtlich viele Namen fallen, um sie ein bisschen zu verwirren. Früher oder später würde ich ihr ja meinen erfundenen Freund präsentieren müssen, der mich angeblich zum Akrobatikunterricht gebracht hatte. Leider hatte ich noch immer keine Idee, wen ich dafür einspannen konnte.
Wie erhofft, war Oma begeistert von den neuen Nachrichten. Ohne weitere Nachfragen nahm sie mich mit in die Stadt und ließ mich auf dem Weg zum Computerkurs an der Kreuzung zum Zirkusplatz aus ihrem alten Golf springen.
Gedankenverloren bog ich in die staubige Straße, hüpfte über die Schlaglöcher und stockte plötzlich. Hinter einem Gebüsch, das direkt an die viel befahrene Hauptstraße grenzte, stand das Kamel! Keine fünf Schritte von der Fahrbahn entfernt! Ich machte kehrt, rannte zu dem Trampeltier und packte es am Halfter. »Los, du blödes Vieh!«, schimpfte ich und zog es auf den Weg. »Wieso haust du eigentlich ständig …« Verwundert sah ich auf das Stück Seil, das noch am Halfter hing. Es war fein säuberlich mit einem Messer durchtrennt worden. Das Kamel hatte sich nicht losgerissen – jemand hatte es losgeschnitten! Jemand, der wollte, dass es weglief! Das konnte nur einer diese angekündigten Sabotageakte des Rattengesichts sein! Wahrscheinlich hatte dieses Ekelpaket gehofft, das Ka-

mel würde auf die Straße stapfen und einen schlimmen Unfall verursachen! Ich schnalzte mit der Zunge und versuchte, das Trampeltier mit Stupsern gegen die Schulter anzutreiben. Es musste sofort zurück zum Zirkusplatz! Tatsächlich fiel das Kamel in einen schaukelnden Trab. Mit seinen langen Beinen holte es so weit aus, dass ich nur im Dauerlauf mithalten konnte. Wir hatten das Ende des Zirkusplatzes fast erreicht, als ich plötzlich ein Motorengeräusch hinter mir hörte. Im Laufen schaute ich über die Schulter. In einer riesigen Staubwolke raste ein Polizeiwagen heran.

»Los! Schneller! Hopp, hopp!«, trieb ich das Kamel an und zerrte am Halfter. Da machte es einen gewaltigen Satz und begann zu galoppieren. Mit jedem Sprung wurde ich nun in die Luft gerissen und flog einen halben Meter weit mit. Die Hopser fühlten sich wie eine Fahrt in der Berg-und-Tal-Bahn auf dem Rummelplatz an, und wäre die Lage nicht so brenzlig gewesen, hätte ich bestimmt einen Riesenspaß gehabt. Doch die Motorengeräusche wurden immer lauter, und kurz vor dem Stallgebäude überholte uns das silbern-blaue Auto und blieb mit einer scharfen Bremsung in der Einfahrt vor Arthurs Wagen stehen. Ich stemmte mich gegen das Halfter, damit das Kamel wieder in seinen gemächlichen Schaukelgang fiel. Auf keinen Fall sollten die Polizisten den Eindruck haben, wir würden vor irgendetwas weglaufen! Unter dem Kamelhals hindurch beobachtete ich, wie zwei Uniformierte aus dem Auto stiegen. Während der Ältere, Dickere von beiden direkt auf den Platz marschierte, blieb der Jüngere an der Ecke von Arthurs Zirkuswagen stehen. Er pfiff und winkte mich heran. Da ich bisher noch nie etwas mit der Polizei zu tun gehabt hatte, hielt ich es für das Klügste, mich einfach ganz normal zu verhalten. So als würde ich jeden Tag das Kamel an der staubigen Straße entlangführen.

»Jetzt schön braaaav bleiben«, beschwor ich das Trampeltier und folgte dem jungen Polizisten. Als ich um die Ecke auf den Platz bog, trat Arthur gerade aus seinem Wagen und begrüßte die Polizisten mit Handschlag. Leider konnte ich nicht verstehen, was sie sagten, aber Arthur wirkte auch jetzt wieder ganz gelassen und nicht den Funken eingeschüchtert. Von der anderen Seite näherten sich nun nach und nach die anderen Artisten: Herr Bohne, Anastasja, der mürrische Jongleur, Antoine, die Frau mit dem Puppengesicht und ein untersetzter, älterer Herr, den ich bis jetzt noch nicht gesehen hatte.

Unauffällig machte ich ein paar Schritte auf Arthur und die Polizisten zu und lauschte.

»Herr Merlini«, schimpfte der Jüngere, »wir sind nun schon zum zweiten Mal hier, weil Ihr Kamel allein an der Straße herumgerannt ist. Sie können von Glück sagen, dass nichts passiert ist!«

»Diesmal können wir auch leider kein Auge zudrücken«, bedauerte der Ältere. »Ein Anwohner hat Sie angezeigt.«

Arthur hörte ruhig zu und schwieg.

Das schien den Jüngeren nervös zu machen, jedenfalls motzte er: »Und erzählen Sie uns bitte nichts von Sabotage, wie Ihr Kollege hier neulich!« Er deutete mit dem Kinn in Richtung Herr Bohne.

Der ältere Polizist machte ein beschwichtigendes Zeichen, dann wandte er sich an Arthur. »Mensch, Herr Merlini, ich verstehe Sie nicht. Mal davon abgesehen, dass wir Ihnen das

Tier wegnehmen könnten, ist es doch für den Ruf des Zirkusplatzes ganz schlecht, wenn …«

»Das Kamel war nicht allein unterwegs!«, rief ich da, ohne nachzudenken, dazwischen.

Die Polizisten fuhren herum, und selbst Arthur sah mich einen kurzen Moment überrascht an.

»Ich … Also, ich war dabei«, stammelte ich. »Ich habe es geführt. Vielleicht haben mich die Leute nicht gesehen, weil ich hinter dem Kamel stand.«

»Du bist allein mit dem Trampeltier an der großen Hauptstraße langgerannt?«, fragte der Ältere kopfschüttelnd.

Der jüngere Polizist plusterte sich empört auf und raunzte Arthur an: »Sie lassen ein Kind mit einem ausgewachsenen Kamel spazieren gehen?! Das ist unverantwortlich!«

»Selbstverständlich tue ich das nicht«, entgegnete Arthur, und mit einem Mal war sein Ausdruck völlig verändert. Alle Gelassenheit war verschwunden. Mit unbewegter, kalter Miene sah er mich an. Verdammt, dachte ich. Jetzt muss mir ganz schnell etwas einfallen! Ich wollte Arthur doch helfen und ihn nicht noch mehr in Schwierigkeiten bringen!

Blöderweise redete sich jetzt auch noch der jüngere Polizist völlig in Rage:

»Was da alles hätte passieren können! So ein Vieh reißt ein Kind doch mir nichts, dir nichts auf die Straße! Wenn dann ein Auto kommt … Nicht auszudenken!«

Hilflos blickte ich zu Arthur empor – und erntete einen vernichtenden Blick.

In meiner Verzweiflung baute ich mich vor dem geifernden Polizisten auf und rief: »Das Kamel gehorcht mir! Aufs Wort.«

Mit einem Mal war es totenstill, und alle sahen mich erwartungsvoll an. Mit zitternden Knien stellte ich mich vor das Trampeltier und hob die Arme. Für einen Moment schloss ich die Augen und betete, dass mein durchgeknallter Plan aufgehen würde. Dann befahl ich laut: »Aaaaachtung!«
Das Kamel starrte mich blöde an und rührte sich keinen Millimeter.
Aus den Augenwinkeln sah ich, wie Antoine sich an den Kopf fasste, Herr Bohne rollte entsetzt mit den Augen, und zu allem Unglück öffnete sich auch noch die Tür des Rundbaus und Crevette und die zickige Mia kamen heraus. Trainierte diese blöde Kuh nicht immer nur donnerstags?! An meinen Schläfen rann der kalte Schweiß hinab. Der jüngere Polizist blickte höhnisch auf mich runter, und aus dem Pulk der Artisten flogen jetzt Flüche in mindestens fünf Sprachen herüber. Da senkte das Kamel plötzlich den Kopf und knickte mit den Vorderbeinen ein. Es kniete tatsächlich nieder! Am liebsten hätte ich seine samtige Schnauze geküsst!
»Braaav«, lobte ich und klopfte ihm mit bebenden Fingern den Hals. »Ganz braaaav gemacht. Jetzt kannst du wieder aufstehen.« Wie zwei Tage zuvor am Bahndamm riss ich mit Schwung die Arme hoch und rief: »Hopp!« Das Kamel erhob sich wieder.
»Doll«, sagte der ältere Polizist.
»Trotzdem«, beharrte der andere. »Der Junge ist doch noch keine zwölf! Wenn das Tier in Panik gerät …«
»Wenn das Tier in Panik gerät, hält es niemand. Sie nicht und auch ich nicht«, entgegnete Arthur.
»Dann dürfen Sie erst recht niemandem gestatten …!«

»Ich habe nicht gefragt, ob ich mit dem Kamel spazieren gehen darf«, fiel ich dem Polizisten abermals ins Wort. »Ich habe es heimlich getan. Ich … Ich wollte es einem Freund zei…«

»Tu das nie wieder«, fuhr mir Arthur über den Mund, und seine Stimme klang dabei so schneidend, dass es mir kalt den Rücken herunterlief.

Jetzt bekam ich Angst. Das war kein Spiel mehr. Dachte Arthur tatsächlich, ich hätte das Kamel heimlich losgemacht?! Nun erst wurde mir klar, dass ja nicht nur die Polizisten, sondern auch Arthur und die Artisten meine Lügengeschichte glauben könnten! Ich konnte nur hoffen, dass ich noch die Gelegenheit bekam, alles zu erklären. Vor allem, wenn die Aktion nach hinten losging! Genau danach sah es im Moment nämlich aus.

Der jüngere Polizist zog seinen Block aus der Tasche und begann, sich mit düsterer Miene Notizen zu machen.

»Sie wussten wirklich nichts davon?«, hakte da der ältere Polizist bei Arthur nach.

»Selbstverständlich nicht«, antwortete Arthur. Dann befahl er, ohne mich eines Blickes zu würdigen: »Los, bring Suleika in den Stall. Danach will ich dich im Zelt sehen. Das wird ein Nachspiel haben!«

Ich nickte und griff in das Halfter.

»Komm, Suleika, komm brav mit.«

Mein Kopf glühte, als ich das Kamel unter den wütenden Blicken der Artisten zwischen den Wagen hindurchführte. Suleika folgte mir brav wie ein Hündchen zum Stallgebäude. Ich hatte gerade eine Hand auf die Klinke gelegt, als die Tür von innen aufgestoßen wurde.

»Gib her«, knarzte eine Stimme, und ich fuhr erschrocken zurück.
Im Dämmerlicht des Stalls stand der Mann mit dem blauen Arbeitsoverall, den ich schon mal mit dem Pferd gesehen hatte. Ich stolperte einen Schritt zurück. Wenn ich richtig gesehen hatte, dann besaß dieser Kerl nur noch drei Zähne!
»Suleika soll …«
»Ich mach das schon.« Mit einer unmissverständlichen Handbewegung scheuchte er mich weg.
Ich ließ das Halfter los, dann drehte ich mich um und lief zum Rondell. Während ich über die Achsen der alten Campingwagen sprang, hörte ich, wie das Polizeiauto davonfuhr. Hatte Arthur jetzt eine Anzeige bekommen? Wurde ihm Suleika weggenommen? Und was bedeutete das für den Platz?
Mir war ganz elend. Ich umrundete den blau-weißen Lkw und eilte mit gesenktem Kopf in den Rundbau. Bevor ich die Tür hinter mir zuzog, sah ich noch, dass die Artisten wild miteinander diskutierten. Nur Crevette stand bei Arthur und sprach leise auf ihn ein.
Ich tapste zur Manege und ließ mich auf die große Weichbodenmatte plumpsen. Wie konnte ich nur so dämlich sein! Warum musste ich ausgerechnet in dieser superangespannten Situation die Klappe aufreißen?! Besser als mit meinem trotteligen Rettungsversuch konnte ich die Zirkusmannschaft ja gar nicht gegen mich aufbringen! Wahrscheinlich bekam ich jetzt Platzverbot. Natürlich könnte ich dann immer noch mein Geheimnis lüften und Arthur sagen, wer ich wirklich war. Aber war ausgerechnet das hier der richtige Zeitpunkt? Und vor allen Dingen, was würde dann passieren? Ich ließ mich zurückfallen

und schaute in den Sternenhimmel der Zirkuskuppel. Wenn ich Pech hatte, lag ich heute zum letzten Mal in der Manege.
»So wird das nichts.«
Ich schreckte hoch. Im diffusen Licht des Rundbaus erkannte ich Arthur, der entspannt auf mich zukam.
»Ich habe gehört, du willst Akrobat werden, Tom?«
Ich nickte stumm.
»Nun, mit Rumliegen kommt man da nicht weit.« Er trat an die Weichbodenmatte und klopfte mir auf den Rücken. »Zeig mal, was du kannst.«
Dann sah er mir kurz und direkt in die Augen. »Ich habe Suleikas Führseil gesehen.«
Da wusste ich: Arthur hatte alles verstanden. Ich musste ihm nichts erklären.
An diesem Nachmittag lernte ich mehr über Akrobatik als in den letzten drei Jahren meines Turnunterrichts. Dabei sagte Arthur nie viel, sondern korrigierte nur meine Haltung, klopfte auf die Muskelpartie, die ihm zu schwach erschien, und forderte: »Spannung«, »mehr Kraft in den Absprung« oder: »Konzentrier dich auf deine Schultern.« Manche Bewegungen deutete er an, und neben ihm, der sich so elegant und kraftvoll bewegte wie eine Raubkatze, fühlte ich mich wie eine steife Vogelscheuche. Obwohl er mir keine Pause ließ, hätte ich noch ewig Räder schlagen, Flugrollen springen und Handstände machen können. Ich wünschte, dass dieser Nachmittag nie vorübergehen würde.
Erst als Arthur mit dem knappen Befehl »Dehnen, und danach klopfst du an meiner Wagentür« das Rondell verließ, bemerkte ich, dass mittlerweile alle anderen Artisten des Platzes

um uns herum trainierten. Jedenfalls taten sie so – in Wirklichkeit beobachteten sie mich. Es war, als hätte ich plötzlich einen goldenen Lichtschein um mich herum, wie die Helden in Actionfilmen. Alle warfen mir respektvolle Blicke zu, bis auf Crevette, die mir wie immer lässig zuzwinkerte – und natürlich Mia, die oben auf ihrem Trapez so tat, als wäre ich gar nicht da.

Ich versuchte, mich so normal wie möglich zu benehmen, und machte meine Dehnungsübungen.

»Du weißt schon, wer dich trainiert, oder?«, fragte da der dürre Herr Bohne und tänzelte heran.

Ich rutschte in eine tiefe Grätsche.

»Klar, Arthur Merlini.«

Bohne machte sich noch länger, als er es ohnehin schon war, und verkündete mit gewichtiger Stimme: »Er ist der König der Manege!«

Antoine, der Kugelpo, kam auf den Händen herangelaufen und ergänzte: »Und Ehrendoktor der Chinesischen Artisten-Akademie. Außerdem wurde er mit der diamantenen Akrobaten-Medaille am Bande ausgezeichnet.«

»Er hat mit seinem stählernen Körper sogar für Herrenunterwäsche geworben«, meldete sich die zierliche Frau mit dem Puppengesicht zu Wort, und die alte Anastasja seufzte: »Ja, sein Charme war unwiderstehlich. Er bekam täglich Wäschekörbe voller Liebesbriefe. Eine amerikanische Milliardärin soll ihm sogar einen Heiratsantrag gemacht haben.«

Ich wollte möglichst unbeeindruckt gucken, aber es war, als würden kleine Männchen meine Mundwinkel nach oben ziehen. Ich konnte nicht anders, als vor Stolz über meinen berühmten Vater von einem Ohr zum anderen zu strahlen. Ich sog alles auf, was ich über ihn hörte. Leider waren das nur artistische Heldentaten – dabei hätte ich viel lieber gewusst, warum Arthur nicht mehr auftrat oder ob irgendwer meine Mutter kannte. Während ich überlegte, wie ich die Artisten unauffällig auf dieses Thema bringen konnte, sprang plötzlich der kleine, untersetzte Mann auf mich zu, den ich draußen zum ersten Mal gesehen hatte. Nervös wischte er sich den Schweiß von der Stirn und machte einen Diener.

»Wenn ich mich vorstellen darf: Orlando Bredoni. Vielleicht hast du schon von mir gehört …«

»Wie soll er denn von dir gehört haben?«, mischte sich Herr Bohne ein.

Aber Bredoni fuhr unbeirrt fort: »Ich arbeite gerade an einem unglaublichen, noch nie da gewesenen Trick: der Tuba spielende Affe!«

»Dir ist das schreckliche Tröten sicher nicht entgangen, oder?«, fragte Herr Bohne.

Da ahnte ich, was die merkwürdigen Geräusche gewesen waren, die ich beim Säubern des Fackelständers gehört hatte.

»Seit zwanzig Jahren übt er schon mit diesem Affen«, stöhnte die alte Anastasja. »Ein Nilpferd mit Liebeskummer grölt melodischer!«

»Lass dir nichts erzählen«, beschwor mich Herr Bredoni. »Mein Affe Lulu hat sogar schon *Vom Himmel hoch, da komm ich her* geblasen – bis zur dritten Strophe!«

»Tja, nur hat das außer dir leider niemand gehört«, warf Herr Bohne mit gespieltem Bedauern ein.

»Ich werde es euch noch beweisen! Wir werden triumphieren!«, zeterte Bredoni. »Denn Mundharmonika blasende Elefanten hat es gegeben, rechnende Pferde und Schlittschuh laufende Bären – aber noch nie hat die Welt einen Tuba spielenden Affen gesehen!«

»Absolut richtig«, kommentierte Bohne. »Weil es nämlich niemanden interessiert!«

»Pah!«, machte Bredoni und drehte sich beleidigt um.

Herr Bohne sah mich an und zuckte die Schultern.

»Irgendjemand muss ihm ja mal die Augen öffnen!«

Kurz darauf lief ich zu Arthurs Wagen und klopfte gegen die offen stehende Tür, genau, wie er es gesagt hatte. Aber es tat sich nichts. Etwas ratlos blieb ich auf der Veranda stehen, reckte meinen Hals und versuchte, einen Blick ins Innere des Zirkuswagens zu erhaschen. Schließlich war ich neugierig, wie mein Vater wohnte. Im ersten Abschnitt des Wagens befand sich die Küche, mit holländischen weiß-blauen Fliesen. In der rechten Ecke stand ein gusseiserner Ofen und vor dem Fenster ein kleiner Tisch mit zwei Stühlen. Auf der linken Seite erspähte ich eine Küchenzeile mit Herd, Kühlschrank und Spüle. Es war alles da, wie in einem richtigen Haus. Der nächste Abschnitt des Wagens verbarg sich leider hinter einer Schwingtür mit buntem Glas. Sollte ich dort klopfen? Aber dann stand ich ja praktisch schon in Arthurs Wohnung. Ich versuchte es also lieber mit einem lauten: »Hallo?«

»Moment!«, antwortete Arthur aus den Tiefen des Wagens. Dann flog die Schwingtür auf, und er durchmaß mit zwei großen Schritten die Küche.

»Hier. Franzbranntwein.« Er beugte sich zu mir raus und reichte

mir eine grüne Flasche. »Damit reibst du dir heute Abend die Arme, Beine und den Rücken ein.«
»Danke«, sagte ich.
Arthur schüttelte den Kopf. »Du musst mir nicht danken. Jetzt sind wir quitt.«
Mir stockte der Atem. Daran hatte ich überhaupt nicht gedacht. Natürlich, Arthur unterrichtete normalerweise nicht. Er hatte nur heute eine Ausnahme gemacht, weil ich ihm in der Kamelsache geholfen hatte. Jetzt hatte er seine Schuld beglichen, und damit war die Sache für ihn erledigt.
Ich versuchte, meine Enttäuschung herunterzuschlucken.
»Gut, ja ... dann tschüs«, murmelte ich und rannte davon.
»Hey«, rief Arthur.
Ich blieb stehen.
»Willst du mir nicht sagen, wann wir morgen weitermachen wollen?«
Ich drehte mich um. Arthur stand mit erhobenem Kinn auf seiner Veranda.
»Meinst du, ich verschwende zwei Stunden meiner Zeit, wenn ich nicht glauben würde, dass du Talent hast?« Er klang schon wieder sehr streng, aber in meinen Ohren hörte es sich wie das schönste Lob meines Lebens an.
»Wirklich?«, fragte ich zaghaft.
Er nickte. »Aber wenn du anderer Meinung bist ...?«
»Nein!«, rief ich, und dabei muss ich gestrahlt haben wie ein Honigkuchenpferd, denn für den Bruchteil einer Sekunde huschte ein leises Lächeln über Arthurs Gesicht. »Darf ich um vier Uhr kommen?« Ich hüpfte vor Freude von einem Bein aufs andere.

»Komm um vier und mach dich warm. Ich stoße um Viertel nach dazu«, sagte Arthur.
»Danke!«
»Ich danke dir, Tom. Für das, was du heute für mich getan hast.«
Ich winkte, drehte mich um und rannte los. Ich konnte einfach nicht langsam gehen. Bis zur großen Straße hüpfte und tanzte ich über den staubigen Weg. Ich war außer mir vor Glück. Für einen Moment rückten sogar der Kamelanschlag und die Drohungen des Rattengesichts in weite Ferne.

Bevor ich an diesem Abend zu Bett ging, rieb ich mich mit dem Franzbranntwein ein.
»Hui«, sagte Oma und rümpfte die Nase, als sie noch mal in mein Zimmer kam. »Das riecht ja wie das Fichtennadel-Aroma im Gästeklo.«
Ich lachte mich tot und sprang auf dem Bett Trampolin.
»Na, du bist ja heute nicht müde zu kriegen!«, rief Oma. »Wenn du Lust hast, können wir uns noch ein bisschen auf die Terrasse setzen. Im Garten zirpen die Grillen. Es ist ein wunderschöner Abend.«
Bei Kerzenschein, in einen der breiten Korbsessel gekuschelt, trank ich verdünnten Himbeersirup, und Oma schenkte sich zur Feier des Tages ein Glas Sekt ein.
»Ich finde, wir sind ein gutes Team«, sagte ich und prostete ihr zu.
»Das finde ich auch«, sagte Oma.

2. Kapitel

Am Samstagmorgen frühstückten Oma und ich ausgiebig auf der Terrasse. Wir schauten uns Mamas Plan an und beratschlagten, was wir uns ansehen wollten. Da Mama angekündigt hatte, sich allerspätestens am Sonntag wieder zu melden, schlug ich vor, dass wir uns wenigstens ein Mal an ihren Plan hielten. Es war alles kompliziert genug, da brauchte ich mit Mama nicht noch eine Diskussion über unser Freizeit-Programm. Ich wusste sowieso nicht, worüber wir nach unserem letzten Telefonat miteinander sprechen sollten. Ganz kurz hatte ich sogar überlegt, ob ich sie nicht einfach zur Rede stellen sollte, warum sie meinem Vater und mir nichts voneinander gesagt hatte. Aber war so ein Telefonat mit hundert Unterbrechungen dafür der richtige Moment? Und wenn ich ganz ehrlich war, fürchtete ich natürlich zehnmal mehr als jede ruckelnde Telefonleitung eine ehrliche Antwort. Denn eins war klar: Wenn Mama auspackte, würde ich etwas Schreckliches erfahren. Entweder über sie oder über Arthur. Es gab ja nur die zwei Möglichkeiten. Erstens: Mama hatte ihn aus irgendeinem albernen, bescheuerten Grund, vielleicht sogar aus Bequemlichkeit, für tot erklärt. Da wusste ich nicht, wie ich ihr das jemals verzeihen sollte. Oder zweitens: Arthur hatte so einen Riesenhaufen Mist gebaut, dass Mamas Reaktion total nachvollziehbar war. Aber was sollte ich dann über Arthur denken?

»Na, was steht für heute auf dem Plan?«, riss mich Oma aus meinen Gedanken.

Etwas verwirrt blätterte ich in den Zetteln. »Äh, warte …

hier … Herrenhäuser Gärten. Barocke Gartenanlage, angelegt von der Kurfürstin Sophie«, las ich den Eintrag für das heutige Datum vor. »Oh, hier steht auch etwas von einer 72 Meter hohen Fontäne.«

Oma nickte. »Es gibt auch einen Irrgarten. Vielleicht hast du ja Lust, deinen neuen Freund einzuladen, mit dem du beim Zirkus trainierst?«

»Wen?«, wäre mir beinahe herausgerutscht. Doch in letzter Sekunde bekam ich die Kurve und faselte etwas von Familienbesuch am Wochenende.

»Schade, aber dann vielleicht beim nächsten Mal«, sagte Oma.

Ich atmete kaum hörbar aus. Das war gerade noch mal gut gegangen, aber mir musste dringend eine Lösung für dieses Problem einfallen. Zur Not müsste ich einen Mitschüler bestechen, denn ich hatte keine Ahnung, was Oma tun würde, wenn dieser Schwindel aufflog.

Oma und ich verbrachten einen lustigen Vormittag in den Herrenhäuser Gärten, wir ließen uns von der Gischt der hohen Fontäne bespritzen und machten ein Wettrennen durch den Irrgarten. Oma war zwar ziemlich fit, aber danach brauchte sie dann doch eine Pause. Also setzten wir uns in das Gartencafé und gönnten uns jeder ein großes Eis mit Sahne.

Um halb vier ließ Oma mich dann an der Ecke zur staubigen Straße raus, weil sie noch dringend in die Stadt musste, um Sushi-Messer für ihren japanischen Kochkurs zu kaufen, und sauste davon.

»Hey! Du da!«, rief da plötzlich jemand hinter mir.

Ich schaute mich um. Ein Junge mit weißblondem Haar kam

auf Inlineskatern herangeschossen und machte eine rasante Vollbremsung.
»Hallo«, keuchte er atemlos. »Ich bin Coco! Also, Constantin – aber alle sagen Coco.«
»Hallo«, antwortete ich etwas ratlos, denn ich wusste nicht, was er von mir wollte. »Ich bin Tom.«
»Ich weiß, also, ich hab es mir gedacht.«
Jetzt schaute ich ihn mir noch einmal genauer an. In dem grünen Fußballtrikot, das um seinen sehnigen Körper schlackerte, mit den dünnen Beinen und den klobigen Inlinern an den Füßen, erinnerte er mich ein bisschen an einen Grashüpfer. Wenn ich ihn schon mal irgendwo gesehen hätte, wäre er mir garantiert in Erinnerung geblieben.
»Du bist der Junge, den Arthur Merlini trainiert«, sagte er, als würde das alles erklären.
»Woher weißt du das?«, fragte ich erstaunt.
»Hey, so was geht doch rum wie nichts«, erklärte Coco. »Ich weiß es von Mia.«
Ich musterte ihn. »Bist du mit der befreundet?«
Coco schüttelte den Kopf. »Nein, ich kenn sie nur aus der Schule und vom Zirkusplatz. Normal guckt sie mich nicht mit dem Hintern an. Das war das erste Mal, dass sie mich angerufen hat. Klar, bei der Nachricht!«
»Sieht dieser Zicke ähnlich«, sagte ich und marschierte wieder los. Innerlich platzte ich beinahe vor Stolz, aber das behielt ich natürlich für mich. Ich war ja nicht so ein Angeber wie diese Mia.
»Ey!« Coco stellte sich mir wieder in den Weg. »Arthur hat noch nie irgendwen trainiert! Keiner kommt näher als zwei

Meter an ihn ran. Weißt du überhaupt, was das für eine Megaehre ist?!«
»Schon«, gab ich zu, und weil ich nun auch noch rot wurde, lenkte ich schnell mit einer Gegenfrage ab. »Was machst du eigentlich am Zirkusplatz?«
»Ich tanze Seil. Bei Herrn Bohne.« Coco trat beiseite und setzte sich wieder in Bewegung. »Aber ich kann nicht so oft kommen, also, ich darf nicht.«
»Wie, du darfst nicht?«, fragte ich und verfiel in einen leichten Trab.
»Wenn meine Eltern wüssten, dass ich hier bin, gäbe es ein orkanstarkes Donnerwetter.«
»Warum?«
»Mein Vater hält Zirkus für Daddelkram. Zeitverschwendung. Blödsinn.«
»Und was erzählst du deinen Eltern, wenn du hierherfährst?«
Coco machte eine unglückliche Miene. »Dass ich mit ein paar Kumpels Fußball spiele. Das findet mein Vater super. Darum das Trikot, verstehst du? In meinem Rucksack habe ich noch ein paar Stollenschuhe. Die muss ich nachher wieder durch den Dreck schleifen. Damit es echt aussieht.«
»Puh«, machte ich, »das klingt echt anstrengend.«
»Ja, aber immer noch besser, als wenn ich gar nicht mehr kommen könnte. So, und jetzt erklär mir mal bitte, wieso Arthur Merlini dich unterrichtet, obwohl du heimlich mit dem Kamel zur Straße gegangen bist und damit die Polizei auf den Platz geholt hast?«
»Habe ich nicht!«
Coco schaute mich zweifelnd an. »Aber Mia hat gesagt …«

»Ich hab das vor der Polizei behauptet, aber nur, um Arthur zu helfen. Das Kamel lief da vorne rum, als ich gestern zum Training gekommen bin. Ich hab es nur schnell zurückgebracht. Und als plötzlich die Polizei kam, da hab ich einfach …«
»Du hast dir die Geschichte ausgedacht?!« Coco riss die Augen auf. »Du hast die Polizei belogen?«
»Pscht!«, machte ich, obwohl weit und breit kein Mensch zu sehen war.
»Haha, du bist ja noch ein größerer Schwindler als ich! Und ich hab ein schlechtes Gewissen, nur weil ich zu Hause behaupte, dass ich Fußball spielen gehe!«
»Es war eine Notlüge!«, stellte ich mit strenger Stimme klar.
»Das ist es bei mir auch«, entgegnete Coco.
»Aber Arthurs Not ist sicher größer als deine!«
»Arthurs Not?« Coco sah mich fragend an.
Da erzählte ich ihm von dem belauschten Gespräch mit dem Rattengesicht und all den gemeinen Drohungen.
»Du meinst also, dieser Makler hat das Kamel freigelassen und zur Straße getrieben?« Coco schüttelte ungläubig den Kopf. »Meinst du nicht, das wäre aufgefallen? Ich meine, wenn der so schnieke aussieht und so ein riesiges Auto fährt?«
»Er muss es ja nicht selbst gemacht haben.«
»Du glaubst, er hat einen Komplizen?« Cocos Stimme überschlug sich. »Einen Maulwurf unter den Artisten?«
Jetzt, wo er es so laut aussprach, fand ich auch, dass es albern klang. Aber wie hätte es sonst funktionieren sollen? Jeder Fremde auf dem Platz fiel sofort auf, das wusste ich ja aus eigener Erfahrung.
»Ich kann mir nicht vorstellen, dass einer von den Artisten so

was Fieses macht«, sagte Coco. »Ich meine, derjenige würde sich doch selbst ins Knie schießen, er verliert ja auch sein eigenes Zuhause. Das wär doch ziemlich dämlich.«
»Stimmt schon«, sagte ich. »Andererseits: Irgendwer muss das Kamel ja losgeschnitten haben.«
»Klar.« Coco überlegte. »Haben die Artisten noch was dazu gesagt?«
Ich schüttelte den Kopf. »Vielleicht wissen sie ja gar nichts von den neuesten Drohungen? Vielleicht hat Arthur nichts gesagt, um sie nicht zu beunruhigen?«
»Könnte sein«, murmelte Coco. Dann boxte er mich in die Seite. »Komm, jetzt trainieren wir erst mal, und dann überlegen wir weiter.«

An diesem Tag machte schon das Aufwärmen richtig Spaß. Coco und ich machten alles gemeinsam. Wir alberten und sprangen herum, bis Mia das Rondell betrat. Einen Moment stand sie unschlüssig am Manegenrand, dann winkte sie uns.
»Was will die denn heute hier?«, zischte ich Coco zu.
»Ich glaube, sie ist neugierig«, flüsterte er. »Sie will auf keinen Fall verpassen, wie es mit dir weitergeht.« Er hob die Hand und winkte zurück. »Hi!«
Ich fragte mich, warum er dabei so komisch grinste, und drückte mich schnell in die Brücke, um der blöden Kuh gar nicht erst Gelegenheit zu geben, noch ein Wort zu sagen. Coco fasste mich an den Schultern und zog.
»Manchmal denke ich, sie tut nur so arrogant und ist in Wirklichkeit ganz okay. Hast du mal ihren Abfaller am Trapez gesehen? Der ist der Hammer!«

»Und wennschon«, presste ich kopfüber stehend hervor und ärgerte mich ehrlich, dass Coco diese Zicke auch noch bewunderte.

Pünktlich um Viertel nach vier betrat Arthur die Manege. Ich merkte bald, dass das Training gestern nur ein kleiner Testlauf gewesen war. Heute gab es keine Schonung mehr, Arthur drillte mich von der ersten Sekunde an. Ich musste Radwenden springen, bis ich völlig k. o. japste: »Kurze Pause, bitte!«

Arthur zuckte unbeeindruckt mit den Schultern. »Solange du noch Kraft hast, zu jammern, hast du auch noch Kraft, weiterzumachen.«

Meine nächsten fünfzig Versuche kommentierte er mal mit einem Nicken, mal mit einer hochgezogenen Augenbraue oder – was besonders niederschmetternd war – mit einem tiefen Seufzer. Da raffte ich noch einmal alle Kräfte zusammen, konzentrierte mich, nahm Anlauf und sprang. Diesmal landete ich mit so viel Schwung aus der Radwende, dass ich beim Schlusssprung rückwärts auf den Hintern geflogen wäre, wenn Arthur mich nicht aufgefangen hätte. Diesmal nickte er und sagte: »Kurze Pause.«

Ich schleppte mich zum Manegenrand, ließ mich auf einen Holzkasten plumpsen und griff nach meiner Wasserflasche. Meine Arme waren so schlapp, dass mir das Plastik einfach durch die Finger glitt. Ich lehnte mich gegen den roten Mast und beobachtete Arthur, der mit kritischem Blick das Training der anderen Artisten verfolgte. Mein Blick fiel auf seine Hände, die er locker verschränkt auf dem Rücken hielt. Sie waren groß und stark – und hatten nicht die geringste Ähnlichkeit mit meinen blassen, dünnen Fingern. Schade, dachte ich. Alles wäre viel leichter, wenn es irgendeine unübersehbare Gemeinsamkeit zwischen uns gäbe. Dann würde Arthur vielleicht ganz von allein darauf kommen, dass er mein Vater war. Oder vielleicht schon mal so etwas wie eine Ahnung haben. Plötzlich musste ich grinsen. Wie wohl die anderen gucken würden, wenn diese Bombe platzte?! Ich legte meinen Kopf in den Nacken und stellte mir die überraschten Gesichter vor. Leider reichte diese entspannte Haltung schon aus, dass Arthur die Pause für beendet erklärte und mich zu der großen Weichbodenmatte winkte. Er kniete sich mit einem Bein auf die Matte, fasste mich an den Schultern und drehte mich, sodass ich mit dem Rücken zu ihm stand.

»Lehn dich gegen meine Hände«, forderte er.

Zaghaft ließ ich mich nach hinten fallen.

»Mit deinem ganzen Gewicht!«

Ich lehnte mich gegen ihn.

»Noch mehr! So ist gut.«

Als Nächstes musste ich dabei die Knie beugen und den Po senken, so als wollte ich mich auf einen imaginären Stuhl setzen und Arthurs Hände als Rückenlehne benutzen. Nachdem ich mich ein paarmal »gesetzt« hatte, zeigte Arthur mir den kompletten Bewegungsablauf: gegen die Hände lehnen – dann, ohne den Druck davon zu nehmen, setzen – und schließlich mit aller Kraft die Arme nach hinten reißen und abspringen. Arthur deutete schräg nach oben, gegen das Zeltdach.

»In diese Richtung. Wie eine Rakete.«

»Und dann?«, fragte ich.

»Dann fliegst du in einem Bogen kopfüber, landest im Hand-

stand, klappst in der Hüfte ein und stehst wieder auf den Füßen. Flic-Flac.«
»Ich?«, fragte ich entsetzt. »Jetzt?!«
»Willst du herausfinden, ob du ein Akrobat bist?« Er funkelte mich aus seinen dunklen Augen an, als wartete er nur darauf, dass ich aufgab.
»Klar«, sagte ich und brachte mich in Position.
»Gut. Ab jetzt nicht denken – sondern machen.«
Ich hatte Angst. Immerhin konnte man bei dieser Übung direkt auf den Kopf knallen. Das Ganze schien mir ungefähr so sicher, wie sich auf eine viel befahrene Straße zu setzen und zu hoffen, die Autos würden schon um einen herumfahren.
»Komm«, forderte Arthur ungeduldig. »Ich halte dich.«
Ich holte Luft und lehnte mich mit meinem ganzen Gewicht zurück. Arthur fasste in mein verschwitztes T-Shirt und zwirbelte den Stoff fest um seine Hand. Jede Faser meines Körpers war angespannt, und mein Herz klopfte bis zum Hals.
»Atmen nicht vergessen«, mahnte Arthur.
Ich lachte nervös auf und war sofort wieder weich wie ein Pudding.
»Konzentration!«, fuhr er mich an.
Schnell nahm ich wieder meine Anfangshaltung ein, atmete ein und aus – und drückte dann mit aller Kraft und so schnell es ging meine Knie durch, riss die Arme zurück und schoss nach hinten. Ich spürte, wie ich flog, waagerecht in der Luft lag, wie Arthurs Arme mich trugen … jetzt ging ich kopfüber, der Boden kam näher, meine Hände setzten auf, mein Körper klappte ein … und ich stand wieder auf den Füßen!
Fassungslos starrte ich Arthur an.

»Ich habe es geschafft.«
»Was denn sonst?«, fragte er ungerührt.
Ich wäre ihm am liebsten vor Glück um den Hals gefallen. Aber das traute ich mich natürlich nicht, obwohl es das Normalste der Welt gewesen wäre. So hibbelte ich einfach nur wie eine Schlenkerpuppe auf der Stelle vor ihm rum.
Arthur zog meine Arme hoch und klopfte fest auf meine Handflächen.
»Du musst mehr Widerstand geben – immer fest dagegenhalten.«
Ich spannte meine Arme wieder an. »So?«
»Genau«
»Darf ich noch mal?«
»Du *musst* noch dreißig Mal«, antwortete Arthur, und dann ließ er mich weitere dreißig Flic-Flacs springen. Danach stand er auf und nickte mir zu. »Das reicht für heute. Dehn dich.« Damit verließ er das Rondell.
Ich strahlte über beide Ohren. Coco hielt begeistert den Daumen hoch, während Mia keine Miene verzog, sondern sich einfach nur aus dem Sitz von der Trapezstange nach hinten fallen ließ, blitzschnell ihre Beine um die Seile schlang und kopfüber hing. Mir war ehrlich schleierhaft, wie sie das anstellte. Trotzdem fand ich, dass sie eine eingebildete Kuh war.
Zehn Minuten später war auch Coco mit seinem Training fertig und setzte sich zu mir auf die Matte.
»Du, ich muss gleich noch mit den Terriern von Herrn Bohne Gassi gehen – als Gegenleistung, dafür unterrichtet er mich«, sagte er und rutschte stöhnend in den Spagat. »Kommst du mit?«

»Klar!«, sagte ich und zog ihn wieder hoch. »Was muss die da eigentlich für ihren Unterricht machen?« Ich deutete mit dem Kinn zu Mia.
»Gar nichts.« Coco seufzte. »Ihre Eltern bezahlen das. Ihr Vater war sogar hier und hat Arthur gefragt, ob er ihr Stunden gibt. Aber er hat abgelehnt. Weil …« Coco machte eine große Pause. »… er grundsätzlich nicht unterrichtet.«
Insgeheim freute ich mich wahnsinnig. Das geschah dieser arroganten Mia recht! Außerdem zeigte es doch, dass es zwischen Arthur und mir eine ganz besondere Verbindung gab! Er musste sie spüren, sonst hätte er für mich nie diese große Ausnahme gemacht.
Coco und ich packten unsere Sachen zusammen, verließen das Rondell und rannten zum Stallgebäude. Diesmal flog ein Stück Banane aus dem Affenkäfig und verfehlte nur knapp meinen Kopf. Wütend drehte ich mich um und zeigte dem Schimpansen einen Vogel. »Mistvieh«, fluchte ich.
Als hätte der Affe mich verstanden, fletschte er die Zähne und schlug mit der Faust gegen seinen Wagen. Ich lachte, aber Coco machte ein beunruhigtes Gesicht.
»Lass das! Hast du seine Reißzähne gesehen? Die sind so lang wie die von einem Tiger! Außerdem sind Schimpansen nachtragend. Die vergessen nichts.« Schnell zog er mich weiter zum Stall.
Im düsteren Vorraum nahm er zwei Hundeleinen von einer Futterkiste und marschierte in den Gang mit den Boxen. Kaum hatte er seine Füße auf den blanken Steinboden gesetzt, erklang lautes Gekläffe. Ich wollte Coco helfen und die Boxtür öffnen, aber er bremste mich.

»Warte! Lass sie erst mal ein bisschen an dir schnuppern. Wenn sie einen nicht kennen, schnappen sie.«
Ich nickte und wartete, bis Coco die Tür aufzog. Freudig begrüßten ihn die beiden Terrier und sprangen wie Gummibälle um seine Beine herum. Dann erst nahmen sie Notiz von mir und beschnüffelten mich neugierig. Als sie sich beruhigt hatten, nahm Coco sie an die Leine, und wir gingen mit ihnen am Bahndamm entlang spazieren. Jetzt musste ich Coco alles von mir erzählen: warum ich umgezogen war, von Mamas Expedition und von Oma und Opa. Natürlich sagte ich kein Wort von meiner Vater-Geschichte, auch wenn ich zu gern mit ihm darüber gesprochen hätte. Bevor es also zu einer Frage in diese Richtung kommen konnte, lenkte ich Coco schnell auf ein anderes Thema, das mich sowieso schon die ganze Zeit beschäftigte.
»Weißt du eigentlich, warum Arthur hier auf dem Platz lebt?«
»Wie meinst du das?«
»Na, ich meine, wenn er so ein weltberühmter Artist war, wie alle sagen, warum lebt er dann in dieser unbedeutenden Stadt auf diesem schäbigen Platz an einer Bahnlinie?«
»Du findest Hannover unbedeutend?!«, fragte Coco entrüstet.
»Na ja, im Vergleich zu Paris, New York oder Las Vegas schon, oder?«
Coco warf mir einen missbilligenden Blick zu. »Kommt drauf an, was man unter *bedeutend* versteht.«
»Okay, vergiss es«, versuchte ich Coco zu besänftigen, denn anscheinend hatte ich da einen wunden Punkt getroffen. »Andere Frage: Wieso tritt Arthur nicht mehr auf, sondern baut

nur noch für andere Artisten Requisiten? Warum veranstaltet er keinen Winterzirkus mehr, wie früher?«

Coco zuckte mit den Schultern. »Keine Ahnung. Herr Bohne hat gesagt, dass Arthur damals total überraschend seine Karriere beendet hat. Einfach so, mitten während einer Südamerika-Tournee.«

»Und keiner weiß, warum?«

»Anscheinend nicht. Sonst wüsste es auf jeden Fall auch Herr Bohne, die alte Tratschtasche!«

Jetzt musste ich lachen.

»Ehrlich, er hört die Flöhe husten«, verteidigte sich Coco. Und dann erzählte er mir, was er von Herrn Bohne so alles über die Bewohner des Platzes erfahren hatte. Der Zahnlose aus dem Stallgebäude hieß zum Beispiel Heinz. »Er ist der Racklo hier, so nennt man die Arbeiter im Zirkus. Keiner kennt seinen Nachnamen oder weiß, wo er herkommt. Er kümmert sich um die Tiere und erledigt den Kleinkram für Arthur. Ihm gehört der winzige Campingwagen ganz am Ende des Platzes.«

»Und wer wohnt am längsten hier?«, wollte ich wissen.

»Anastasja. Sie ist schon 83, kann aber immer noch einen perfekten Spagat. Früher hieß sie ›die Frau aus Kautschuk‹. Sie kommt aus Russland und hat immer irgendwelche Urenkel, Großneffen und Nichten zu Besuch. Für die handelt sie Verträge aus und schickt sie dann auf Tournee. Du hast doch den Jongleur gesehen, Ajax.«

»Der so mürrisch guckt?«

»Genau. Das ist ihr Urenkel. Er spricht kein Wort Deutsch. Wenn du was von ihm willst, musst du es mit Zeichensprache versuchen.«

»Danke, ich kann mir nicht vorstellen, dass ich mal was von dem will – so böse, wie der immer guckt. Hat Anastasja auch etwas mit der Frau mit dem Puppengesicht zu tun?«
»Rose? Nein, das ist die Frau von Antoine.«
»Waas?«, rief ich. »Die beiden gucken sich doch mit dem Hintern nicht an!«
Coco grinste. »Sie sprechen auch kein Wort miteinander. Aber sie treten gemeinsam mit einer romantischen Handstandnummer auf. Besonders oft werden sie für Hochzeiten gebucht.«
»Häh?«, machte ich. »Aber warum reden sie dann nicht miteinander?«
»Bohne sagt, Antoine hatte während ihrer letzten Tournee bei *Ringling Barnum and Bailey* in Amerika eine Affäre mit einer Seehund-Dompteuse. Rose soll ihn dann aus Rache mit einem ungarischen Schleuderbrett-Artisten betrogen haben. Sie haben ihre Sachen schon auf zwei Wohnwagen aufgeteilt, aber solange sie beide noch keine eigene Nummer haben, müssen sie eben weiter zusammen auftreten.«
Über all den spannenden Geschichten hatte ich gar nicht bemerkt, dass wir schon wieder am Platz angekommen waren. Wir brachten die Hunde in ihre Box, dann holte Coco seine Stollenschuhe aus dem Rucksack und zog sie durch den Dreck neben dem Stall. Zum Schluss haute er die Schuhe mehrmals schwungvoll in den Rasen, bis ein paar grüne Halme an den Stollen klebten.
»Das sieht doch gut aus«, stellte er zufrieden fest und stopfte sie zurück in den Rucksack. »Jetzt muss ich leider los.«
»Kommst du morgen wieder?«, fragte ich hoffnungsvoll.
Er zuckte mit den Schultern.

»Ich versuch's.« Plötzlich hellte sich seine Miene auf. »Hey! Du kannst doch morgen bei mir anrufen und fragen, ob ich rauskomme, zum Fußballspielen!«
»Klar!«, rief ich begeistert.
Wir tauschten unsere Telefonnummern und machten uns gemeinsam auf den Weg zur Bahnstation. Jetzt hatte ich tatsächlich einen Freund gefunden! Und er war noch viel cooler, als ich ihn mir für Oma ausgedacht hatte! Glücklich sprang ich in den Bus. Das musste ich sofort zu Hause erzählen – und natürlich auch von meinem Flic-Flac.

3. Kapitel

Als ich die Wohnungstür aufschloss, hörte ich Oma in der Küche mit dem Geschirr klappern. Ich warf meinen Sportbeutel in die Ecke und stürmte den Flur herunter.
»Ach, wie schade«, rief sie, bevor ich einen Ton sagen konnte. »Bis vor fünf Minuten habe ich mit deiner Mutter geskypt, aber dann mussten wir abbrechen, weil es irgendetwas Dringendes an Bord zu tun gab. Jetzt hast du sie schon wieder verpasst!« Oma schloss mich tröstend in ihre Arme. »Das tut mir so leid.«
»Ja, das ist wirklich … wirklich sehr schade«, stammelte ich und war froh, dass ich ihr nicht in die Augen schauen musste.
Nach diesem tollen Nachmittag mit Arthur und dem Flic-Flac hätte ich noch weniger gewusst, was ich hätte sagen sollen. Mama war plötzlich so weit weg von meinem Leben wie die

Arktis. Das war wirklich schräg, denn solange ich denken konnte, hatte es ja immer nur sie gegeben. Wir beide waren *das Team* gewesen, schon allein deshalb, weil es außer uns niemand anderen gab. Aber nun war mein Vater aufgetaucht und Oma und vor allem diese Riesenlüge. Und ob ich es wollte oder nicht: Mit jeder Stunde, die ich in Arthurs Nähe verbrachte, wurde ich ein bisschen wütender auf Mama. Ich konnte einfach nicht verstehen, warum sie mich all die Jahre so belogen hatte. War ihr denn nicht klar gewesen, was ich dadurch alles verpasste?! Nicht nur mit Arthur, auch mit Opa! Vielleicht hätte ich wirklich tolle Sachen mit ihm erleben können?! Nein, Mama hatte kein Recht gehabt, mir einfach meine ganze Familie vorzuenthalten! Und wenn nicht dieser blöde Karton durchgekracht wäre, dann hätte ich wahrscheinlich nie die Wahrheit erfahren! Allmählich beschlich mich das unheimliche Gefühl, dass ich sie genauso wenig kannte wie meinen Vater.

»Komm.« Oma strich mir über das Haar. »Ich schmiere dir jetzt ein paar Honigbrote und koche dir eine große Tasse Kakao, und dann machen wir beide es uns richtig gemütlich, hm? Wie war denn dein Training heute?«

Jetzt konnte ich sie wieder anschauen.

»Super! Coco ist doch noch gekommen.«

»Wer?«, fragte Oma.

»Na, Coco, mein Freund, der Seiltänzer … Du weißt schon.«

Am nächsten Morgen fuhren Oma und ich in die Stadt, um unseren Besuch im Landesmuseum nachzuholen. Anschließend setzten wir uns mit einer Decke und einem Picknickkorb

in den Maschpark und aßen selbst gemachte Frikadellen und Nudelsalat. Dabei erzählte Oma mir Geschichten von Mama als Kind. Wie sie einmal die Erdschichten im Garten untersuchen wollte und dabei mit einer Spitzhacke versehentlich die Gasleitung durchtrennt hatte.
»Stell dir vor«, gluckste sie, »das Technische Hilfswerk musste anrücken, und für drei Stunden war die ganze Straße gesperrt. Alle Anwohner mussten wegen Explosionsgefahr ihre Häuser verlassen. Es war das absolute Chaos!«
»Und was hat Opa dazu gesagt?«, fragte ich.
»Oh, der hat, ohne mit der Wimper zu zucken, den Einsatz bezahlt. Er war wahnsinnig stolz auf das wissenschaftliche Interesse deiner Mutter.«
»Ehrlich?«
Oma nickte. »Ja, die beiden waren ein Pott und ein Deckel. Unzertrennlich. Stundenlang konnten sie in irgendwelchen Steinbrüchen im Geröll wühlen und nach Gesteinsproben suchen.«
Ich steckte mir eine Frikadelle in den Mund und überlegte.
»Findest du es nicht komisch, dass sich zwei Menschen, die sich so sehr mögen, so doll in die Haare bekommen können, dass sie jahrelang kein Wort miteinander sprechen?«, fragte ich Oma.
Sie zuckte mit den Schultern. »Tja, wenn zwei Menschen sich besonders lieben, dann wiegt auch eine Enttäuschung immer besonders schwer.«
Stimmt, dachte ich, denn genau so fühlte es sich ja gerade mit mir und Mama an. Weil ich nicht wusste, was ich sagen sollte, steckte ich mir schnell noch eine Frikadelle in den Mund.

Oma seufzte. »Das Traurige ist, dass wir alle dadurch so viel gemeinsame Zeit verpasst haben.« Dann gab sie mir einen Stups. »Aber jetzt holen zumindest wir beide das nach.«
»Kann man verpasste Zeit denn nachholen?«, fragte ich.
Oma schwieg einen Moment und sah über die Wiese zu dem großen Rathaus, das sich wie eine Burg in den Himmel hob.
»Ach, weißt du, zurückholen kann man sie sicher nicht. Aber vielleicht ist die Zeit, die man dann miteinander verbringt, besonders intensiv, weil man ihren Wert kennt und nicht noch einmal etwas versäumen möchte.«
Aber manchmal ist es auch zu spät, wie bei Opa, dachte ich bitter. Doch das wollte ich Oma jetzt nicht sagen, denn wahrscheinlich würde sie das sehr traurig machen. Darum bemühte ich mich um ein Grinsen.
»Genau, und deswegen arbeiten wir jetzt auch so ein superstrammes Freizeit-Programm ab. Ausflüge für zehn Jahre in nur sechs Wochen!«
Oma lachte. »Na, komm. So schlimm ist der Plan deiner Mutter gar nicht.«
»Stimmt«, sagte ich und nahm mir noch eine Frikadelle.
Aber diesmal, weil sie wirklich gut schmeckten.

Bevor wir aus dem Maschpark aufbrachen, rief ich schnell bei Coco an. Unser Plan funktionierte perfekt.
»Ich bin in einer Viertelstunde auf dem Bolzplatz! Bring du den Ball mit«, brüllte Coco extralaut in den Hörer und trällerte dann: »Bis gleich!«
Als ich kurz darauf zum Zirkusplatz kam, ging mein erster Blick wie immer zu Arthurs Wagen. Mein Herz hüpfte gleich

höher, als ich ihn vorn in der Küche sah. Er stand am Herd und kochte sich einen Espresso.

Ich winkte. »Hallo!«

Arthur drehte sich um, lächelte und gab mir einen Wink. Ich stockte. Hieß das, ich sollte reinkommen? Hatte Coco nicht gesagt, niemand dürfte seinen Wagen betreten? Unschlüssig kam ich näher. Ich rechnete jede Sekunde damit, dass sich das Ganze als Missverständnis entpuppte – doch da winkte er ein zweites Mal, diesmal ganz eindeutig, und rief: »Komm rein!«

Ich stieg die Stufen zur Veranda hinauf und trat in die Küche. Meine Schritte ließen den Wagen ganz sanft schwanken. Wie auf einem Schiff in ruhiger See, dachte ich.

»Möchtest du etwas trinken?«, fragte Arthur, während er den Espresso in eine kleine Tasse mit Zirkusmotiven goss.

Ich nickte schüchtern. »Gern.«

Er deutete ins Wageninnere. »Setz dich.«

Ich schob mich an Arthur vorbei ins Wohnzimmer. Es wirkte viel breiter als die Küche. Erst dachte ich an eine optische Täuschung, bis mir klar wurde, dass aus dem Wagen zwei Erker herausgezogen waren – wie Schubladen aus einer Kommode! In dem linken Erker stand passgenau ein Sofa, das mit einem wilden Dschungelmuster bezogen war, und in dem gegenüberliegenden befand sich ein Bücherregal mit Hunderten Zirkusbüchern. Obendrauf stand ein alter Fernseher. Wie praktisch, dachte ich. Wenn der Wagen von einem Platz zum anderen gezogen wurde, schob man die Erker einfach für die Fahrt zusammen – und schon war der Wagen schön schmal und passte bequem durch jede Straße. Ich setzte mich vorn in die Ecke des großen Sofas und sah mich weiter im Wagen

um: Die Wände waren mit dunkelrotem Mahagoniholz getäfelt, ungefähr dreißig Zentimeter über meinem Kopf begannen sie sich ganz langsam zu wölben und gingen in die Decke über. Durch deren Mitte zog sich über die gesamte Länge des Wagens ein kastenartiger Aufbau, in den rechts und links kleine Fensterchen eingelassen waren. An der Stirnwand des Wohnzimmers befand sich eine weitere schmale Tür und links daneben ein Kamin. Auf dem Sims drängelten sich Unmengen goldener und silberner Pokale. Darüber hingen ein großes Ölgemälde von Arthur und mehrere kleinere Rahmen mit Fotos. Eins zeigte eine Artistin in einem glitzernden Trikot, die scheinbar schwerelos auf den Rücken zweier Pferde stand, die im vollen Galopp durch die Manege rasten. Wahrscheinlich war das Arthurs Ehefrau, von der Crevette erzählt hatte. In ihrem knappen Glitzerkostümchen war sie so ziemlich das Gegenteil meiner im Polareis bohrenden Mutter.
Auf einem alten Schwarz-Weiß-Bild war eine schöne Frau in einem Prinzessinnenkleid zu sehen, die von sieben zwergwüchsigen Männern umgeben war. Daneben hing ein Bild von einem stattlichen Herrn mit Schnurrbart, der einen Jaguar an der Leine führte! Ich sah genauer hin – er hatte große Ähnlichkeit mit Arthur – also war das wahrscheinlich mein Opa! Wow, dachte ich. Oma mit ihrem Selbstverteidigungskurs war ja schon cool, aber ein Opa, der eine Raubkatze als Haustier hatte, das war der Hammer!
»Holunderschorle«, sagte Arthur und reichte mir ein Glas. Dann folgte er meinem Blick und zeigte auf das Foto. »Emilio, unser Jaguar. Er ist mit uns durch Südamerika und ganz Europa gereist. Wir haben ihn mit der Flasche aufgezogen.«

»Man konnte ihn streicheln?«, fragte ich beeindruckt.
Arthur lächelte. »Nicht jeder, aber wir schon.«
Ich nahm einen Schluck von der Schorle und spähte unauffällig zu der Tür neben dem Kamin. Durch das bunte Glas konnte ich schemenhaft die Umrisse eines Bettes und eines Schreibtischs erkennen. Ganz hinten befand sich also das Schlaf- und Arbeitszimmer. In diesem Zirkuswagen gab es wirklich alles, wie in einer richtigen Wohnung. Außer … Ich schaute noch einmal von vorn nach hinten und versuchte abzuschätzen, ob es noch einen weiteren Raum geben könnte.
»Suchst du etwas?«, fragte Arthur.
Ich druckste herum: »Was machst du denn … Also, ich meine … Gibt es hier auch ein Badezimmer?«
»Möchtest du zur Toilette?«
»Nein, nein, ich … Ich frage mich nur, wo …«
»Komm«, sagte Arthur, stellte seine Kaffeetasse ab und führte mich ins Schlafzimmer. Dort schob er an der Rückwand einen Riegel beiseite und öffnete den Zugang zu einer kleinen, mit blauer Zeltplane überdachten Brücke, die den Wagen mit der Kehrseite eines Lkws verband. Arthur sperrte den Laster auf – und darin war ein komplettes Badezimmer eingebaut! Mit Badewanne, Waschbecken, Klo und sogar einer Waschmaschine!
»Du kannst alles, was du brauchst, überall mit hinnehmen!«
Ich war fassungslos, wenn ich daran dachte, dass wir allein drei Tage gebraucht hatten, um unseren Hausrat in 216 Kisten zu stopfen – und doppelt so lang, um sie bei Oma wieder auszupacken!
Arthur nickte. »Ja, ich bin vollkommen ungebunden. Wenn

es mir hier nicht mehr gefällt, kann ich jederzeit gehen. Man kann mich von einem Platz oder aus einer Stadt vertreiben, aber niemals aus meinem Wagen. Wenn ich will, bin ich morgen in Paris und die Woche drauf in Rom zu Hause.«

Ich spürte, wie sich mir der Hals zuschnürte. Hatte Arthur im Gespräch mit dem Rattengesicht etwa nur so cool getan, weil er für den Fall der Fälle schon seinen Umzug plante?!

»Komm«, sagte Arthur und schob mich von der Brücke zurück in den Wohnwagen. »Ich wollte dir etwas geben.«

Er nahm eine Mappe aus dem Regal und zog mehrere abgegriffene Karten heraus. Auf jede einzelne waren eine Übung und ihr genauer Bewegungsablauf gezeichnet. Darunter standen Erklärungen in kyrillischen Schriftzeichen.

»Ich habe sie vor vielen Jahren von meinem Akrobatiklehrer in Kiew bekommen.« Einen Moment blätterte Arthur gedankenverloren durch die Kärtchen und lächelte traurig. »Ich werde sie nicht mehr brauchen. Bei dir sind sie jetzt besser aufgehoben.« Er reichte mir die Karten.

Ich sah ihn mit offenem Mund an. »Die sind für mich?«

Arthur nickte. »Ich würde mich freuen, ja.«

»Das … Also … Ich weiß gar nicht … Also …« Ich war so überwältigt, dass nur noch Stotterlaute aus meinem Mund kamen.

»Ab ins Rondell zum Aufwärmen!«, fiel Arthur mir da ins Wort, und seine Stimme klang merkwürdig schroff, beinahe so, als hätte er Angst, ich könnte ihm für das tolle Geschenk um den Hals fallen. Völlig benommen drehte ich um und schwebte auf die Veranda. Da sah ich Coco über die Wiese stapfen.

»Hey!«, rief ich. Coco blieb wie angewurzelt stehen. Er sah

sich um, dann ging er drei Schritte rückwärts und starrte mich mit aufgerissenen Augen an.
»Ich glaub's nicht!«, zischte er mir zu, als wir zum Rondell liefen. »Du warst in seinem Wagen!«
»Er hat mich reingerufen, weil er mir etwas geben wollte. Karten zum Akrobatiküben.« Ich sagte lieber nicht, dass es Arthurs eigene Lernkärtchen waren, sonst wäre Coco wahrscheinlich komplett durchgedreht.
»Also, normal ist das nicht«, murmelte er vor sich hin. »Absolut überhaupt nicht normal!« Dabei hätte er sich beinahe die Tür des Rondells gegen die Stirn geschlagen, so verblüfft war er über meinen Besuch in Arthurs Wagen.

An diesem Nachmittag war im Zelt so viel los wie noch nie: Bohne übte auf dem Drahtseil, Ajax jonglierte, und Anastasja assistierte ihm. Ich war überrascht, wie elegant sie ihm die Keulen zuwarf und sich dabei auf den Zehenspitzen drehte. Doch kaum machte ihr Urenkel eine Pause, stützte sie sich auf ihren Krückstock, humpelte zum Manegenrand und ließ sich stöhnend auf die Kästen fallen, nur um sich nach fünf Minuten wieder aufzurappeln und wie verzaubert über die Bretter der kleinen Bühne zu tänzeln. Am Manegen-Eingang hatte sich Crevette ein Plätzchen gesucht. Oben am Trapez baumelte Mia, und im vorderen Bereich der Manege trainierten Antoine und Rose gemeinsam.
Coco zwinkerte mir verschwörerisch zu. »Gleich kannst du was erleben!«
Er hatte nicht zu viel versprochen. Kaum hatte ich mit dem Aufwärmen begonnen, schnippte Rose während einer Hebe-

figur mit den Fingern und rief Crevette zu: »Crevette, könntest du bitte Antoine sagen, er möchte mich bei der zweiten Hebefigur etwas tiefer an den Hüften fassen.«
Crevette drehte sich zu Antoine und wiederholte: »Du sollst sie tiefer an den Hüften fassen.«
»Danke, Crevette«, antwortete Antoine. »Könntest du ihr ausrichten, dass ich das gern täte, aber sie muss ihr Gewicht besser verlagern. Und sie soll ihre Füße strecken – aber nicht wieder in mein Gesicht!«
Crevette schaute genervt zu Rose. »Hast du das gehört?«
»Ich habe verstanden«, erwiderte Rose spitz. »Vielleicht könntest du bei Gelegenheit erwähnen, dass meine Füße im Gegensatz zu seinen immer gewaschen sind und darum – anders als seine – nicht stinken!«
Daraufhin ließ Antoine Rose fallen und verließ wutschnaubend den Rundbau.
»Ich sag's ja!«, brüllte Rose ihm hinterher. »Man kann nicht mit ihm reden!« Zeternd sammelte sie ihre Sachen zusammen und verschwand ebenfalls.
Mit offenem Mund starrte ich den beiden nach.
»Es ist kaum zu glauben«, sagte Crevette. »Aber die beiden zeigen die schönste romantische Handstandnummer, die es momentan im Zirkus zu sehen gibt. Jeder, der sie vor Publikum sieht, würde schwören, sie seien frisch verliebt.«
Als Arthur bald darauf ins Rondell kam, starteten wir sofort mit dem Handstandtraining. Unsere Vertraulichkeit, die wir eben noch im Wagen hatten, war wie weggeblasen. Um Arthur lag wieder dieser raue, einschüchternde Panzer. Abgesehen davon hatte er sich plötzlich total auf meine Schultern

eingeschossen. Immer wieder zog er mich an den Füßen hoch und tippte auf mein linkes Schulterblatt.
»Drück dich raus«, forderte er. »Du musst mit den Zehenspitzen die Zeltplane erreichen wollen.«
Mit aller Kraft machte ich mich lang.
»Noch mehr«, verlangte Arthur. »Streng dich an!«
Genervt stellte ich mich auf die Füße.
»Du musst dir mehr Mühe geben«, tadelte Arthur. Als ob ich das nicht tat! Ich setzte erneut die Hände auf den Boden, sprang leicht ab und drückte mich in den Handstand. Mit meiner ganzen Energie und ordentlich Wut im Bauch stemmte ich mich gegen die Schwerkraft und wartete auf Arthurs Urteil. Doch er sagte nichts mehr, tippte nur mal von vorn oder hinten gegen meine Beine, wenn ich das Gleichgewicht zu verlieren drohte. Erst als meine Arme zu zittern begannen und kurz davor waren, einzuknicken, brach ich ab. Unsicher sah ich Arthur an.
»Deine linke Schulter ist schwächer als die rechte«, stellte er fest. »Aber das bekommen wir hin. Bei mir war es genauso.«
Es fühlte sich an, als hätte er mir einen Kuss auf die Stirn gegeben. Die ganze Zeit hatte ich verzweifelt nach einer Ähnlichkeit zwischen uns gesucht – und jetzt endlich hatte ich etwas gefunden! Wir besaßen beide eine stärkere rechte Schulter und eine schwächere linke! Das war für die Akrobatik zwar richtig blöd, aber es war trotzdem die tollste Nachricht des Tages, ach was, der Woche! Das war der Beweis!
Ich strahlte ihn an und setzte wieder die Hände auf den Boden. Nichts hätte mich mehr beflügeln können! An diesem Tag sprang ich nach dem Handstandtraining noch sechzig Flic-

Flacs und mindestens genauso viele Radwenden. Nach einem besonders gelungenen Sprung sagte Arthur: »Mit dem hören wir heute auf und machen morgen genau da weiter. Klar?«

Ich nickte. Gemeinsam mit Coco dehnte ich mich, und danach liefen wir zum Stallgebäude, um mit den Terriern Gassi zu gehen. Auf Höhe des Affenkäfigs drosselten wir kurz unser Tempo, wichen der Ladung Stroh aus, die Lulu nach uns schmiss, und rannten weiter. Heute grasten die beiden Pferde im Schatten zwischen den hohen Birken. Die Holztür des Stallgebäudes stand weit geöffnet und war mit einem Strick an einem Wandhaken befestigt, sodass die Sonne hell in die Halle schien.

Wir schnappten uns die Leinen, und nachdem mich die Hunde ausgiebig beschnüffelt hatten, konnte ich es heute sogar wagen, einen von ihnen an die Leine zu nehmen. Aufgeregt kläffend, zogen uns die Terrier zum Bahndamm.

»Du hast mir gestern gar nicht erzählt, warum Crevette hier ist«, fiel mir da ein.

Coco stieß einen langen Seufzer aus. »Crevette stammt aus einer Familie von Trapezkünstlern, die *Flying Tornados*. Sie waren eine Truppe von sieben Leuten – bis ihre Schwester im letzten Jahr abgestürzt ist. Danach wollte Crevette nie mehr fliegen.«

»Fliegen?«

»Na, am Trapez. Es gibt Fänger und Flieger.«

»Und ihre Schwester – ist die tot?«, fragte ich erschrocken.

Coco schüttelte den Kopf. »Sie kann ihre Beine nicht mehr bewegen. Ich glaube, sie ist ab der Taille abwärts gelähmt.«

»Hatten die denn kein Netz?«

»Doch, aber die Schwester ist von dem Schwung gleich wieder herausgeschleudert worden.« Coco malte mit dem Finger in der Luft den Absturz und das Herausschleudern aus dem Netz nach. »So etwas ist schon öfter passiert, hat Bohne erzählt. Na ja, und darum übt Crevette jetzt an einer Fakir-Nummer.«
»Ich dachte, sie will Feuer spucken?«
»Auch, aber das Ganze soll ein Fakir-Bild werden, mit Schlangentanz und so.«
»Mit echten Schlangen?!«
»Ja, sie hat eine Boa constrictor und eine Tigerpython. Hast du die noch nie gesehen?«
Ich schluckte. »Nein, wo denn?«
»Manchmal badet sie die in dem orangefarbenen Planschbecken zwischen den Wagen.«
»Iiiiih!« Ich schüttelte mich. »Und wo sind die sonst?«
»Die haben einen eigenen Reptilienwagen, der kleine Transporter neben Crevettes Camping. Darin sind immer tropische Temperaturen.«
Wir warteten ab, bis die beiden Hunde ihre Haufen gemacht hatten, dann kehrten wir um.
»Bohne will heute noch mit ihnen proben«, erklärte Coco. »Da dürfen sie nicht komplett ausgepowert sein.«
Auf dem Rückweg erzählte ich Coco von Mamas Freizeitplan und fragte, ob er nicht mal Lust hätte, mitzukommen. Er nickte begeistert.
»Super, dann gehen wir anschließend trainieren, und zu Hause erzähle ich nur von dem Ausflug und muss mir keine Lügengeschichte ausdenken!«

Ich konnte mir ein Grinsen nicht verkneifen und dachte, dass Coco wirklich der perfekte Freund war! Erstens, weil ich ihn wirklich gern mochte, und zweitens, weil unsere Freundschaft uns beiden ein super Alibi lieferte.
Wir hatten das Stallgebäude fast erreicht, als plötzlich hinter uns ein ohrenbetäubender Schrei über die Wiese dröhnte.
»Uuuuuuaaaaaahhhhhh!«
Coco und ich wechselten einen alarmierten Blick und drehten uns um.

4. Kapitel

Mitten auf der Wiese vorm Stallgebäude stand mutterseelenallein und mit einer Tuba in der Hand: Lulu. Er starrte uns böse an, fletschte seine langen gelben Reißzähne und pumpte sich mächtig auf. Ohne die Gitter zwischen uns wirkte er noch größer und bedrohlicher. Ich wagte kaum, zu atmen. Selbst die Terrier gaben vor Schreck keinen Laut von sich, stattdessen verkrochen sie sich hinter unseren Beinen.
»Mist!«, fluchte ich leise. »Gehört diese Rasse nicht zu den Jagdhunden?!«
Coco stand wie versteinert. »Was machen wir denn jetzt?«, presste er zwischen zusammengebissenen Zähnen hindurch.
Ich schielte zum Stall. Das Tor stand immer noch weit offen, aber bis wir den Strick von der Türklinke gelöst und sie hinter uns zugeschlagen hatten, wäre der Affe längst bei uns. Falls wir es überhaupt so weit schafften. Lulu war hundertprozentig schneller als wir, und wahrscheinlich würden wir nur

seinen Jagdinstinkt provozieren, wenn wir jetzt wegrannten. Aber was konnten wir dann tun? Still stehen und hoffen, dass er das Interesse an uns verlor? Abwarten, bis uns dieses Monster in Stücke riss?!

Lulu schaute mit flackernden Augen von Coco zu mir und weiter zu den Terriern, als würde er nur überlegen, wen er sich zuerst packen sollte. Wütend stampfte er mit den Füßen und stieß wieder sein schreckliches »Uuuuuaaaaaahh!« aus. Wo steckte bloß Bredoni? Hörte der das denn nicht?!

Coco war mittlerweile so bleich wie eine Marmorstatue, und ich hatte das Gefühl, dass er aufgehört hatte, zu atmen.

»Uahuah«, machte der Schimpanse, und dann fixierte er mich.

Ich wünschte, ich hätte ihm nie einen Vogel gezeigt und hätte nie über ihn gelacht! Aber jetzt war es zu spät. Und Lulu schien sich ganz genau an alles zu erinnern, denn er machte wilde Drohgebärden in meine Richtung. Außer sich vor Wut, schleuderte er die Tuba in hohem Bogen über den Platz. Das Instrument flog zwanzig Meter weit und landete scheppernd auf der Deichsel eines Wohnwagens. Es dauerte nur ein paar Sekunden, dann riss Antoine das Fenster auf und brüllte: »Wer war das?!«

Ich atmete auf. Jemand hatte uns gesehen und würde helfen! Doch Antoine wurde nur ganz blass um die Nase und klappte das Fenster sofort wieder zu. Für einen kleinen Moment war Lulu abgelenkt, und sein Blick verweilte bei dem Campingwagen, aber dann besann er sich eines Besseren und stapfte mit wiegenden Schritten auf mich zu.

Ich schaute auf den Boden vor meinen Füßen. Gereizten Hun-

den sollte man nicht in die Augen gucken, hatte ich mal gehört. Vielleicht war das bei Affen ja genauso? Vielleicht beruhigte er sich, wenn wir ihn nicht anschauten?
Doch Lulu stapfte Schritt für Schritt näher.
Jetzt war er noch etwa zehn Meter entfernt.
Neun.
Acht.
Der strenge Geruch des Affen stieg mir in die Nase.
Sieben.
Wooam! Es gab einen dumpfen Knall, und Lulu schrie kurz auf. Ich spähte zwischen meinen Haaren hindurch nach oben. Wimmernd rieb sich der Affe den Kopf. Ein ganzes Stück entfernt, neben dem Käfigwagen, entdeckte ich Mia. Sie hielt einen ihrer Holzclogs in der Hand. Der andere lag neben Lulu. Sie hatte den Affen mit einem gezielten Wurf am Kopf getroffen!

Lulu wirkte benommen und hatte anscheinend keine Ahnung, wie ihm da eben geschehen war. In seinem Schimpansenkopf schien es zu arbeiten: Anscheinend war es nicht gut, auf uns loszugehen, denn dafür wurde man bestraft. Er sah zu Mia, dann zu mir, wieder zu Mia – und machte zwei weitere Schritte auf mich zu. Leider hatte ihn der Treffer wohl nicht hundertprozentig überzeugt.
»Bitte nicht, bitte nicht«, flüsterte Coco.
»Nicht bewegen, nicht reden!«, wisperte ich.
Da hob Mia die Hand mit dem zweiten Clog, holte aus, zielte – und warf. Doch der Clog schoss knapp an Lulus Kopf vorbei und landete neben Coco im Gras. Jetzt begannen die Terrier, wie kleine Kinder zu heulen. Das brachte Lulu endgültig in

Rage. Er pumpte sich auf wie ein Preisboxer und schnaufte schauderhaft.

Ich sah schon die Schlagzeile in der Zeitung vor mir: *Elfjähriger Junge von wildem Schimpansen gefressen. Er hatte sein ganzes Leben noch vor sich – doch er ärgerte einen Affen, der sich grausam rächte.*

Lulu warf sich vor und machte einen Sprung auf mich zu. Er setzte zum nächsten Sprung an, mit dem er mich ohne Probleme erreichen würde, spannte die Muskeln …

»Kommst du hierher!«, schallte es da über den Platz.

Der Affe zuckte zusammen und sah sich um. Ohne mich auch nur einen Millimeter zu rühren, blinzelte ich nach rechts und links – und entdeckte Arthur. Nun tauchte neben ihm auch noch Antoine mit einer Eisenstange bewaffnet auf, und hinter einem anderen Wagen trat Ajax mit einem Knüppel in der Hand hervor, ihm folgte Crevette mit einer brennenden Fackel, und auf der anderen Seite, mit dem größten Sicherheitsabstand von allen, wedelte Herr Bohne wild mit einem Sonnenschirm herum, der nun auch noch aufklappte.

Vor Erleichterung wäre ich beinahe ohnmächtig geworden, aber noch stand Lulu so dicht vor mir, dass er eigentlich nur noch seinen Affenarm ausstrecken musste, um mich an der Kehle zu packen.

»Kommst du hierher!«, befahl Arthur noch einmal.

»Mmh«, brummte Lulu, dann legte er unterwürfig einen Arm über den Kopf und lief mit langen, klagenden Lauten zu Arthur. Er nahm seine Hand und zog ihn mit sich zu seinem Käfig. Arthur musste nur die Tür öffnen, und schon sprang Lulu hindurch. Er sprach dem Affen ein paar beru-

higende Worte zu, streichelte ihm den Rücken und schloss die Tür.
Im selben Moment knickten Coco die Knie ein.
Jetzt stolperte Bredoni zwischen den Wagen heran, in seinen Ohren steckten noch die Wattebausche, die er sich wohl für ein Mittagsschläfchen hineingestopft hatte.
Arthur fixierte ihn aus schmalen Augen.
»Wenn das noch ein Mal passiert, kannst du deine Sachen packen.«
»Ich … ich habe nichts damit zu tun!«, verteidigte sich Bredoni. »Der Käfig war abgeschlossen! Ich habe gerade ein Nickerchen gemacht, währenddessen muss jemand den Schlüssel aus meinem Wagen genommen und Lulu herausgelassen haben!«
Nun war es totenstill auf dem Platz. Die Artisten schauten von einem zum anderen. Allen war klar, dass es nur einer von ihnen gewesen sein konnte. Woher hätte ein Fremder wissen sollen, in welchem Wagen Bredoni wohnte und wo er den Schlüssel versteckt hielt?
Für einen kurzen Moment schien es, als würde Arthur die Beherrschung verlieren. Seine Schultern bebten, und er atmete schnell, doch dann fasste er sich wieder, drehte sich zu Coco und mir und fragte: »Alles in Ordnung?«
»Alles okay«, antwortete ich mechanisch.
Arthur nickte Mia anerkennend zu und verschwand, ohne die Artisten noch eines Blickes zu würdigen, zwischen den Wagen. Unsicher sahen sich Antoine, Ajax, Crevette und Bredoni an, dann zogen auch sie sich schweigend zurück. Nur Herr Bohne kämpfte immer noch mit seinem Sonnenschirm und hatte nicht bemerkt, dass die Gefahr längst vorüber war.

Immer noch wackelig auf den Beinen, hob ich den Holzclog auf und brachte ihn Mia.

»Das war … supercool! Danke!«

Mia versuchte ein Lächeln, das etwas schief ausfiel.

»Na ja, ihr hättet das bestimmt auch für mich getan.«

Coco und ich wechselten einen Blick, und unser Nicken geriet etwas schwach.

»Hey«, sagte Coco da. »Ich hab noch Brötchen und Eier in meiner Tasche. Wollen wir nicht alle ein Picknick machen?«

Ich zuckte mit den Schultern, doch da sagte Mia: »Gute Idee. Ich habe auch noch Kuchen dabei.«

Ich folgte den beiden zu ein paar alten Biertischen, die unter einem kleinen Pavillonzelt zwischen den Wagen standen.

»Hier essen die Artisten immer«, erklärte mir Coco und packte seinen Proviant aus. Dann drehte er sich zu Mia, und bevor ich irgendetwas dagegen tun konnte, sprudelte die ganze Geschichte von dem belauschten Gespräch zwischen dem Rattengesicht und Arthur aus ihm heraus!

»Coco!«, versuchte ich ihn mehrfach zu unterbrechen, doch er plapperte einfach weiter! Hatte er vergessen, dass es die eingebildete Zicke war, der er gerade unseren geheimen Verdacht erzählte? Aber das konnte ich natürlich nicht laut sagen, immerhin hatte Mia gerade unser Leben gerettet – oder uns zumindest vor schlimmen Bisswunden und gebrochenen Knochen bewahrt.

»Irgendwie kann ich das nicht glauben«, sagte Mia, als Cocos Redeschwall verebbt war. »Keiner der Artisten würde sich doch mit so einem arschigen Makler zusammentun und seine Freunde in Gefahr bringen?!«

»Hast du vielleicht eine bessere Erklärung?«, fragte ich schnippischer als beabsichtigt.

»Als wir vor einer guten halben Stunde die Terrier aus dem Stall geholt haben, war der Affe noch eingesperrt – und als wir zurückgekommen sind, war er draußen«, zischelte Coco und sah sich verschwörerisch um. »Genau in dieser Zeit muss jemand den Affen rausgelassen haben.«

»Vielleicht hat sich irgendwer auf den Platz geschlichen?«, warf Mia ein.

Ich rollte mit den Augen. »Klar, es fällt natürlich auch überhaupt nicht auf, wenn irgendein Fremder hier rumschnüffelt und in Bredonis Wagen schleicht!«

»Wer hat denn eben noch außer dir im Rundbau trainiert?«, fragte Coco.

»Bis Antoine uns gerufen hat, waren da noch Herr Bohne und Ajax«, zählte Mia auf. Ich warf Coco einen enttäuschten Blick zu.

»Das heißt, wir können nur zwei Leute wirklich ausschließen!«

»Vielleicht sollten wir eine Liste machen und über jeden genau Buch führen, wann er wo war und ob er ein gutes Alibi hat«, schlug Coco vor.

»Findest du das nicht ein bisschen übertrieben?«, fragte Mia.

»Manchmal ist es die Summe vieler kleiner Details, die die Lösung bringt«, antwortete Coco wichtig und murmelte dann: »Hab ich mal in einem Krimi gelesen.«

»Okay, wenn ihr meint, bringe ich morgen ein Notizheft mit, und wir legen ein Buch der Verdächtigen an«, sagte Mia. »Aber jetzt noch mal was ganz anderes: Ich steige da nicht mehr durch. Wem gehört dieses Grundstück nun eigentlich?«

»Wenn ich Herrn Bohne heute richtig verstanden habe«, flüsterte Coco, »dann gehörte es früher mal zwei alten Leuten, die Arthur und den Winterzirkus unterstützt haben. Vor anderthalb Jahren sind sie gestorben, und jetzt ist so ein um zehn Ecken verwandter Neffe aufgetaucht. Der hat diesen Makler eingeschaltet, und der soll nun alles verkaufen.«

»Aha.« Mia drehte sich zu mir. »Und was ist das für ein komisches Recht, von dem die da im Stall gesprochen haben?«

Ich zuckte mit den Schultern. »Keine Ahnung. *Nießbrauchrecht* haben die das genannt.«

Mia holte ihr Handy aus der Tasche und tippte etwas ein.

»Das können wir doch gleich nachgucken … Wartet mal … hier.« Sie las laut vor: »Das unveräußerliche und unvererbliche absolute Recht … blablabla … Die häufigste Form … ist ein lebenslanges Recht, eine Wohnung oder ein Haus zu bewohnen und alle Nutzungen aus dem Grundstück zu ziehen.«

»Aber wenn Arthur lebenslang allen Nutzen ziehen darf, dann kann ihn doch keiner von hier verjagen, oder?«, fragte Coco.

Da fiel mir wieder ein, dass der Makler behauptet hatte, in Arthurs Fall würde etwas fehlen.

»Steht da irgendetwas von *Grundbuch* oder so?«, fragte ich.

Mia schüttelte den Kopf. »Nee. Aber kannst du nicht mal deinen Vater danach fragen, Coco? Der ist doch Anwalt?«

Coco verzog das Gesicht. »Das wird schwierig.«

»Du musst ja nicht sagen, dass es für den Zirkusplatz ist«, schlug ich vor. »Erzähl ihm einfach, dass du es für die Schule wissen musst.«

»Ach ja.« Mia grinste. »Offiziell bist du ja gar nicht hier.«
Coco klappte der Kiefer herunter. »Woher weißt du das?«
Mia lehnte sich zurück und verschränkte die Arme vor der Brust.
»Du hast einen sehr gesprächigen kleinen Bruder. Der hat mir mal am Telefon erzählt, du wärst Fußball spielen – dabei hatte ich dich kurz vorher hier am Zirkusplatz gesehen.«
»Du hast schon mal bei mir angerufen?« Coco war platt.
»Ja, aber du hast ja nicht zurückgerufen. Ich wollte dich fragen, ob du mit mir trainierst.«
Coco haute mit der Faust auf den Tisch.
»Wenn ich Felix heute zwischen die Finger kriege … dann … dann … mache ich Hackfleisch aus ihm!«
Er sah so wütend aus, dass ich lachen musste. Etwas merkwürdig fand ich es allerdings schon, dass er sich so aufregte. Hatte er etwa auf einen Anruf von Mia gewartet?
»Ich hab eine Idee«, sagte Mia da. »Wir können uns doch morgen alle in der großen Pause treffen. Wozu gehen wir denn auf dieselbe Schule?«
»Super!«, rief Coco.
»Ja, das ist ja echt ein Zufall«, fügte ich tonlos an.
»Also, erste große Pause an den Klettergerüsten?«, fragte Mia.
Coco nickte eifrig. »Vielleicht habe ich bis dahin ja schon etwas über dieses Nieß-Dings-Recht rausbekommen.«
Mia ballte begeistert die Faust. »Ja! Und wir beginnen unser Buch der Verdächtigen.«
In dem Moment dachte ich, dass es vielleicht gar nicht sooo schlecht war, dass Mia dabei war. Wir mussten schnellstens herausbekommen, wer hinter den Anschlägen steckte, und da

konnten wir jede Hilfe gebrauchen. Heute waren wir haarscharf an einer Katastrophe vorbeigeschlittert, doch wer wusste, was uns als Nächstes bevorstand?

5. Kapitel

Am nächsten Tag stürmte ich sofort nach dem Pausengong zu den Klettergerüsten. Es dauerte keine Minute, da kamen auch Mia und Coco angerannt.
»Und?«, fragte ich und sah Coco gespannt an.
»Also«, sagte Coco und kramte einen zerknitterten Zettel aus der Tasche, auf dem er sich Notizen gemacht hatte. »Arthur hätte kein Problem, wenn dieses Nießbrauchrecht für das Grundstück ins Grundbuch eingetra…«
»Aber das ist es nicht«, fiel ich ihm ungeduldig ins Wort.
Coco seufzte. »Dann liegt genau da der Haken. Wenn dieses Nießbrauchrecht nur von einem Notar beurkundet ist, aber nicht im Grundbuch steht, dann zählt es praktisch nicht. Der neue Besitzer muss sich nicht die Bohne an die Abmachung halten.«
Ich sah ihn entgeistert an. »Das heißt, der ganze Vertrag ist total wertlos? Die neuen Besitzer können Arthur einfach so vom Platz jagen?«
Coco nickte. »Genau so.«
Mir wurde schwindelig. Ich wollte nicht, dass mein Vater wegging, nach Paris oder Rom oder sonst wohin auf der Welt! Ich wollte, dass er in meiner Nähe blieb, ich wollte mit ihm trainieren, Zeit mit ihm verbringen!

»Wie fies ist das denn!«, schimpfte Mia und schwang sich an einer Stange des Klettergerüsts empor.
»Das einzig Gute ist«, fuhr Coco fachmännisch fort, »dass eben genau dieses Fiese an der Sache viele Interessenten zögern lässt, das Grundstück zu kaufen. In letzter Zeit hat es eine Menge Proteste gegen Bauvorhaben in der Stadt gegeben, und da will niemand als Buhmann dastehen. Aber auf Dauer – sagt mein Vater – hält das niemanden von einem guten Geschäft ab.«
»Also heißt das, Arthur hat keine Chance gegen das Rattengesicht?«, fragte ich leise.
Coco schüttelte den Kopf. »Es sei denn, er kauft das Grundstück. Oder irgendjemand kauft es für ihn, oder ein Wunder geschieht. Aber wahrscheinlich werden alle Artisten ihr Zuhause verlieren und wir unseren Trainingsplatz.«
Einen Moment sagte keiner von uns ein Wort.
»Und das hast du alles rausgekriegt, ohne etwas vom Zirkus zu erzählen?«, fragte Mia schließlich.
»Ich habe einfach eine Aufgabe in mein Sozialkundeheft geschrieben und so getan, als müsste ich einen Aufsatz schreiben. Erst hat sich mein Vater furchtbar aufgeregt, warum so schwierige juristische Aufgaben in der fünften Klasse bearbeitet werden, aber dann hat er mir einen stundenlangen Vortrag gehalten und hinterher alles noch mal korrigiert.«
Mia musste grinsen. »Jetzt hast du einen fertigen Aufsatz über dieses Thema?«
»Drei Seiten«, stöhnte Coco.
Ich ärgerte mich, dass die beiden über so etwas Unwichtiges redeten. War ihnen denn überhaupt nicht klar, was das bedeutete?!

In dem Moment klingelte es auch schon wieder zum Stundenbeginn.
»Jetzt haben wir gar keine Notizen über die Verdächtigen gemacht«, seufzte Mia und sprang vom Gerüst.
Ich zuckte mit den Schultern. »Macht das denn überhaupt noch einen Sinn?«
»Spinnst du?!«, fuhr sie mich entrüstet an. »Wir geben doch nicht auf! Jetzt versuchen wir erst einmal rauszukriegen, was so ein Grundstück kostet. Und dann machen wir so viel Rabatz, dass es megapeinlich für jeden Bauunternehmer wird. Die werden sich dreimal überlegen, ob sie den Flecken kaufen wollen! Du hast doch gehört, was Coco gesagt hat: Keiner will schlecht dastehen! Das müssen wir ausnutzen!«
»Gemeinsam fällt uns bestimmt was ein«, versuchte auch Coco, mich aufzubauen. »Nächste Pause treffen wir uns wieder und überlegen weiter.«
Mia gab ihm einen Klaps an den Hinterkopf.
»Du Dödel, wir haben gleich nach der vierten Stunde Schwimmunterricht.«
»Stimmt. Dann treffen wir uns nachher am Platz«, schlug Coco vor. »Ich habe zwar noch Klavierunterricht, aber ich komme auf jeden Fall.«

Als ich von der Schule nach Hause kam, stand auf dem Herd das fertig gekochte Mittagessen, aber von Oma war weit und breit nichts zu sehen.
»Hallo? Oma?«, rief ich matt durchs Haus. »Wo bist du?«
Doch ich bekam keine Antwort. Nicht noch irgendeine Katastrophen-Nachricht, dachte ich und rannte nach draußen

auf die Terrasse. Vielleicht pflückte sie ja Himbeeren hinten im Garten?

»Omaaaa!«

»Hier!«, hörte ich da ein Ächzen.

Ich fuhr herum und stolperte vor Schreck fast über einen Korbstuhl. Mit offenem Mund starrte ich zu dem großen Apfelbaum, an dessen dickstem Ast ein orangefarbenes Tuch befestigt war, und darin hing kopfüber: Oma.

»Was machst du da?«, fragte ich fassungslos.

»Anti-Gravity-Yoga! Das ist der neuste Schrei. Ich hatte mir das Tuch bestellt, und als es vor einer halben Stunde ankam, musste ich es sofort ausprobieren. Guck mal!« Oma drehte sich in den Schlaufen. »Damit kann man auch meditieren!«

»Toll«, sagte ich und schüttelte den Kopf.

Oma wickelte sich aus dem Stoff und plumpste auf den Rasen. Als sie sich aufrappelte, bekam ich den nächsten Schreck.

»So kannst du aber nicht auf die Straße gehen«, sagte ich und zeigte auf ihre lila Pumphose. »Gab's die umsonst dazu?«

Oma schüttelte den Kopf. »Das ist ganz feine Bio-Baumwolle, auch aus dem Internet. Wie ich das alles bestelle, habe ich in meinem Computerkurs gelernt.« Plötzlich verschwand ihr Lächeln. »Sag mal, ist irgendetwas?«

Ich zuckte mit den Schultern.

»Na, komm.« Oma zog mich mit sich in die Küche. »Jetzt gibt es erst einmal eine ordentliche Portion Nudeln, und dann erzählst du mir, was passiert ist.«

Ich konnte nicht anders, ich war so verzweifelt, dass ich Oma die ganze schreckliche Geschichte erzählte, von dem belauschten Gespräch mit dem Rattengesicht bis zu dem entlaufenen

Affen. Nur dass Arthur mein Vater war, ließ ich natürlich weg. Aber nach der Lulu-Attacke hatte Oma sowieso nicht mehr richtig hingehört.
»Nicht auszudenken, wenn dieser Schimpanse dich gepackt hätte!«, rief sie.
»Es ist ja nichts passiert«, versuchte ich, sie zu beruhigen. »Arthur war sofort da.«
Sie fächelte sich mit der Serviette Luft zu.
»Das hätte ich mir nie verziehen, wenn dieser Affe dich verletzt hätte. Deine Mutter wäre durchgedreht!«
»Wir sollten lieber überlegen, wie wir Arthur helfen können, den Platz zu retten!«, stieß ich ungeduldig aus.
Oma musterte mich. »Dieser Arthur scheint dir ja sehr am Herzen zu liegen.«
Ich spürte, wie ich rot wurde, und schaute schnell auf meinen Teller. Sehr konzentriert drehte ich eine Spaghetti um die Gabel.
»Es wär halt total blöd, wenn er und die Artisten wegziehen müssten. Ich meine, auch für uns, mit dem Training und so.«
»Verstehe«, sagte Oma. »Aber ich glaube, wir beide können da nicht viel machen. Dein Arthur sollte lieber einen Anwalt einschalten.«
»Wie viel kostet denn so ein Anwalt?«, fragte ich, denn ich war nicht sicher, ob Arthur überhaupt Geld für so etwas hatte.
»Weißt du was«, sagte Oma nach kurzem Überlegen. »Dein Opa hatte einen guten Freund, Martin Lehmann. Der ist Anwalt – und ein Riesenzirkusfan. Den rufe ich an. Nach Opas Schlaganfall ist der Kontakt zwischen uns zwar etwas ein-

geschlafen, aber er hat mir nach Opas Tod geschrieben und angeboten, dass ich mich immer melden kann, wenn ich ihn brauche.« Sie füllte mir noch ein paar Nudeln auf den Teller. »Ich werde ihn heute Abend anrufen. Aber sag deinem Arthur erst einmal noch nichts, bis wir eine Zusage haben.«
Mit diesem kleinen Hoffnungsschimmer ging es mir schon etwas besser.

Doch wir waren nicht die Einzigen, die sich Sorgen machten. Als Coco und ich an diesem Nachmittag in den Rundbau traten, herrschte unter dem Chapiteau-Dach eine merkwürdige, bedrückte Stimmung.
»Meinst du, es hat gestern Abend noch Streit wegen des Affenausbruchs gegeben?«, fragte ich Coco.
»Irgendwas liegt auf jeden Fall in der Luft«, flüsterte er.
Wir schlüpften in unsere Trainingssachen, und kaum saßen wir auf der blauen Matte, um uns warm zu machen, stolperte Herr Bohne auf uns zu. Nach drei umständlichen Sätzen über das Wetter kam er leise zur Sache: »Nun, ich war ja glücklicherweise die ganze Zeit hier im Rundbau … Damit scheide ich eindeutig als Verdächtiger in dieser Affengeschichte aus.«
»Wird denn irgendjemand verdächtigt?«, fragte ich scheinheilig.
»Nun, einer muss ja den Schlüssel genommen und das Vieh freigelassen haben«, flüsterte Herr Bohne und winkte uns mit seinen langen Fingern noch ein Stück näher. »Es weiß zum Beispiel niemand, wo sich Crevette, Antoine oder Rose in der fraglichen Zeit herumgetrieben haben.«
In dem Moment betrat Arthur den Rundbau.

Bohne sprang auf und sagte unnötig laut: »Dann mal los, Coco! Ab aufs Seil, du weißt ja jetzt, was du zu tun hast.«
Coco stöhnte und rollte mit den Augen, denn natürlich hatte jeder im Rundbau bemerkt, dass Bohne nicht über Seiltanz mit uns gesprochen hatte.
Ich war froh, mich jetzt auf meine Handstände und Flic-Flacs zu konzentrieren. Aber irgendwie verwirrte mich, dass Arthur genauso ruhig und streng wie immer war. Verdrängte er einfach, wie schlimm es um den Platz stand? Oder hatte er noch ein Ass im Ärmel und sagte es nur nicht, weil es ja einen Verräter unter den Artisten gab? Als ich in der zweiten Runde Handstände übte, flog plötzlich die Tür des Rundbaus auf, und Mia stürmte mit einer Zeitung in der Hand herein. So über Kopf sah das sehr komisch aus, doch dann blieb mir das Lachen im Halse stecken, denn selbst verkehrt herum war bei Mias Gesichtsausdruck klar, dass sie keine guten Nachrichten brachte.
»Guckt euch das an!«, rief sie und sprang über die Kästen in die Manege.
Ich kam auf die Füße und richtete mich auf. Mia hielt uns die Lokalseite entgegen. Unter einem großen Bild von Lulu war zu lesen: *Tierschützer prangern Zustände auf Zirkusplatz an.* Ich überflog die Zeilen. *… der Menschenaffe lebt unter furchtbaren Bedingungen auf dem Platz am Güterbahnhof … Tierschutzorganisation plant Rettungskampagne, damit der 39-jährige Primat ein artgerechtes Leben führen kann …*
»Ich glaube, das gibt richtig Ärger«, sagte Mia.
»Na super!«, flüsterte Coco mir zu. »Jetzt macht das Rattengesicht uns schlecht. Das sollte doch genau andersrum laufen!«

Ich nickte. Dann drehte ich mich zu Arthur und fragte: »Stimmt das? Ist das wirklich so schrecklich für Lulu, wie die da schreiben?«

Arthur zuckte mit den Schultern. »Ich bin auch dafür, dass Affen nicht mehr allein in einem Zirkuswagen leben. Aber vor fast vierzig Jahren, als Bredoni seinen Lulu bekommen hat, hat sich kein Mensch Gedanken um so etwas gemacht. Heute sind wir klüger.«

»Also wäre es besser, wenn der Affe woanders hinkommen würde?«, fragte Mia. »Ich meine, ich würde ihn ja nicht gerade vermissen, nach gestern ...«

Arthur schüttelte den Kopf. »In diesem speziellen Fall denke ich: nein. Lulu würde vor Sehnsucht sterben, wenn er Bredoni nicht mehr sehen würde. Die beiden sind wie ein altes Ehepaar.«

Ich musste an das schwarze Loch denken, vor dem Mama solche Angst gehabt hatte, weil sie glaubte, Oma könnte nach Opas Tod vor lauter Einsamkeit und Verzweiflung hineinfallen.

»Auf jeden Fall sollte sich keiner mehr einen Menschenaffen als Haustier halten oder im Zirkus vorführen«, schloss Arthur.

Mittlerweile waren auch die anderen Artisten herangekommen und hatten einen Blick auf den Artikel geworfen.

»Was tun wir denn jetzt?«, fragte ich Arthur.

Er hob das Kinn. »Wir schaffen das schon.« Ich muss wenig überzeugt geschaut haben, denn er legte mir eine Hand auf die Schulter. »Nur nicht den Mut verlieren.«

Seine Hand fühlte sich warm und schwer an, und in dieser einen Sekunde war ich dem Rattengesicht fast ein bisschen dankbar.

»So, ihr trainiert jetzt weiter. Ich kümmere mich schon darum.« Arthur deutete auf Mias Zeitung. »Darf ich?«
Mia reichte ihm die Seite, und Arthur eilte hinaus.
Betroffen blieben wir beieinander stehen.
»Wer von euch hat das Foto gemacht?« Eisig durchschnitt Antoines Frage die Stille. »Auf dem Bild ist der Ball zu sehen, den ich dem Schimpansen am Donnerstag reingeworfen habe! Es kann also nur in den letzten vier Tagen fotografiert worden sein. Also: Wer von euch hat das Foto geschossen und an die Zeitung gegeben?«
Crevette zuckte mit den Schultern. »Ich besitze nicht mal eine Kamera.«
»Das kann man auch mit dem Handy machen!«, rief Herr Bohne aufgeregt.
»Mit meinem nicht«, sagte Rose.
»Aber du hast einen Fotoapparat«, mischte sich Anastasja ein.
»Ich traue mich aber gar nicht an den Affen heran!«, fauchte Rose zurück. »Fragt doch mal die beiden!« Sie zeigte auf Bohne und Bredoni.
»Ich bringe doch meinen lieben Lulu nicht in Gefahr!«, quietschte Herr Bredoni.
»Dein Affe macht sowieso nur Ärger«, knurrte Antoine.
»Was soll das denn heißen?«
»Dass es das Beste wäre, wenn er wegkäme!«
Nun lief Herr Bredoni so rot an, dass ich dachte, er würde gleich platzen. Herr Bohne stellte sich schützend vor ihn und fuhr Antoine und Rose an: »Dann geht lieber selbst! Ihr wollt doch sowieso wieder auf Tournee!«

»Das machen wir auch bald, wenn es hier jeden Tag einen Anschlag gibt!«, kreischte Rose.
Anastasja ging mit ihrem Krückstock auf sie los.
»Euch ist der Platz egal, aber wir lieben ihn!«
Selbst Ajax sah aus, als wollte er sich einmischen.
»Aufhören!«, rief Crevette da. »Das will der doch nur!«
Für einen Moment war es totenstill.
»Sie hat recht. Wir sollten lieber überlegen, wie wir uns wehren«, sagte Herr Bredoni leise.
»Und hast du auch einen Vorschlag?«, fragte Antoine. »Solange einer von uns mit diesem Makler-Schwein unter einer Decke steckt, wird der doch immer einen Schritt voraus sein!«
Schweigend sahen sich alle an, dann wendeten sie sich ab und widmeten sich stumm ihrem Training. Mir gelang von da an nichts mehr. Meine Räder waren kraftlos, meine Handstände wackelig, und ich schaffte kaum, zwei Meter auf den Händen zu laufen. Coco und Mia schien es ähnlich zu gehen. Nach einer halben Stunde hielten wir es im Rondell nicht mehr aus. Wir setzten uns an die Biertische neben dem Stallgebäude, und Mia holte eine Dose mit Kuchenstücken und ein kleines, grünes Notizbuch aus ihrem Rucksack.
»Das Buch der Verdächtigen«, sagte sie und schob es Coco über den Tisch.
»Als Erstes müssen wir herausbekommen, wer überhaupt ein Motiv hat«, sagte Coco, während er auf jede Seite den Namen eines Artisten schrieb. »Also: Warum sollte sich irgendjemand mit dem Rattengesicht zusammentun?«
»Geld«, vermutete Mia. »Wahrscheinlich zahlt der gut.«

»Aber dafür verliert derjenige auch sein Zuhause«, gab ich zu bedenken.
»Aber von dem Geld kann er sich dann eine Wohnung mieten oder einen anderen Platz für seinen Wohnwagen suchen«, entgegnete Mia. »Offensichtlich spielen doch schon einige mit dem Gedanken.«
»Glaubst du denn, dass so viel dabei rausspringt?«, fragte Coco skeptisch.
Mia nickte. »Meine Mutter sagt, wenn das hier Bauland ist, wo man Bürotürme oder Hochhäuser hochziehen darf, dann ist das Grundstück Millionen wert. Und so ein Makler kriegt beim Verkauf im Schnitt fünfzehn Prozent. Macht allein bei zwei Millionen: dreihunderttausend Euro.«
»Kacke«, entfuhr es mir, denn damit war klar, dass Arthur das Grundstück nicht kaufen konnte. Selbst wenn er und alle anderen Artisten ihr gesamtes Erspartes zusammenkratzen würden, wäre es bestimmt niemals genug.
»Das heißt, dieser Makler könnte locker ein paar Tausender abgeben«, überlegte Coco.
»Oder er bietet demjenigen eine Wohnung, wie Arthur«, ergänzte ich.
Coco sah auf. »Welcher Artist würde denn in einer Wohnung leben können?«
»Bredoni mit dem Affen auf keinen Fall«, schloss ich aus.
»Und Herr Bohne?«, fragte Mia.
»Er liebt den Platz! Hast du doch gehört!«, brauste Coco auf.
»Und er hat für die Affen-Aktion ein Alibi«, ergänzte ich.
»Was ist mit Antoine, Rose und Crevette?«, fragte Coco. »Die wollen sowieso nicht für immer bleiben.«

»Crevette?« Mia schüttelte entschlossen den Kopf. »Niemals!«
»Antoine hat total erschrocken geguckt, als der Affe die Tuba gegen die Deichsel von seinem Wohnwagen geworfen hat …«, überlegte ich laut. »Bleibt noch Rose …?«
Coco stützte die Ellenbogen auf die Tischplatte. »Ich glaube, die traut sich wirklich nicht in die Nähe des Affenkäfigs. Sie hat auch panische Angst vor dem Kamel. So jemand würde sich doch andere Anschläge ausdenken, oder?«
»Oder *gerade* solche, um von sich abzulenken«, hielt Mia dagegen. »Was ist mit Anastasja?«
Coco wiegte den Kopf von rechts nach links.
»Ihr Lkw fährt nicht mehr, die käme hier nicht mal weg. Außerdem hat sie ständig irgendwelche Neffen oder Enkel zu Besuch.«
»Dann könnte sie ja auch bei denen wohnen«, entgegnete ich.
»Okay, sie ist mega-unfreundlich«, stellte Coco fest. »Aber würde sie Arthur etwas Böses tun?«
»Na gut«, seufzte ich. »Bleibt noch Heinz. Aber auch wenn ich ihn total gruselig finde, könnt ihr euch den in einer normalen Wohnung mit einem normalen Job vorstellen?«
Coco schüttelte den Kopf. »Nee! Ich wüsste nicht, wo der sonst hinpasst.«
Da zog Mia ihm das Buch weg und klappte es zu.
»So kommen wir nicht weiter! Das sind doch alles nur Vermutungen. Wir brauchen mehr echte Informationen!«
»Na super! Die bekommen wir aber nur, wenn es wieder einen Anschlag gibt«, stellte Coco bitter fest.
Und das war das Letzte, was wir wollten.

Als ich an diesem Abend nach dem Training mutlos den Königskinderweg hinunterstapfte, sah ich Oma schon von Weitem im Vorgarten stehen und die Rosen schneiden.
»Gute Nachrichten!«, rief sie und winkte mit der Rosenschere. »Morgen Nachmittag um fünf können wir zu einer kostenlosen Beratung in die Kanzlei kommen! Martin kennt den Zirkusplatz sogar. Er hat früher immer den Winterzirkus besucht.«
Müde reckte ich die Siegerfaust, doch so richtig freuen konnte ich mich nicht mehr. Bisher war auf jede gute Nachricht eine schlechte gekommen. So langsam schien es mir, als gehörte das zu einem besonderen Programm, wie bei einem Computerspiel: Sobald man den nächsten Level erreicht hatte, wurden die Hindernisse größer.
»Wir sollen alle Unterlagen mitbringen, die mit diesem Nießbrauchrecht zu tun haben, und Martin braucht so schnell wie möglich den Namen des Notars, der das damals beurkundet hat«, berichtete Oma, als wir ins Haus gingen. »Er hat gesagt, es tut sich gerade eine ganze Menge in der Stadt, wegen verschiedener Bauvorhaben. Er hatte auch schon irgendeine Idee – das wird er uns morgen erklären. Das sind doch gute Nachrichten, warum guckst du denn so niedergeschlagen?«
»Es hat einen üblen Artikel in der Zeitung gegeben.«
»Ich weiß«, sagte Oma und strich mir tröstend über das Haar.
»Die versuchen alles, um Arthur und den Platz schlechtzumachen!«
Sie zog eine Augenbraue hoch.

»Also, mich darfst du nicht fragen, ob ich dafür bin, dass dieser gemeingefährliche Affe da wegkommt.«
Ich seufzte. Omas Reaktion zeigte nur, wie gut die miesen Tricks des Rattengesichts funktionierten!
»Mach dir nicht immer so viele Sorgen!«, sagte Oma. »Wir haben einen Termin bei Martin, und er hat eine Idee, wie man deinem Arthur helfen könnte. Und jetzt möchte ich ein fröhliches Gesicht sehen.«

6. Kapitel

Wahrscheinlich hatte Oma recht, denn als ich Coco und Mia am nächsten Tag in der großen Pause von dem Termin bei Lehmann berichtete, flippten sie vor Begeisterung völlig aus.
»Cool!«, rief Coco, und Mia hielt mir die Hand zum Einschlagen hin.
Irgendwie steckte mich ihre Zuversicht an. Ich setzte mich auf die unterste Stange des Klettergerüsts und ließ die Beine baumeln.
Coco grinste. »Da wird dich Arthur ja noch mehr lieben!«
»Blödsinn«, murmelte ich, aber natürlich freute ich mich insgeheim.
Coco sah mich an und legte den Kopf schief. »Irgendwie ist das wirklich merkwürdig mit euch.«
»Wie meinst du das?«, fragte ich bemüht ahnungslos.
Er drehte sich zu Mia. »Mal ehrlich: Normal ist das nicht, wie Arthur zu Tom ist.«
Mia biss in ihr Pausenbrot und zuckte mit den Schultern.

»Ich finde eher unnormal, wie er zu allen anderen ist.«
»Aber warum ist er ausgerechnet zu Tom so anders?«, bohrte Coco weiter.
Mia verdrehte die Augen. »Maaaaann! Es gibt doch Leute, die keine Kinder haben und die sich dann Ziehsöhne oder -töchter suchen, denen sie ihr Wissen weitergeben können.«
Wenn ihr wüsstet, dachte ich und nahm schnell einen Schluck aus meiner Trinkflasche, um nicht verräterisch grinsen zu müssen.
»Oder ihr kennt euch aus einem früheren Leben«, überlegte Coco weiter.
»Quatsch«, fuhr Mia ihn an.
»Aber Arthur hat angefangen, mit Tom zu trainieren, bevor er wusste, dass er Talent hat. Darum muss etwas anderes dahinterstecken«, folgerte Coco. »Wir müssen nur rauskriegen, was.«
»Im Moment sollten wir lieber rausbekommen, wie wir den Platz retten können«, sagte ich schnell, denn langsam wurde mir die Diskussion wirklich zu heiß.
»Stimmt«, sagte Mia und ließ sich rückwärts von der Stange fallen, sodass sie kopfüber hing und ihr Pferdeschwanz im Sand schleifte. »Aber ich hab noch eine andere Frage: Wenn wir nächstes Schuljahr neu aufgeteilt werden, wollen wir dann nicht versuchen, alle zusammen in eine Klasse zu kommen?«
»Coole Idee!«, rief Coco. »Allerdings – ich muss Latein nehmen. Sagt mein Vater.«
»Dein Vater ist wirklich krass! Aber macht nichts: Es gibt nämlich eine Halb-Spanisch-halb-Latein-Klasse. Es sei denn, du willst jetzt Französisch wählen, Tom?«

»Nee, entweder Spanisch oder Latein«, sagte ich und sah zu Coco. Ich fand, das ging jetzt wirklich ziemlich schnell mit Mia. Gut, sie hatte uns gerettet, und in den letzten achtundvierzig Stunden war sie kein Stück zickig gewesen – aber bis dahin hatten wir sie megazickig gefunden!

»Was sagen denn deine Freundinnen dazu?«, fragte ich und deutete über den Schulhof zu der Mädchentraube, in der ich Mia beim ersten Mal gesehen hatte.

Sie lief rot an, aber das konnte auch daran liegen, dass sie kopfüber hing.

»Die? Ach, die fahren in den Ferien alle zusammen auf den Ponyhof – da bin ich sowieso raus.«

»Warst du da nicht auch mal mit?«, fragte Coco.

Mia schaukelte wild vor und zurück. Am höchsten Punkt ließ sie sich von der Stange fallen und landete in der Hocke.

»Das Reiten macht schon Spaß, aber Mähnenzöpfchen-Flechten und dieses ganze Theater, das ist nicht so meins. Da mach ich lieber was anderes.«

»Ihr fahrt in den Ferien weg?«, fragte ich alarmiert, denn mir wurde gerade klar, dass es echt eine Katastrophe wäre, wenn ich jetzt ganz allein mit dem ganzen Schlamassel wäre!

Mia winkte ab. »Meine große Schwester aus den USA kommt zu Besuch.«

Für einen Moment war ich abgelenkt.

»Du hast eine große Schwester?«

»Zwei! Die haben aber eine andere Mutter und sind viel älter als ich.«

»Ich hätte auch lieber eine große Schwester in Amerika als so einen Stinkstiefel-Bruder wie Felix«, seufzte Coco.

Ich hätte überhaupt gern Geschwister, dachte ich. Die beiden hatten keine Ahnung, was für ein Glück sie hatten!
»Ich bin jedenfalls die ganzen Ferien hier«, sagte ich, um wieder auf das eigentliche Thema zurückzukommen.
»Wir fahren am Ende der Ferien zwei Wochen nach Bornholm«, jammerte Coco.
Ich versuchte es mit Galgenhumor.
»Na ja, bis dahin hat sich mit dem Platz ja sowieso alles entschieden.«
In meine letzten Worte tönte schon der Pausengong.
»Hey, ich glaube, heute kann ich nicht zum Training kommen«, sagte Coco traurig. »Mein Vater wird langsam misstrauisch. Er hat gefragt, ob er mich nicht im Verein anmelden soll, wo ich jetzt so viel Fußball spiele.«
»Mist!« Aber dann hatte ich eine Idee. »Und wenn ich dich zusammen mit Oma abhole und wir behaupten, wir gehen Eis essen?«
Coco strahlte. »Das wär super!«

Oma war begeistert, als ich beim Mittagessen fragte, ob wir auf dem Weg zum Zirkusplatz noch meinen neuen Freund Coco abholen konnten.
»Dann lerne ich ja auch gleich die Eltern kennen, toll!«
Mir wurde warm. Ein bisschen kannte ich Oma jetzt schon, und wenn sie Cocos Eltern treffen würde, dann würde sie bestimmt gleich ein Gespräch anfangen und mit ihnen über den Zirkus plaudern, und dann würde Cocos Geheimnis auffliegen. Irgendwie musste ich sie also einweihen – wenigstens so halb.

»Ähm, Oma«, sagte ich. »Da ist noch so eine Sache. Cocos Eltern wollen nicht, dass er ständig am Zirkusplatz ist. Aber wir haben da jetzt alle so viel Spaß, auch mit Mia …«
»Die mit der Mutter im Cabrio?«, fragte Oma.
»Genau. Also, wir wollten Cocos Eltern erzählen, dass du uns zum Eisessen einlädst.«
Oma hob eine Augenbraue. »Aha. Findest du nicht, ich sollte lieber mal mit Cocos Eltern sprechen?«
»Auf keinen Fall!«
Oma sah mich misstrauisch an.
»Also, nicht heute«, versuchte ich abzuwiegeln. »Vielleicht später mal, wenn sie uns ein bisschen besser kennen. Bitte!« Ich sah sie flehend an.
Oma wiegte den Kopf, dann seufzte sie und sagte in einem ganz neuen, strengen Tonfall: »Na gut, aber so etwas mache ich nur ein Mal. Ein einziges Mal, klar?«

Coco wohnte nur einen Stadtteil weiter, in einem Neubaugebiet. Im Vorgarten des weißen Hauses parkten zwei BMX-Fahrräder, und in der Einfahrt zur Garage hing ein Basketballkorb. Ich sprang vom Beifahrersitz und eilte zur Tür. Noch bevor ich klingeln konnte, öffnete Coco.
»Du musst kurz reinkommen. Meine Mutter will dich mal sehen.«
»Ich bin gleich wieder da«, rief ich Oma zu und folgte Coco.
Das Haus war so ziemlich das Gegenteil von Omas. Alles war supermodern, sehr hell, und überhaupt war es irgendwie viel leerer als bei Oma.
Coco führte mich zu einem Zimmer mit einer Glastür.

»Mama?«
Eine schlanke Frau mit dem gleichen weißblonden Haar wie Coco stand von ihrem Schreibtisch auf und kam zu uns in den Flur.
»Hallo, du bist Tom? Ich freue mich, dich kennenzulernen.« Sie reichte mir die Hand. »Und ihr beiden wollt jetzt mit deiner Oma ein Eis essen gehen?«
»Genau.« Ich versuchte, Cocos Mutter sehr gerade in die Augen zu schauen. »Oma wartet im Auto, wir wollen gleich los.«
»Schade, ich hätte sie gern auf eine Tasse Kaffee hereingebeten«, sagte sie und ging an uns vorbei zur Haustür.
Coco sah mich panisch an.
»Keine Sorge, ich hab Oma eingeweiht«, wisperte ich.
Coco wurde trotzdem etwas grün im Gesicht. Doch seine Angst war völlig unbegründet, denn seine Mutter blieb auf der Schwelle stehen und winkte Oma nur zu.
»Sag deiner Oma bitte, dass ich mich freuen würde, sie kennenzulernen, ja?«, bat sie mich. »So, dann wünsche ich euch beiden viel Spaß! Und bedank dich anständig, Constantin.«
»Mach ich«, rief Coco und rannte mit mir zum Auto.
»Das lief ja supi-dupi«, freute er sich, als wir beide auf die Rückbank hopsten und Oma auch schon Gas gab.
»Aber ich bestehe darauf, euch wenigstens ein Eis am Stiel zu kaufen«, sagte Oma und bog zur nächsten Tankstelle ab. »Ich möchte euch nämlich nicht zum Lügen animieren, klar? Das ist nicht in Ordnung.«
Wir nickten brav, und als wir am Zirkusplatz aus dem Auto sprangen, versprach ich: »Es kommt nicht wieder vor, ehrlich.«

»Macht, dass ihr wegkommt!«, rief Oma und drohte gespielt mit dem Zeigefinger.
Wir rannten auf direktem Weg zu Arthurs Wagen. Doch zu meiner Enttäuschung war die Tür verschlossen.
»Er ist hinten in der Werkstatt«, rief Herr Bohne, der gerade seine Wäsche an einer Leine zwischen den Wagen aufhängte.
»Geh lieber allein, ich weiß nicht, ob ich in die Werkstatt darf«, sagte Coco. »Ich warte im Rundbau auf dich.«
»Bis gleich!«, rief ich und joggte los.
Der hintere Teil des Platzes mit dem Affengehege war mir immer noch nicht ganz geheuer. Sicherheitshalber verlangsamte ich meinen Schritt, als ich mich Lulus Käfig näherte. Doch der Schimpanse saß heute ganz ruhig in einer Ecke neben dem Gebüsch. Außerdem war der Käfig seit dem Anschlag nun immer mit zwei Schlössern gesichert.
Als ich die Tür des Stallgebäudes öffnete, flackerten grelle Blitze durch die Eingangshalle, und aus Arthurs Werkstatt kam ein seltsames Britzeln. Ich huschte zu der kleinen Tür, wartete, bis es einen Moment still war, und klopfte.
»Ja?«, hörte ich Arthurs Stimme.
Ich trat hinein und schaute mich um. Diesmal arbeitete Arthur in einem Nebenraum, gleich links. Er trug eine Lederschürze, Lederhandschuhe und eine viereckige Maske, die eine merkwürdige Mischung aus Ritterhelm und Astronautenglocke war. In seiner Hand hielt er einen Stab, der eine kleine, orangeblaue Flamme versprühte.
Arthur schob das Visier zurück.
»Ach, du bist es«, sagte er, drehte sich zu einem roten Kasten

und stellte die Flamme ab. »Ich schweiße gerade einen Käfig, aus dem mal ein Tiger verschwinden soll.«

»Wie macht man das denn?«, fragte ich verwirrt.

Arthur lachte. »Magie.« Er setzte den Helm ab und zog die Handschuhe aus.

»Ist es schon vier?«

»Nein, nein, ich bin heute früher da, weil …« Ich überlegte, wie ich am besten anfangen sollte. »Also, ich hab die Sache mit dem fiesen Makler meiner Oma erzählt. Und die hat einen befreundeten Anwalt, der uns … also, ich meine dich … umsonst beraten würde.« Ich erzählte Arthur, was Oma mir alles über Lehmann und den Termin gesagt hatte.

Als ich fertig war, sah Arthur mich schweigend an. Ich spürte, wie mein Herz heftig zu schlagen begann, denn in seinem Blick lag noch viel mehr Magie, als jemals in diesem Tigerkäfig stecken konnte. Und da wusste ich: Das ist der Moment. Der Augenblick, in dem ich mein Geheimnis lüften und Arthur sagen konnte, wer ich wirklich war. Mein Atem bebte, ich öffnete den Mund – aber bevor ich einen Ton herausbrachte, flog die Werkstatttür auf, und Heinz rief: »Schnell, Merlini, der Amtstierarzt und der Mann von der Zeitung sind da!«

»Ich komme sofort.« Arthur nahm eilig die Schürze ab. Bevor er die Werkstatt verließ, drehte er sich noch einmal um. Mit seinen großen, starken Händen umfasste er meine beiden Oberarme und beugte sich zu mir herunter. Mit einem Mal wirkte Arthur furchtbar traurig. Dann ließ er los und stürmte ohne ein weiteres Wort hinaus.

Mir war zum Heulen zumute. Dieser Kackaffe! Das Mistvieh brachte wirklich nur Ärger! Warum musste dieser verdammte Amtstierarzt ausgerechnet jetzt kommen?! Konnte er sich nicht einen anderen Tag aussuchen?! Aber genauso groß wie die Enttäuschung war der Schreck in mir. Warum hatte Arthur so traurig ausgesehen? Hatte er mir auch etwas sagen wollen? Und wenn, dann war es ganz sicher keine gute Nachricht …

7. Kapitel

Arthur kam vierzig Minuten später in den Rundbau und wirkte wieder so unnahbar und gefasst wie immer. Er marschierte zur Weichbodenmatte und klatschte in die Hände. »Los geht's!« Und dann musste ich Flic-Flacs springen, bis ich vor Erschöpfung zitternd auf die Matte fiel und »Ich kann nicht mehr!« keuchte.

Arthur sah von oben auf mich herab und zog eine Augenbraue hoch. »*Ich kann nicht* ist die kleine, feige Schwester von: *Ich will nicht*.«

Ich schnaufte, rappelte mich auf und stellte mich wieder in Flic-Flac-Position.

»Ein guter Artist wird man nur, wenn man das Unmögliche will«, stellte Arthur fest.

Bevor ich zum Sprung ansetzte, schloss ich einen kurzen Moment die Augen, um mich zu konzentrieren. Merkwürdig, dachte ich. Je näher wir uns kamen, desto mehr forderte Arthur. Von Training zu Training wurde er unnachgiebiger. Und wenn ich schlappmachte, ließ er erst recht nicht locker.

Ich spannte die Muskeln an und sprang. Kaum war ich gelandet, schob Arthur mich gleich wieder an den vorderen Rand der Matte. An diesem Tag gab er mir erst eine Pause, als ich kurz vorm Umkippen war. Ich schleppte mich zu den Manegenkästen, trank etwas Wasser und lehnte mich gegen den roten Mast. Arthur stand in der Mitte des Sägespänekreises, sein Blick wanderte von Artist zu Artist. Wieder blitzte diese tiefe Traurigkeit darin auf. Natürlich. Einer aus diesem Zelt hatte ihn verraten. Einer, dem er ein Zuhause gegeben hatte und um den er sich kümmerte, fiel ihm brutal in den Rücken! Für einen kleinen Vorteil, für ein bisschen dreckiges Geld von diesem Rattengesicht. Ich spürte, wie die Wut in mir aufkochte. Wer von ihnen tat das meinem Vater an?!

Im selben Moment trafen sich Arthurs und mein Blick, und seine Traurigkeit wich so schnell, wie sie gekommen war. Er gab mir einen Wink. Ich stand auf, ging zur Matte, nahm meine Anfangsposition ein und wartete auf sein Kommando. Doch diesmal trat Arthur einen Schritt zurück und sagte nur:

»Bitte. Du bist so weit.«

Ich verstand nicht. »Wie, ich bin so weit?«

»Du springst den Flic-Flac jetzt allein.«

Mir fiel die Kinnlade runter, aber er lächelte und klopfte mir auf die Schulter.

»Mehr als auf die Nase fallen kannst du nicht. Und die Matte ist weich. Komm, ich will sehen, ob ich ein anständiger Lehrer war!«

Zögernd nahm ich wieder meine Position ein, streckte konzentriert die Arme vor und drückte das Kinn herunter, aber dann konnte ich nicht weitermachen. Hilflos wendete ich den Kopf.

»Könntest du vielleicht noch ein einziges Mal …?«

»Nein«, sagte Arthur, und diesmal klang er überhaupt nicht streng, sondern so sanft wie noch nie.
Ich atmete ein und aus, ging in die Knie, »setzte« mich auf den Stuhl und riss die Arme nach hinten. Mit voller Kraft streckte ich die Beine durch, flog in einem weiten Bogen zurück, landete auf den Händen – doch dann knickten meine Ellenbogen ein, und ich platschte wie ein alter Käfer auf die Matte. Coco lachte sich auf seinem Seiltanzständer schlapp, und auch Mia kicherte hinter vorgehaltener Hand. Nun musste ich auch lachen.
Sofort war Arthurs gewohnte Strenge wieder da.
»Das ist kein Spiel. Hopp, noch mal!«
Bei meinem zweiten Versuch landete ich tatsächlich auf den Füßen, wenn auch in der Hocke. Arthur half mir hoch und schaute mich genauso an, wie die Väter ihre Söhne immer ansahen, wenn sie beim Fußballturnier den ersten Platz gemacht hatten.
»Von nun an trainierst du den Flic-Flac allein, und ich kümmere mich ab morgen um deinen Salto«, verkündete er.
»Ehrlich?«, rief ich, denn Salto war neben Flic-Flac so ziemlich das Coolste, was es gab.
Arthur legte mir die Hände auf die Schultern, beugte sich herunter und sah mich an.
»Habe ich jemals Spaß mit dir gemacht?«
Ich schüttelte den Kopf, und da zog er mich an sich und drückte mich für einen kurzen Moment ganz fest. Im Rondell war es auf einen Schlag totenstill. Arthur schien selbst von sich überrascht, denn er ließ mich blitzartig los und machte einen Schritt rückwärts.

»Ich fahre jetzt in die Stadt und hole die Papiere für den Anwalt aus meinem Bankschließfach.«
»Der wollte auch noch wissen, welcher Notar das damals beurkundet hat!«, fiel mir da wieder ein.
»Braun, Notar Erwin Braun«, sagte Arthur und eilte hinaus.
Ich holte mein Handy aus der Tasche und tippte den Namen in eine SMS an Oma.
»Ganz toll!«, raunte mir Mia vom Trapez aus zu. »Besser hättet ihr dem Verräter die Infos ja gar nicht stecken können.«
»Mist«, entfuhr es mir, und ich sah mich um. Außer uns trainierten noch Crevette, Ajax, Rose und Bohne im Rundbau.
»Die kannst du gleich alle ins Buch der Verdächtigen eintragen«, zischte Mia und ließ sich in die Engelsfigur fallen.
Ich sprang noch ein paar mehr oder weniger gelungene Flic-Flacs, bis Coco und Mia ihr Training beendet hatten. Dann liefen wir zum Stall, um mit den Terriern spazieren zu gehen.
Heinz war gerade dabei, eine der Kammern zu entrümpeln. Der ganze Vorraum stand voll mit Requisiten und Kisten. Direkt vor dem Gang zu den Boxen versperrte uns ein silbern glänzendes Kunstrad den Weg.
»Damit kann man vorwärts- und rückwärtsfahren«, erklärte Coco.
Ich schob das Rad beiseite und lehnte es gegen eine längliche, schwarze Kiste. Jetzt erst bemerkte ich, dass sie aussah wie ein Sarg!
»Was ist das denn?«, fragte ich erschrocken.
Mia schob mich beiseite. »Hier steht was!« Sie wedelte mit den Armen, und eine dicke Staubwolke wirbelte auf.

»Bäh!« Sie spuckte aus, wartete, bis der Mölm sich gelegt hatte, und las dann vor: »Trick 113?!«
»Ach so«, Coco winkte ab. »Das ist bestimmt ein Requisit von diesem Magic-Bruno.«
»Wer ist denn Magic-Bruno?«, fragte ich.
»Bohne hat mir mal von ihm erzählt, er …«
»Sag mal, macht ihr beim Training eigentlich auch was anderes als quatschen?«, fiel Mia ihm ins Wort.
»Magic-Bruno hat all seine Tricks und magischen Formeln durchnummeriert«, fuhr Coco unbeirrt fort.
»Wie viele hatte er denn?«, wollte ich wissen.
Coco zuckte mit den Schultern.
Mia grinste. »Na, mindestens 113 … Aber Bohne weiß das sicher ganz genau. Los, kommt!«
Wir holten die Hunde aus der Box und liefen zurück zum Rundbau. Herr Bohne saß gerade in der Mitte des Drahtseils auf einem Stuhl, der gefährlich hin und her schaukelte.
»Wenn ich das irgendwann auch mal kann«, seufzte Coco. »Das wär so cool.«
»Na, dann mehr üben und weniger quatschen«, neckte ihn Mia.
»Ha-ha-ha«, machte Coco.
Wir warteten, bis Herr Bohne vom Seil gestiegen war, und dann fragten wir ihn, was es mit Trick 113 und der schwarzen Kiste auf sich hatte.
Herr Bohne fühlte sich von unseren Fragen offenbar geschmeichelt.
»Da kann ich euch einiges erzählen. Magic-Bruno war ein netter Kollege.« Er winkte uns noch ein bisschen näher und tippte

sich an den Kopf. »Auch wenn er nicht alle Murmeln beieinanderhatte.«

»Das ist hier ja nichts Ungewöhnliches«, platzte Mia heraus.

Herr Bohne tat, als hätte er das nicht gehört.

»Trick 113 … Ich glaube, das war die zersägte Jungfrau. Ihr könnt die Kiste ja mal rausholen, ich zeige euch, wie der Trick funktioniert. Bruno hat mir alles erzählt. Übrigens bekam jedes Kunststück eine eigene Nummer von ihm. Nur ein Trick wurde immer weiter verschoben, damit er den letzten Platz behielt. Das war das Kunststück aller Kunststücke. Er selbst hat es nie geschafft.«

»Und was war das für ein Kunststück?«, fragte ich gespannt.

Herr Bohne machte eine geheimnisvolle Pause. »Nun, der letzte Trick, das Kunststück, das am Ende seiner Karriere die Nummer 347 erhielt, hieß: *Besiege dich selbst*.«

Mia, Coco und ich wechselten Blicke. Meinte Herr Bohne das jetzt ernst, oder wollte er uns verkohlen?

Bohne breitete die Arme aus, hauchte mit beschwörender Stimme: »Denkt darüber nach«, und stakste zum Ausgang.

Mia zeigte uns einen Vogel und flüsterte: »Bin ich froh, dass ich Trapezkünstlerin werden will und nicht Seiltänzerin. Dieser Kerl würde mich wahnsinnig machen.«

»Aber in einem musst du Bohne recht geben«, verteidigte Coco seinen Lehrer. »Dieser Magic-Bruno muss wirklich einen an der Murmel gehabt haben!«

Nachdem wir die Terrier zurück in den Stall gebracht hatten und uns gerade auf den Heimweg machen wollten, kehrte Arthur auf den Platz zurück. Er trug einen Ordner unter dem Arm und winkte uns heran.

»Ich bräuchte noch die Adresse von diesem Anwalt Lehmann …«
»Oh, da muss ich erst Oma fragen. Die weiß …«
Im selben Moment rutschte eine Klarsichthülle zwischen den Ordnerdeckeln heraus. Ich bückte mich und hob sie auf. Coco und Mia sahen mir neugierig über die Schulter. Hinter der durchsichtigen Folie steckte ein geheftetes Dokument mit der Aufschrift *Bestellung eines Nießbrauchrechts*.
»Bitte«, sagte ich und reichte Arthur den Vertrag.
Er lächelte. »Nicht dass unser größter Schatz verloren geht!«
»Können wir morgen vor dem Termin noch trainieren?«, fragte ich. »Dann bringe ich die Adresse mit. Oder ich frage Oma, ob sie uns alle zusammen im Auto mitnimmt?«
Arthur nickte. »So machen wir das. Bis morgen.«

8. Kapitel

Am nächsten Tag schienen alle Uhren auf halbem Tempo zu laufen. Jedenfalls wollte die Zeit bis zu unserem wichtigen Termin bei Lehmann einfach nicht vorbeigehen. Der Unterricht in der Schule zog sich wie die Zugfahrt von München nach Hannover. Ich hing über der Tischplatte und zählte die Minuten rückwärts. Es konnte ohnehin kein Mensch verstehen, warum wir zwei Wochen vor den Ferien überhaupt noch unsere Zeit in stickigen Klassenräumen absitzen mussten. Die Zeugnisnoten standen fest, wir guckten bloß noch Filme, spielten Völkerball oder räumten den Kunstraum auf. Was hätte man in diesen sechs Stunden alles trainieren können!

Als es endlich zum Ende der letzten Stunde klingelte, sprang ich wie von der wilden Hummel gestochen auf und raste nach draußen. Coco und Mia warteten schon am Schultor auf mich. Wir hatten verabredet, direkt nach dem Unterricht zum Zirkusplatz zu fahren. Nach dem Training um halb fünf würde Oma uns alle abholen und mit uns zur Kanzlei fahren.

Während Coco, Mia und ich in Richtung Zirkusplatz marschierten, überlegten wir, ob wir heute nicht mal alle zusammen das Kunstrad ausprobieren sollten, das wir im Stall gesehen hatten. Mia schlug vor, dass Coco sich doch an der Mittelstange des Fahrrads mit den Zähnen festbeißen und mit den Händen die Pedale bewegen könnte – während wir freihändig auf Lenker und Sattel standen.

»Beiß doch selbst in die Stange«, zickte Coco, aber dann musste auch er sich totlachen. Glucksend bogen wir um die Ecke auf den Platz – und blieben ruckartig stehen. Vor Arthurs Veranda stand schweigend und mit gesenkten Köpfen die gesamte Artistentruppe.

»Oh Gott«, krächzte Coco. »Bestimmt ein neuer Anschlag!«

Mir schnürte sich der Hals zu, denn jetzt sah ich im Gras einen zertrümmerten Küchenstuhl liegen. Und von dem bunten Glas in Arthurs Eingangstür hingen nur noch Scherben im Rahmen. Aber am schlimmsten war diese Grabesstille. Wieso sagte niemand etwas? Und wo war Arthur?!

KASKADEURE

Wüsste der Elefant, über welch unglaubliche Kräfte er verfügt – würde er dann auf ein Podest steigen und sich im Walzertakt drehen? Wüsste ein Pferd, wie leicht es den Zaum zerreißen könnte – würde es dann brav in der Reihe traben? Wüsste eine Schlange, welch große Furcht sie verbreitet – würde sie dann unter Blättern verborgen ruhen?

1. Kapitel

Crevette war die Erste von den Artisten, die Mia, Coco und mich bemerkte. Mit bleichem Gesicht kam sie zu uns geeilt, nahm mich am Arm und zog mich in Richtung Arthurs Wagen. »Gut, dass du kommst. Du musst versuchen, mit ihm zu reden.«

»Was … Was ist denn passiert?«, stammelte ich und drehte mich hilflos zu meinen Freunden.

»Das wissen wir auch nicht!« Antoine packte mich mit seinen muskulösen Armen und schob mich weiter zur Veranda. »Wir bekommen keinen Ton aus ihm heraus!«

»Vielleicht schaffst du es ja?« Rose blinkerte mich aus ihren großen, runden Puppenaugen an. »Irgendwie scheint Arthur ja an dir einen Narren gefressen zu haben.«

Zögernd blieb ich am Fuß der Treppe stehen und sah zu der zertrümmerten Tür hinauf.

»Bitte!«, drängte Herr Bohne und verknotete nervös seine langen Finger. Bredoni unterdrückte mühsam ein Schluchzen, und Anastasja und Ajax murmelten irgendwelche russischen Beschwörungsformeln. Beklommen stieg ich die Stufen hinauf, und als ich die oberste erreicht hatte, sah ich das ganze Ausmaß der Katastrophe: Die Türen der Küchenschränke waren aus den Angeln gerissen, die Borde zertrümmert und der Dielenboden mit Scherben übersät. Noch schlimmer war im Wohnzimmer gewütet worden. Mitten im Raum lag das umgestürzte Bücherregal. Der Bildschirm des Fernsehers war zersprungen, die Fotos und Gemälde hingen schief oder gar nicht mehr an den Wänden, die Platte des Couchtischs bestand nur noch aus zersplittertem Kleinholz.

In all dem Chaos, zwischen zerfetzten Büchern und Scherben, saß Arthur. Leblos wie eine Puppe lehnte er am Kaminsims und hatte die Beine lang von sich gestreckt. Ich brauchte ein paar Sekunden, bis ich mich gefasst hatte. Dann bahnte ich mir einen Weg durch die Trümmer und hockte mich zu ihm.

»Arthur?«, fragte ich zaghaft.

Er schien mich gar nicht zu bemerken.

»Arthur! Was ist passiert?«

Er zuckte nicht einmal mit der Wimper.

»Sag doch was! Bitte!«

Da entdeckte ich auf seinem Schoß den Ordner, aus dem am Tag zuvor die Klarsichthülle gerutscht war. Ein zerrissenes Stück Papier schaute noch heraus. Vorsichtig schlug ich den Deckel auf. Der Ordner war leer.

»Wo ist der Vertrag?!«, fragte ich heiser.

Arthurs stumpfer Blick ging durch mich hindurch, als wäre ich durchsichtig.

Ich fasste ihn an den Schultern und schüttelte ihn.

»Antworte mir! Arthur, bitte, was ist hier los?!«

Teilnahmslos drehte er den Kopf weg.

Nun wurde ich lauter. »Wir müssen doch gleich zum Anwalt! Wo ist der Vertrag?!«
Für einen kurzen Moment sah er mich gleichgültig an, dann driftete sein Blick wieder zur Seite. Mich beschlich das schreckliche Gefühl, dass nicht nur die Einrichtung des Wagens in Trümmern lag, sondern dass auch bei Arthur irgendwas kaputtgegangen war. Das hier, das war doch nicht mein großer Arthur Merlini, der König der Manege!
»Steh auf!«, fuhr ich ihn verzweifelt an. »Du kannst nicht einfach hier rumsitzen! Das geht nicht!«
Aber Arthur starrte ins Leere und schien so weit weg wie der Mond.
Ich sprang auf und stolperte aus dem Wagen.
»Wer von euch hat den Vertrag aus dem Ordner geklaut?!«, schrie ich die Artisten an.
»Was für ein Vertrag?«, fragte Rose verwirrt.
»Der Vertrag, in dem steht, dass ihr hier alle auf dem Platz wohnen dürft!«
»Er ist weg?!« Mia war fassungslos.
»Der Ordner ist leer!«
»Aber wir haben das Papier doch gestern noch gesehen«, sagte Coco verwirrt.
»Wer von euch war es?!«, brüllte ich die Artisten an. »Nur wir hier wussten, dass Arthur den Vertrag gestern aus dem Bankschließfach geholt hat! Also los: Wer von euch hat Arthur beklaut?«
Einen Moment war es totenstill, dann schüttelte Crevette den Kopf. »Tom, keiner von uns hat Arthur beklaut. Gestern Abend haben wir alle zusammengesessen, Anastasja hat gekocht. Da

haben wir gehört, wie Arthur noch mal weggefahren ist. Wir haben uns noch gewundert, denn eigentlich verlässt er so spät abends nie den Platz. Nach ungefähr einer Stunde ist er zurückgekommen. Wir haben das Auto gehört – und dann seinen Schrei!«

»Es hat über den ganzen Platz geknallt und gescheppert«, bestätigte Herr Bohne. »Er hat getobt wie ein Wilder und alles kurz und klein geschlagen!«

Jetzt war ich vollends verwirrt. »Wie … Wie meint ihr das?«

»Arthur selbst hat seinen Wagen so zugerichtet! Heinz und Antoine haben noch versucht, ihn zu bremsen!« Crevette zeigte auf Heinz, der etwas abseits stand. Sein linkes Auge war blau unterlaufen und geschwollen.

»Danach hat sich keiner mehr reingetraut«, schluchzte Bredoni. »Er hat sich benommen, als säße ihm der Teufel im Nacken!«

»Und dann?«, fragte ich.

Antoine zuckte ratlos mit den Schultern.

»Nichts. Er hat uns alle weggejagt und die Tür zugeknallt. Irgendwann war dann Ruhe.«

»Ihr habt ihn einfach allein gelassen?!«, rief ich fassungslos. »Hat ihn denn niemand gefragt, was passiert ist?«

»Wenn du ihn erlebt hättest, würdest du uns verstehen«, sagte Herr Bredoni kleinlaut.

»Okay, ihr wollt also sagen, dass die Papiere in der Zeit gestohlen wurden, als Arthur weg war?«, kombinierte Mia. »Und zufällig genau in der Zeit habt ihr alle zusammen beim Essen gesessen?«

Die Artisten nickten.

»Wirklich die ganze Zeit? Alle?«, vergewisserte sich Coco.
Nun schaute einer zum anderen. Jeder Artist schien die Stunde von Arthurs Abwesenheit im Hirn noch einmal durchzugehen, aber dann nickten sie alle, ohne Ausnahme. Solch eine Einigkeit hatte ich unter den Artisten bisher noch nicht erlebt, und das machte die Sache eher noch gruseliger.
»So, damit ist ja wohl alles klar«, machte sich Herr Bohne wichtig. »Wenn jemand während Arthurs Abwesenheit etwas gestohlen hat, dann muss er von Privat gewesen sein!«
»Von Privat? Was soll das denn heißen?«, fragte ich gereizt.
»Das bedeutet, keiner, der im Zirkus lebt«, erklärte Coco.
Im selben Moment stöhnte Anastasja laut auf, schloss die Augen und verkündete mit Grabesstimme: »Ich habe heute Nacht geträumt, dass Arthur Merlini mit einem Tiger gekämpft hat.«
Die anderen Artisten schauten die alte Frau erschrocken an. Nur Mia verdrehte die Augen.
»Bitte nicht schon wieder so ein abergläubischer Schwachsinn!«
Coco stupste sie vorwurfsvoll in die Seite. Das Ganze schien tatsächlich eine todernste Angelegenheit zu sein, denn Rose schlug die Hände vor den Mund, und Bohnes Gesichtsfarbe verfärbte sich limettengrün.
»Hat er den Kampf verloren oder gewonnen?«, flüsterte er.
Anastasja öffnete die Lider halb. »Er lag unter dem Raubtier, als ich aufwachte.«
»Oh nein!« Bohne schüttelte niedergeschmettert den Kopf. »Fast zehn Jahre lang hatte er den Dämon besiegt. Und ausgerechnet jetzt holt er ihn wieder ein!«

»Du bist schuld.« Anastasja drehte sich blitzschnell um und bohrte ihren Krückstock in meine Brust. »Seit du hier bist, ist alles in Unordnung. Es war ein Zeichen, dass der Affe ausgebrochen ist. Und er wollte auf *dich* los!«

Ich schnappte nach Luft, doch bevor ich etwas erwidern konnte, baute sich Mia vor der krummbeinigen alten Frau auf.

»Dafür konnte er doch nichts!«, schimpfte sie. »Irgendein Vollpfosten hat den Käfig aufgeschlossen! Tom kam nur zufällig da vorbei!«

Anastasja schüttelte mitleidig den Kopf: »Zufall? Kind, der Herrgott straft bis ins sechste Glied. Mag sein, dass der Junge selbst nichts Böses getan hat. Dann hat vielleicht seine Mutter etwas Schlimmes getan – oder sein Vater! Und nun ist er verflucht. Wie ihre Schlange ...« Sie zeigte mit dem Stock auf Crevette. »Ihre Schlange hat auch nichts verbrochen, und trotzdem ist sie ein vom Herrgott verdammtes Tier und muss ohne Arme und Beine im Dreck kriechen!«

»Ich bin nicht verflucht«, verteidigte ich mich. »Und meine Mutter hat auch kein Verbrechen begangen!«

»Was haben denn diese dämlichen Albträume überhaupt mit Arthur Merlinis Ausraster zu tun?!« Mia wurde jetzt richtig zornig. »Irgendjemand hat Arthur beklaut – *darum* ist er durchgedreht! Redet euch hier bloß nicht mit irgendeinem Hokuspokus raus!« Dann machte sie sich ganz gerade, sodass sie Anastasja um einen halben Kopf überragte. »Ich habe übrigens heute Nacht geträumt, dass Ihr Krückstock durchgebrochen ist!«

»Mädchen, versündige dich nicht!«, zeterte Anastasja. »Frag

dich lieber, wer dem armen Arthur gesagt hat, dass er den Vertrag braucht? Nur darum hat er ihn doch geholt!«
Ich rang nach Luft. »Aber … Aber das habe ich doch nur getan, um Arthur zu helfen!«
»Natürlich hast du keine Schuld.« Crevette legte mir beruhigend ihre Hand auf den Arm. »Jemand ist in den Wagen eingebrochen – jemand, der nicht zu uns gehört. Und dieser Jemand muss gewusst haben, dass Arthur die Papiere aus dem Bankschließfach geholt und später den Platz verlassen hat.«
»Aber woher?«, rief ich verzweifelt. »Irgendjemand muss es ihm ja verraten haben!«
Verzweifelt sah ich von einem zum anderen, doch wie schon nach Lulus Ausbruch äußerte erstmal keiner der Artisten einen Verdacht. Hatten sie irgend so einen komischen Ehrenkodex? Oder warum hielten sie ausgerechnet jetzt wie Pech und Schwefel zusammen? Gegen Arthur!
»Ähm, mal etwas anderes …«, meldete sich da Coco zu Wort. »Von was für einem Dämon habt ihr da eben gesprochen?«
Mia zeigte ihm einen Vogel. »Meinst du etwa, der hat dem Rattengesicht gesteckt, dass der Vertrag im Wagen liegt?!«
»Nein!«, maulte Coco. »Aber wie es aussieht, gibt es hier noch mehr, von dem wir nichts wissen!«
Wieder warfen sich die Artisten vielsagende Blicke zu, aber diesmal hatte ihr Schweigen nichts Verschworenes. Die Sache schien ihnen eher unangenehm zu sein. Als wollten sie nicht verraten, dass sich einer in die Hose gemacht hatte oder etwas ähnlich Peinliches. Mia, Coco und ich wechselten Blicke und bauten uns erwartungsvoll vor dem Grüppchen auf.
Da fasste sich Rose ein Herz.

»Der Dämon bedeutet, dass Arthur schwermütig war. Er hatte Depressionen.«
»Es muss etwa elf Jahre her sein«, fügte Crevette mit einem Seufzer an. »Keiner von uns weiß was Genaues, nur, dass Arthur mitten während einer Südamerika-Tournee plötzlich verschwunden war. Und als er ein Dreivierteljahr später in Paris wiederauftauchte, war er ein Wrack.«
»Wir haben ihn zuerst nicht erkannt, so schrecklich sah er aus.« Antoine schauderte. »Völlig abgemagert und verwahrlost.«
»Arthur? Unser Arthur?!«, fragte Coco ungläubig.
Mia nahm die Artistenschar misstrauisch ins Visier. »Und niemand weiß, wo er in der Zwischenzeit gewesen ist?!«
Wieder schüttelten alle den Kopf.
»Und seine Frau?!«, rief Coco. »Wo war die denn?«
»Aurora?« Antoine zuckte verächtlich mit der Oberlippe. »Als es ihm schlecht ging, wurde es ihr anscheinend zu anstrengend, da hat sie ihre Koffer gepackt, diese ...« Es kostete ihn offenbar Mühe, nicht zu sagen, was er von Aurora hielt.
»Nachdem sie weg war, ist er endgültig in einen Abgrund gestürzt.« Bredoni schnäuzte sich umständlich. »Es war furchtbar!«
Das dunkle Loch, dachte ich. Das tiefe, schwarze Loch, von dem Mama gefürchtet hatte, Oma könnte nach Opas Tod hineinfallen. Ich dachte daran, wie Arthur gerade in seinem Wagen gesessen hatte. Unerreichbar, wie versteinert. Allmählich ahnte ich, warum Mama solche Angst davor gehabt hatte.
Ich musste völlig niedergeschlagen geguckt haben, denn Mia legte mir tröstend einen Arm um die Schulter.
»Hey, das kann man behandeln, das kriegt man wieder hin«,

versuchte sie, mich zu beruhigen. »Und wenn Arthur schon mal so eine Depression hatte, dann zeigt das doch nur, dass er da auch wieder rauskommt.« Sie schaute zu den Artisten. »Wisst ihr, wie es Arthur damals geschafft hat, da wieder rauszukommen?«

»Ein Psychiater hat ihm damals geholfen«, wusste Bredoni.

»Gut. Wenn Arthur einen Psychiater hat, dann sollten wir den jetzt sofort anrufen«, forderte Mia.

»Das geht nicht!« Rose schüttelte heftig mit dem Kopf. »Wir haben einmal gegen Arthurs Willen einen Krankenwagen geholt – weißt du, was daraufhin hier los war?!«

»Maaaaann!« Mia stemmte die Arme in die Seite. »Wenn ihr Schiss habt, dann rufe ich eben da an!«

Herr Bohne wedelte wichtig mit den Armen.

»Ich habe die Telefonnummer!«

»Woher das denn?«, fragte Crevette verblüfft. Doch da flitzte Bohne schon zu seinem Wohnwagen.

»Sag ihm, dass es ein Notfall ist!«, schrie Bredoni ihm nach. »Er muss sofort kommen!«

»Vielleicht sollten wir vorher ein wenig aufräumen?«, fragte Crevette.

Anastasja nickte. »Außerdem müssen wir Arthur duschen. In dem Zustand kann er doch nicht von einem Arzt untersucht werden.«

»Ach ja?«, fragte Antoine spöttisch. »Wer will Arthur denn dazu zwingen, sich zu waschen, wenn er nicht will?«

Einen Moment rührte sich wieder keiner, bis Coco vorsichtig fragte: »Wer hat damals denn für so etwas gesorgt?«

Herr Bredoni zuckte mit den Schultern. »Das war das alte Ehepaar, dem hier alles gehörte. Echte Fans. Sie hatten Arthur ja schon immer den Platz überlassen, damit er hier den Winterzirkus veranstalten kann. Und als sie hörten, dass es ihm so schlecht ging, haben sie ihn aufgenommen, zu einem Psychiater gebracht und dafür gesorgt, dass er eine Therapie macht. Und hinterher haben sie ihm den Platz komplett überlassen, damit er hier ein Zuhause hat.«

Ich wollte das alles nicht mehr hören. Bevor irgendjemand noch etwas sagen konnte, drehte ich mich um und rannte weg. Ich stolperte zwischen den Wagen über die Wiese, fiel über eine Deichsel, rappelte mich auf und hastete weiter, bis ich hinter dem Stallgebäude verschwunden war, wo mich niemand sehen konnte. Dort ließ ich mich ins Gras fallen und schlug die Hände vors Gesicht. Warum musste ausgerechnet Arthur in dieses doofe, dunkle Loch stürzen?! Und warum gerade jetzt, wo alles auf der Kippe stand?! Das war nicht fair!

Mir war kotzübel. Die Vorstellung, dass Arthur, mein Arthur, ein verwahrlostes Wrack gewesen sein sollte, machte mich fertig. Er war doch stark wie ein Löwe, ein Kämpfer – sonst hätte er niemals so ein guter Artist werden können!

Plötzlich schoss mir ein ganz anderer Gedanke durch den Kopf: Waren etwa diese verdammten Depressionen der Grund, warum Mama Arthur totgeschwiegen hatte? Aber warum hatte sie ihm nicht geholfen? Weil seine Frau noch da war? Warum war diese Aurora überhaupt bei Arthur, wenn es mich schon gab? Warum sagte mir nicht endlich mal irgendwer, was wirklich passiert war?!

Nur ein Rätsel hat sich gelöst, dachte ich bitter. Ich wusste jetzt, warum mein berühmter Vater auf diesem schäbigen

Grundstück an einer alten Bahntrasse lebte. Aber wenn nicht ein Wunder geschah, dann wäre auch das bald fort, und dann hatte ich ihn genauso schnell wieder verloren, wie ich ihn gefunden hatte. Das war die schrecklichste Vorstellung von allen: dass Arthur wegziehen und alles wieder wie vorher sein würde.

Ich wusste nicht, wie lang ich dagesessen hatte. Irgendwann kam Heinz mit einer Karre Mist um die Ecke gefahren. Als er mich sah, stockte er kurz, dann änderte er die Richtung und steuerte auf mich zu. Ohne die Hände von den Griffen der stinkigen Karre zu lösen, sagte er: »Arthur ist ein König, und Könige sind manchmal sehr einsam. Lass ihn nicht allein.« Dann schob er weiter.

Verwirrt sah ich ihm nach. Er hatte recht. Ich musste mich um Arthur kümmern und mich nicht selbst bejammern! Es reichte, dass Mama ihn damals im Stich gelassen hatte. Ich rappelte mich auf und ging zurück zu den anderen.

Die Artisten standen noch immer in einem Pulk vor Arthurs Veranda. Herr Bohne hielt einen Block in den Händen und schrieb auf, was Antoine ihm diktierte. Mia und Coco standen etwas abseits. Als sie mich sahen, eilten sie sofort auf mich zu.

»Alles in Ordnung?«, fragte Coco besorgt.

Ich zuckte mit den Schultern. »Habt ihr den Arzt erreicht?«

Mia nickte. »Der kommt, so schnell er kann. Und er hat gesagt, wir sollen Arthur keine Minute aus den Augen lassen. Darum machen sie jetzt einen Plan, wer wann bei ihm ist.« Sie knuffte mich aufmunternd in die Seite. »Das wird schon wieder. Und nimm dir bloß nicht zu Herzen, was diese alte Hexe gesagt hat! Die spinnt doch! Tigerkämpfe, verfluchte Schlangen – das ist doch alles Schwachsinn.«

»Na ja.« Coco kratzte sich am Kopf. »Es gab da so einen Vorfall, vor zwei Jahren … Da kam sie morgens ins Zelt und sagte, sie hätte einen Totenkopf durch ihren Wagen rollen sehen.«

»Und?« Mia sah ihn verständnislos an.

»Alle Artisten waren total schockiert, und Herr Bohne meinte: ›Dann ist jemand gestorben.‹ Und stellt euch vor: Am Nachmittag kam ein Anruf. Ihr Neffe ist in der Nacht von einem wild gewordenen Elefanten gekillt worden.«

»Das ist doch reiner Zufall!«, schnaubte Mia.

In dem Moment hupte ein Auto in der Auffahrt. Ich sah auf die Uhr meines Handys und erschrak.

»Verdammt, das ist Oma! Der Termin beim Anwalt!«

Coco sah mich zweifelnd an. »Bringt das denn überhaupt noch was? Ohne den Vertrag? Und ohne Arthur?«

Ich dachte an Heinz' Worte und nickte.

»Ja, wir dürfen Arthur jetzt nicht alleinlassen. Und wenn er nicht für sich kämpfen kann, dann müssen wir es tun!«

Als ich die Autotür aufriss, fiel mir plötzlich ein, dass wir das Ganze ja noch irgendwie Oma erklären mussten, aber da legte Mia schon los und schilderte in knappen Worten, was geschehen war.

»Auwei«, sagte Oma und lehnte sich in ihrem Sitz zurück. »Das tut mir wirklich sehr leid … Dann sage ich Martin am besten gleich ab.«

»Nein! Wir müssen da trotzdem hin!«, rief ich aufgebracht. »Jetzt brauchen wir doch erst recht Hilfe. Wir müssen doch wissen, was wir ohne diesen Vertrag noch tun können.«

Oma machte keine Anstalten, den Motor zu starten.
»Bitte«, flehte ich. »Es darf doch jetzt nicht alles verloren sein!«
Mit einem zweifelnden Lächeln drehte Oma den Zündschlüssel um.
»Na gut. Dein Opa hat immer gesagt: Versuch macht klug. Probieren wir es!«

2. Kapitel

Das Anwaltsbüro von Dr. Martin Lehmann, Rechtsanwalt und Notar, befand sich in einer schicken, alten Villa im Zooviertel. Es war eines dieser Häuser, wo man einen Moment ehrfürchtig stehen bleibt, bevor man sich an den perfekt getrimmten Hecken vorbei zum Eingang traut. Oma drückte den Klingelknopf, und mit einem tiefen Summen öffnete sich die schwere Eichentür. Etwas verschüchtert traten wir ein. In dem hellen Foyer erwartete uns schon eine Empfangsdame. Sie führte uns ohne Umwege über das blank polierte Parkett zu einem Besprechungsraum und hielt uns die Tür auf.
»Nehmen Sie doch bitte schon Platz«, sagte sie. »Und bedienen Sie sich gerne bei den Erfrischungsgetränken.«
Das ließen Coco, Mia und ich uns nicht zweimal sagen. Sobald sie die Tür hinter sich zugezogen hatte, stürzten wir uns auf das silberne Tablett mit den kleinen Cola- und Saftflaschen. Oma warf uns einen strengen Blick zu, und wir setzten uns schnell an den Besprechungstisch, der so riesig war, dass meine halbe Schulklasse darum gepasst hätte. Da flog die Tür erneut auf, und ein großer, schlanker Mann mit grau melierten

Haaren trat in den Besprechungsraum. Er trug einen dunkelblauen Anzug und hatte die obersten Knöpfe seines Hemdes lässig geöffnet. Gut gelaunt ging er auf Oma zu.

»Isolde!«

»Martin!« Oma begrüßte ihn mit einer Umarmung und einem Kuss auf die rechte und linke Wange. Dann drehte sie sich um und stellte uns vor: »Martin Lehmann – und das sind mein Enkel Tom und seine Freunde Constantin und Mia.«

Lehmann stockte kurz, als er mich sah, dann machte er einen großen Schritt auf mich zu und schüttelte mir die Hand.

»Freut mich wirklich sehr, dich kennenzulernen, Tom«, sagte er und sah mich prüfend an. »Du bist deinem Großvater ja wie aus dem Gesicht geschnitten!« Er überlegte kurz. »Aber die Augen, die hast du von deiner Mutter.« Dann begrüßte er Coco und Mia und nahm am Kopf des Tisches Platz. »Warten wir noch auf Herrn Merlini?«

»Nein«, sagte Mia bestimmt und fasste zum zweiten Mal zusammen, was geschehen war. Sie hatte jetzt schon richtig Übung darin.

Lehmann lehnte sich nachdenklich in seinem Stuhl zurück.

»Das sind ja keine guten Nachrichten. War die Polizei schon da?«

Wir sahen uns unsicher an.

»Der Einbruch sollte sofort polizeilich gemeldet und aufgenommen werden.«

Mia zog ihr Handy aus der Tasche. »Ich schicke Crevette eine SMS.«

Ich winkte verzweifelt ab. »Die Polizei kann uns den Vertrag doch auch nicht wiederbringen …«

Lehmann lächelte mich aufmunternd an.
»Kopf hoch! Dass der Vertrag gestohlen wurde, ist momentan unser kleinstes Problem.«
Verwirrt sah ich ihn an. »Wirklich? Gibt es irgendwo noch eine Kopie von dem Ding?«
»Es gibt das Original bei dem Notar, der den Vertrag beglaubigt hat«, erklärte Lehmann. »Und davon machen wir uns einfach eine neue Kopie.«
»Dann aber schnell, bevor das Rattengesicht das Original auch noch klaut!«, rief Mia.
Lehmann zog eine Braue hoch. »Wer?«
»Der Makler«, erklärte ich schnell.
»Dieser Mistkerl ist in den Zirkuswagen eingebrochen und hat den Vertrag geklaut, damit Arthur nicht beweisen kann, dass er für den Platz ein Nutzungsrecht hat«, stieß Mia aus. »Also wird er bestimmt versuchen, sich auch das Original zu schnappen.«
Lehmann hob beruhigend die Hände. »Keine Sorge. Erstens haben wir schon Kontakt zu dem Kollegen Braun aufgenommen, und zweitens muss ein urkundlich beglaubigter Vertrag in einem verschlossenen Stahlschrank gelagert werden.«
»Puh«, machte ich und ließ mich erleichtert in meinen Stuhl zurückfallen. Das war wirklich die erste gute Nachricht an diesem miesen Tag.
»Das Nießbrauchrecht ist ja leider nicht im Grundbuch eingetragen. Darum ist dieser Vertrag nicht wirksam. Das bedeutet, er ist praktisch wertlos. Also haben mein Team und ich überlegt, welche Möglichkeiten es gäbe, die Vertreibung der Zirkusleute zu verhindern und den Zirkusplatz zu retten.« Er

beugte sich vor und versicherte uns mit ernstem Gesicht: »Das ist mir wirklich ein besonderes Anliegen. Ich mag den Platz sehr. Früher war ich jedes Jahr zum Winterzirkus dort, und ich habe wunderbare Erinnerungen an die Vorstellungen.« Dann warf er Oma ein Lächeln zu. »Außerdem schulde ich das meinem alten Freund Hans Roth.« Mit diesen Worten zog er aus einer schwarzen Mappe eine Karte und breitete sie auf dem Tisch aus. Es war kein normaler Stadtplan, wichtiger als die Straßen schienen die Grundstücke zu sein, die alle mit Nummern und in unterschiedlichen Farben gekennzeichnet waren.

»Liegenschaftskarte, Vermessungs- und Katasterverwaltung Niedersachsen«, las Coco vor.

»Genau«, sagte Martin Lehmann. »In dieser Karte ist eingezeichnet, für welche Zwecke ein Grundstück genutzt werden darf.« Er zeigte mit einem Stift auf eine große Fläche nahe den Bahnlinien. »Das hier ist der Zirkusplatz, damit darf man momentan alles machen: Mit Wohnhäusern bebauen, aber auch mit Bürotürmen oder Industrieanlagen. Darum ist es sehr wertvoll.«

»Kacke«, entfuhr es Mia.

Lehmann verkniff sich ein Grinsen. »So kann man es auch sagen. Aber: Das muss ja nicht so bleiben.«

Wir sahen ihn fragend an.

»Wer entscheidet denn, was man mit so einem Grundstück alles machen darf?«, fragte ich.

»Zuallererst der Bezirksrat. Den muss Herr Merlini mit eurer Hilfe überzeugen, dass dieser Platz ein Zirkusplatz bleiben soll, eine Grünfläche für Freizeit und Erholung, die nicht bebaut werden darf.«

Mir blieb der Mund offen stehen. »Und wenn man das Grundstück nicht mehr bebauen darf, dann kann es das Rattengesicht auch nicht mehr teuer verkaufen. Und dann interessiert ihn das auch gar nicht mehr!«

»So ist es«, bestätigte Lehmann.

»Hammer«, platzte Mia raus.

»Moment«, beschwichtigte der Anwalt. »Das Ganze ist eine Idee. Und selbst wenn der Plan aufgeht, kann der Erbe das Grundstück ja trotzdem für weniger verkaufen. Herr Merlini muss also überlegen, ob er das nötige Geld auftreiben kann oder einen Käufer findet, der das Grundstück kauft und von dem er dann pachten kann.«

»Und wie überzeugt man den Bezirksrat von einer Änderung im Nutzungsplan?«, mischte sich nun Oma ein.

»Man braucht ein gutes Konzept mit überzeugenden Argumenten«, erklärte Lehmann. »Ein Ideenpapier, das die Nutzung des Grundstücks und die Ziele des Zirkusprojekts genau beschreibt. Du hattest doch gesagt, Herr Merlini betreibt dort eine kleine Zirkusschule für Kinder?«

Ich gab Mia und Coco einen Tritt unter dem Tisch, damit sie bloß die Klappe hielten, und rief: »Ja, genau, es kommen viele Kinder und lernen da Artistik. Meinen Sie, damit könnte man was machen?«

Lehmann nickte. »Unbedingt. Ich könnte mir auch vorstellen, dass man dort Projektwochen für Schulen anbietet, abends vielleicht eine Kleinkunstbühne einrichtet, all so etwas, aber das wird Herr Merlini ja selbst am besten wissen. Wenn er Hilfe bei dem Konzept benötigt, unterstützen wir ihn gern.«

»Das ist super!«, stieß ich aus.
»Noch mal: Es ist nur eine Idee«, dämpfte Lehmann unsere Begeisterung. »Aber ich weiß aus sicherer Quelle, dass der Zeitpunkt günstig ist. Die westlichen Stadtteile werden gerade genau unter die Lupe genommen, damit da nicht alles zugebaut wird. Ihr lauft also offene Türen ein. Allerdings ist die Zeit knapp. Die nächste Sitzung des Bezirksrats findet am 18. August statt. Euch bleiben also nur gut vier Wochen, wenn ihr den Platz retten wollt. Ihr solltet das Konzept mit einer Zirkusvorstellung präsentieren. Das macht sicher einen guten Eindruck.« Damit erhob sich Martin Lehmann von seinem Stuhl. »Mehr kann ich im Moment leider nicht für euch tun. Aber wenn ich Herrn Merlini gegen dieses – was war es noch gleich, das Rattengesicht?«
Wir prusteten los. »Der Makler!«
»Also, wenn ich ihn gegen den Makler vertreten soll, mache ich das gerne.«
Bester Laune verließen wir den Besprechungsraum. Oma erkundigte sich noch, wie es Martin Lehmanns Frau und seinen Kindern ginge.
»Lea studiert Jura, und Markus hat sich verlobt«, berichtete er fröhlich.
»Nein, wirklich?«, rief Oma. »Wie die Zeit vergeht … Tja, Tom wird ja auch schon bald zwölf.«
Lehmann drehte sich überrascht herum. »Wirklich? Wann hast du denn Geburtstag?«
»Am 21. September!«, antwortete ich stolz.
Perplex sah mich Martin Lehmann an. »Schon zwölf … Also, das hätte ich jetzt nicht gedacht. Im September …« Er drehte

sich zu Oma und umarmte sie. »Ihr meldet euch, ja? Wann immer ihr meine Hilfe benötigt.«
»Vorsicht!«, sagte Oma lachend. »Wir nehmen dich beim Wort!«
Lehmann reichte uns zügig die Hand und verschwand hinter einer der vielen Türen, bevor wir uns richtig bedanken konnten.
»Das war doch super!«, sagte Oma, als wir zum Auto gingen.
»Ja, das ist echt eine coole Idee mit diesem Nutzungsplan«, stimmte ich glücklich zu.
Mia grinste. »Nur dass dich Lehmann für einen Zehnjährigen hält ...«
Ich machte eine Fratze. »Sehr komisch!«
»So«, sagte Oma da. »Ich schlage mal vor, zur Feier des Tages lade ich euch drei zu einem schönen Eis ein, und dann fahre ich euch nach Hause.«
»Wir müssen aber noch mal zum Platz«, sagte ich.
»Nein«, antwortete Oma streng. »Für heute ist Schluss. Morgen ist auch noch ein Tag.«
»Aber wir müssen wissen, was der Arzt gesagt hat und wie es Arthur geht, und dann müssen wir ihm von den Neuigkeiten erzählen ...«
»Tom«, unterbrach mich Oma. »Ihr könnt eurem Arthur im Moment sowieso nicht helfen. Ruf meinetwegen einen der Artisten an und frag nach seinem Befinden, aber wir fahren nicht zum Platz.«
Eingeschnappt stieg ich ins Auto.
»Wieso sagt sie eigentlich immer *euer* Arthur?«, flüsterte Coco

mir ins Ohr, als Oma losfuhr. »Hast du ihr nicht erzählt, dass nur *du* so ein besonderes Ding mit ihm laufen hast?«
Ich schüttelte den Kopf, dann beugte ich mich zwischen den Vordersitzen zu Mia vor.
»Kannst du mal bei Crevette anrufen?«
Mia zog das Handy aus der Tasche.
»Und was soll ich ihr sagen? Wie es bei uns gelaufen ist?«
»Nee, lieber nicht. Als Erstes müssen wir mit Arthur reden«, sagte ich und warf Oma einen genervten Blick zu. »Vorher darf niemand was wissen.«
Mia wählte und hielt das Handy ans Ohr.
»Hallo, ich bin's … Wie sieht es aus?«, fragte Mia und hörte eine ganze Weile zu. »Bei uns? … Ja … Nein, also, kompliziert … Erzählen wir morgen. Ja, bis dann. Tschüs!« Sie steckte das Handy weg und drehte sich zu uns um. »Der Arzt war da und hat Arthur Medikamente gegeben. Er liegt jetzt im Bett und schläft.«
»Na bitte«, sagte Oma.
»Ach, und die Polizei war auch da und hat alles aufgenommen.«
Etwas versöhnt, lehnte ich mich im Sitz zurück. Trotzdem hätte ich mich gern selbst davon überzeugt, dass alles in Ordnung war. Leider konnte ich Oma nicht lange böse sein, denn sie bestellte uns im Eiscafé einen Freundschaftsbecher mit zwölf Kugeln und einem Riesenberg Sahne.
»Die Idee mit den Projektwochen für Schulen finde ich super! So bin ich auch zum Seiltanzen gekommen«, mümmelte Coco, während er sich einen Löffel Zitronensorbet in den Mund stopfte.

»Noch mehr Schüler?«, grinste Mia und warf mir einen provozierenden Blick zu.
»Also, wenn die alle zahlen würden, könnte man davon vielleicht das Grundstück kaufen oder die Pacht zahlen«, lenkte ich schnell ab.
»Und im Winter machen wir dann auch noch einen Weihnachtszirkus«, rief Coco begeistert.
»Also, ich fand Martins Vorschlag, dem Bezirksrat die ganze Idee mit einer Zirkusvorstellung zu präsentieren, sehr überzeugend«, meldete sich nun Oma wieder zu Wort. »Der Platz ist kaum mehr bekannt – und wenn, dann nur durch Zeitungsartikel über alte, gemeingefährliche Affen. Vielleicht findet ihr unter den Leuten im Publikum noch weitere Unterstützer? Es wäre ja auch gleich Reklame für die Projektwochen. Außerdem braucht Herr Merlini Geld, wenn er das Grundstück kaufen oder pachten will. Also hättet ihr mit so einer Vorstellung zwei Fliegen mit einer Klappe geschlagen.«
»Sind wir denn genügend Leute für eine ganze Show?«, fragte Coco.
Oma winkte ab. »So riesig muss das doch gar nicht sein. Und wenn alle Kinder mitmachen, die bei euch trainieren, habt ihr doch ein großes Ensemble!«
»Klar«, sagte Mia und grinste schon wieder so frech, dass ich sie unter dem Tisch kneifen musste.
Coco, der gerade seinen Löffel in die nächste Eiskugel schlagen wollte, stockte plötzlich.
»Es gibt nur ein Problem: Wir können den Artisten nicht sagen, warum wir eine Vorstellung geben wollen. Wenn wir denen von der Nutzungsänderung und dem Bezirksrat erzählen,

gibt einer von ihnen das doch sofort an das Rattengesicht weiter!«
»Stimmt«, stöhnte ich. »Und wenn der vorgewarnt ist, versucht er bestimmt, den Bezirksrat auf seine Seite zu ziehen.«
Mia zuckte cool mit den Schultern. »Na, dann erzählen wir den Artisten halt nur einen kleinen Teil und behaupten, wir machen die Vorstellungen, weil wir Geld brauchen. Und das tun wir ja später auch, wenn Arthur das Grundstück kaufen oder pachten will.«
»Aber scheuchen wir das Rattengesicht damit nicht trotzdem auf?«, gab ich zu bedenken.
Da sprang Coco auf. »Wir sagen einfach, wir brauchen Geld, weil Arthur das Rattengesicht verklagen will! So etwas ist nämlich superteuer. So ein Prozess kostet locker, sagen wir …«
»10 000 Euro«, platzte Mia heraus und haute auf den Tisch, dass die Eislöffel klirrten.

Auch wenn ich es gar nicht erwarten konnte, endlich mit Arthur zu sprechen, gingen Mia und ich am nächsten Tag nach der Schule erst einmal mit zu Coco. Seine Eltern wurden nämlich langsam gefährlich misstrauisch. Coco hatte uns erzählt, dass es am Abend vorher ein richtiges Verhör gegeben hatte, in dem sein Vater ganz genau wissen wollte, mit wem er wo Fußball spielte. Da wir jetzt auf keinen Fall riskieren konnten, dass Cocos Geheimnis aufflog, hatten wir uns ganz offiziell verabredet, um etwas für das Sportturnier am letzten Schultag zu organisieren. In Wirklichkeit schlossen wir uns natürlich nach dem Mittagessen in Cocos Zimmer ein, um zu überlegen, wie wir den Artisten unseren Plan verklickern konnten.

Mia schnappte sich den Drehstuhl an Cocos Schreibtisch, und Coco und ich warfen uns in den riesigen, blauen Sitzsack, der unter seinem Hochbett lag.
»Gemütlich hast du es hier«, sagte ich und schaute mich in dem hellen, aufgeräumten Zimmer um.
»Also«, legte Mia sofort los. »Wie wollen wir vorgehen?«
»Ich finde, Coco sollte den Artisten diesen angeblichen Prozess verkaufen. Das kann er bestimmt am besten«, schlug ich vor.
»Ja, im Flunkern hat er jedenfalls die meiste Übung«, stimmte Mia zu. »Hey, Coco, als Anwaltssohn fallen dir doch bestimmt ein paar Fachwörter ein. Spinn dir einfach was zusammen. Hauptsache, es klingt logisch.«
Mia selbst wollte die Artisten davon überzeugen, dass wir mit Vorstellungen am besten Geld einnehmen konnten, um eben diesen teuren Prozess zu bezahlen. Ich sollte ihnen zum Schluss klarmachen, warum wir unbedingt noch mehr Zirkusschüler brauchten.
»Sag ihnen noch mal ganz deutlich, dass wir alles tun müssen, um positiv bei den Leuten aufzufallen«, trichterte mir Coco ein.
»Positiv auffallen«, stöhnte Mia und notierte die Argumente in unserem Buch der Verdächtigen. »Das sagt meine Mathelehrerin auch immer.«
Als wir fertig waren, hüpfte Coco aus dem Sitzsack und machte einen Luftsprung. »Arthur wird vor Freude ausflippen, wenn er von unserem Plan hört – und die Artisten auch!«
»Bis auf einen«, wandte ich ein. »Und wir haben immer noch nicht den blassesten Schimmer, wer der Verräter ist.«

»Glaubt ihr wirklich, dass an dem Abend des Einbruchs keiner von den Artisten den Tisch verlassen hat?«, fragte Mia. »Ich kann mir das nicht vorstellen. Da musste doch bestimmt mal jemand aufs Klo oder so.«

Ratlos zuckte ich mit den Schultern.

»Solange keiner etwas sagt, werden wir nicht dahinterkommen. Aber wir können Arthur fragen, wer ihn vom Platz gelockt hat. Ohne Grund ist er bestimmt nicht weggefahren. Vielleicht kommen wir dem Verräter so auf die Spur?«

»Wir werden ihn entlarven!«, beteuerte Coco. »Früher oder später – das schwöre ich!«

Nun mussten Mia und ich lachen. Man konnte einfach nicht ernst bleiben, wenn Coco sein dramatisches Gesicht aufsetzte.

Wir blieben noch eine Viertelstunde in Cocos Zimmer und sprachen extra laut über das Sportfest. Als wir sicher waren, dass Cocos Mutter irgendetwas davon aufgeschnappt hatte, gingen wir nach unten und behaupteten, noch mal raus auf den Abenteuerspielplatz zu gehen. Beinahe hätte Cocos kleiner Bruder Felix unseren ganzen Plan zerstört, weil er unbedingt mitwollte. Erst als Mia ihm hoch und heilig versprach, dass er das nächste Mal garantiert dabei wäre, gab er endlich Ruhe, und wir konnten aufbrechen.

»Hey«, sagte ich ernst, als wir die Haustür hinter uns ins Schloss geworfen hatten. »Ich finde, wir sind ein super Team, und wir sollten unbedingt versuchen, nächstes Schuljahr zusammen in eine Klasse zu kommen!«

»Genau! Schlagt ein!« Mia hielt uns die Hand zum Abklatschen hin.

Und jetzt konnte ich es nicht mehr abwarten, endlich zum Zirkusplatz zu kommen. Ich musste selber sehen, wie es meinem Vater ging, und ich freute mich wie verrückt, ihm gleich von unserem Schlachtplan zu erzählen! Ich war absolut sicher, dass wir den Zirkusplatz retten würden. Und dann konnten mein Vater und ich zusammenbleiben, so lange wir wollten.
Hätte ich in diesem Moment geahnt, was für eine Kette dramatischer Ereignisse unser Plan auslösen sollte, dann hätte ich es ganz bestimmt nicht so eilig gehabt.

3. Kapitel

Das zersplitterte Glas in Arthurs Wagentür war notdürftig mit einem Stück Spanplatte repariert worden. Der Anblick hatte etwas Trostloses, und sofort schnappten die Bilder in meinem Kopf wieder ein, die ich mühsam über Nacht verdrängt hatte: Arthur, inmitten des Trümmerfelds, mit wächsernem Gesicht und leerem Blick.
»Hey! Hallo!« Crevettes Ruf riss mich aus meinen Gedanken. Sie saß in einem Liegestuhl neben der Veranda und ließ ihre nackten Füße in ein oranges Kinderplanschbecken baumeln.
»Kommt«, sagte ich zu Mia und Coco und eilte auf sie zu. »Wie geht es Arthur? War er heute schon …?« Weiter kam ich nicht, denn jetzt entdeckte ich in dem flachen Wasser des Planschbeckens zwei riesige Schlagen!
»Sind die giftig?!«, krächzte ich.
»Unsinn«, sagte Crevette und planschte mit den Zehen. »Das sind Würgeschlangen. Giftschlangen sind doch viel kleiner.«

»Oh! Darf ich sie streicheln?«, fragte Mia und hockte sich schon hin, während Coco und ich einen Schritt zurück machten.
»Bitte«, sagte Crevette. »Die Python heißt Luna und die Boa Sky.«
»Na, ihr«, sagte Mia und strich begeistert über die in der Sonne glänzenden Schlangenleiber. »Wie schön die sich anfühlen!«
Mich schüttelte es. Crevette grinste, doch dann wurde sie ernst.
»Arthur ist vorhin kurz aufgestanden. Er hat eine Kleinigkeit gegessen, aber danach hat er sich sofort wieder hingelegt. Es wird leider eine Weile dauern, bis er wieder der Alte ist.«
»Wie lange denn?«, fragte ich alarmiert.
»Der Arzt sagt, in zehn Tagen kann er langsam wieder anfangen, seinen Aufgaben nachzugehen. So lange dauert es einfach, bis die Medikamente anschlagen. Es soll dann ziemlich zügig besser werden, aber voll belastbar wird er erst wieder in zwei, drei Monaten sein.«
Das war wie ein Faustschlag in mein Gesicht.
»So lange dauert das?!«
»Tut mir leid, aber die Diagnose war … Warte mal …« Crevette schloss die Augen, um sich zu konzentrieren. »Eine schwere Depression mit psychotischen Symptomen. Und noch irgendetwas mit Katatonie oder so ähnlich.« Sie stand auf und legte mir tröstend eine Hand auf die Schulter. »Na, komm. Die Hauptsache ist doch, dass er wieder ganz gesund wird, egal wann!«
Ich schüttelte mechanisch den Kopf, denn das war natürlich überhaupt nicht egal! Wie sollten wir ohne Arthur eine Zirkusaufführung und ein Konzept für den Platz auf die Beine stellen?

Coco drehte sich zur Seite und raunte mir zu: »Dann müssen wir halt ohne ihn loslegen. Wir können nicht warten, bis er wieder fit ist.«

Ich warf Mia einen auffordernden Blick zu, den sie sofort verstand.

»Crevette?«, sagte sie und stand vom Planschbecken auf. »Wir müssen mit euch reden. Mit allen.«

Crevette sah beunruhigt von einem zum anderen. »Hat das was mit eurem Anwaltstermin zu tun?«

Coco nickte. »Es gibt eine winzige Chance, den Platz zu retten.«

»Okay«, sagte sie und schlüpfte in ihre Clogs. »Ich muss nur schnell die Schlangen in den Wagen zurückbringen.«

Mein Blick ging zu der geflickten Wagentür.

»Kann ich kurz zu ihm?«

Crevette zuckte mit den Schultern. »Ich glaube, das entscheidest du am besten selbst.«

Mia legte mir eine Hand auf den Arm. »Lass uns doch jetzt erst mit den Artisten reden. Hinterher kannst du ihm vielleicht schon mehr erzählen?«

»Na gut«, sagte ich und folgte meinen Freunden in den Rundbau.

Wir warteten, bis die vollständige Artistenmannschaft rund um die Manege auf den rot-weißen Kästen saß. Dann bauten wir uns in der Mitte des Sägespänekreises auf und stellten unseren Plan vor. Coco erklärte, dass wir den Platz nur mit einem sehr komplizierten und teuren Gerichtsverfahren retten konnten. Er ließ jede Menge lateinischer, wahnsinnig wichtig klingender Wörter einfließen. Wusste der Geier, was sie be-

deuteten und woher er sie hatte – aber sein Vortrag wirkte absolut überzeugend.
»Um das Ganze zu bezahlen, brauchen wir mindestens 10 000 Euro, vielleicht sogar mehr«, griff Mia seinen Faden auf und erzählte von unserer Idee mit den Vorstellungen.
Schließlich kam ich. Vor Nervosität verhaspelte ich mich zweimal, aber irgendwann hatte ich das Gefühl, dass allen klar war, warum wir so viele Schüler wie möglich brauchten und unbedingt etwas für unser Ansehen in der Öffentlichkeit tun mussten.
»All das schaffen wir natürlich nur gemeinsam«, schloss ich meinen Vortrag. »Nur wenn jeder mithilft, in den nächsten vier Wochen ein Zirkusprogramm auf die Beine zu stellen, haben wir eine Chance, den Platz zu retten.«
Im Chapiteau war es still. Nur ein Windhauch fuhr leise über die Plane des roten Zeltdaches.
Schließlich räusperte sich Rose.
»Also, ihr könnt es ja nicht wissen, aber nach dem Vorfall gestern haben wir uns natürlich auch unsere Gedanken gemacht.«
»Und dann habe ich das hier gefunden!« Crevette streckte uns einen verbogenen Karabiner entgegen.
»Was ist das?«, fragte ich.
»Daran hing das Vertikalseil. Bohne brauchte gestern Abend zufällig die Longe – nur darum habe ich es runtergelassen.«
Antoine schüttelte fassungslos den Kopf.
»Das Ding wäre bei der ersten richtigen Belastung gekracht!«
Ich schaute nach oben in die Kuppel, wo das Vertikalseil befestigt war, und mochte mir gar nicht vorstellen, was dann passiert wäre.

»Bisher sind wir bei den Anschlägen immer haarscharf an einem Unglück vorbeigeschlittert, aber was passiert als Nächstes?« Rose riss ängstlich ihre großen Puppenaugen auf.
»Mit diesen Leuten ist nicht gut Kirschen essen«, jammerte Bredoni »Und wir sollten sie auf keinen Fall provozieren!«
»Sind denn die Vorstellungen wirklich unsere einzige Chance?«, fragte Herr Bohne verzweifelt.
Coco nickte. »Nur damit können wir dauerhaft Geld verdienen.«
»Tiernummern hätten wir jedenfalls genug«, meldete sich Heinz, der außerhalb des Kreises auf einem Podest saß. »Die sind alle im Training.«
»Ein anständiges Programm ist doch gar nicht unser Problem!« Crevette schaute zweifelnd in die Runde. »Aber wie wollen wir das Drumherum organisieren? In so kurzer Zeit und ohne Arthurs Unterstützung?«
Antoine schien ebenso wenig überzeugt.
»Ja, woher sollen wir das Geld für eine Musikanlage, für Schweinwerfer und Werbung nehmen? Wir müssten erst einmal eine ganze Menge investieren, um am Ende 10000 Euro herauszubekommen!«
Rose klimperte dramatisch mit ihren langen Wimpern. »Wir haben ja nicht einmal Bänke, auf denen die Zuschauer sitzen können. All das zu leihen, kostet ein Vermögen!«
»Oder habt ihr vielleicht Geld zum Vorstrecken?«, knarzte Anastasja und wedelte mit ihrem Krückstock herum.
»Wir können das doch alles hinterher von den Eintrittsgeldern bezahlen«, warf Mia ein.
»Zirkusleute kriegen nichts ohne Vorkasse«, seufzte Antoine.

»Die Privaten haben immer Angst, dass wir uns mit Sack und Pack aus dem Staub machen.«

»Und was geschieht, wenn keine Zuschauer kommen?!«, jammerte Herr Bohne. »Dann haben wir keine Einnahmen, bleiben auf den Schulden sitzen, und alles wird noch schlimmer!«

»Wenn ihr mir ein halbes Jahr Zeit geben würdet«, fiel nun auch Bredoni in das Klagen ein, »dann könnte Lulu bis dahin ein Lied auf der Tuba blasen. Die Hütte wäre voll und der Platz gerettet – aber in vier Wochen?«

Jetzt nickten auch noch alle zustimmend, obwohl doch jedem klar war, dass Lulu auch in hundert Jahren kein Lied blasen würde! Ich verstand die Welt nicht mehr: Was war mit den Artisten los?! Es ging doch um ihr Zuhause! Wieso wollten sie nicht kämpfen?!

»Ich glaube das alles nicht«, flüsterte Mia.

Crevette sah in die Runde. »Okay, ist irgendjemand anderer Meinung?« Ihr Blick blieb an Ajax hängen, der natürlich noch gar nichts gesagt hatte, weil er von alldem kein Wort verstanden hatte.

»Wenn mein Urenkel eine Arbeitserlaubnis für Amerika bekommt, ist er sofort weg«, keifte Anastasja.

»Damit wäre wohl alles gesagt«, murmelte Bohne.

Nun konnte Bredoni nicht mehr an sich halten. Heftige Schluchzer schüttelten seinen runden Wanst. Auch Rose wischte sich verstohlen eine Träne aus dem Auge. Nur Ajax stieß seine Urgroßmutter ungeduldig in die Seite und wollte endlich wissen, worum es überhaupt ging.

Ich war wie gelähmt. Ich konnte einfach nicht glauben, dass

sie Arthur wie eine heiße Kartoffel fallen ließen! Dass einer von ihnen mit dem Rattengesicht gemeinsame Sache machte, war schon schlimm. Aber dass alle anderen seelenruhig ihren Umzug planten, während Arthur krank in seinem Wagen lag, das war unglaublich! Wie sollte er jemals auf die Beine kommen, wenn ihn alle im Stich ließen?!
Niedergeschmettert wandte Coco sich ab. »Es ist zwecklos, gehen wir.«
»Wie kann man nur so feige sein!« Mia schleuderte den Artisten einen verächtlichen Blick zu und marschierte zum Ausgang, während Anastasja das Ganze mit ein paar hoffnungslos klingenden Sätzen für Ajax auf Russisch übersetzte.
Wortlos drehte auch ich mich um und wollte meinen Freunden gerade folgen, da sprang Ajax plötzlich wie von der Tarantel gestochen auf. Er packte Herrn Bohne am Schlafittchen, schüttelte ihn und brüllte ohrenbetäubend laut auf Russisch los. Als er den armen Bohne losließ, klappte der wie eine Marionette zusammen, der man die Fäden durchtrennt hatte. Nun fixierte Ajax den Rest der Artistentruppe. Wie eine Raubkatze auf Beutezug tigerte er vor ihnen auf und ab. Bredoni trat der Angstschweiß auf die Stirn, Crevette war wie erstarrt, und selbst Antoine wurde leichenblass. Mit funkelnden Augen feuerte Ajax eine Salve wilder russischer Ausdrücke durch das Zirkuszelt, dann ballte er mit einem lauten Schrei die Faust und schmetterte sie mit solcher Wucht gegen den roten Hauptmast, dass das Metall erzitterte und das Chapiteau-Dach Wellen schlug. Vor Angst wagte niemand mehr, sich zu rühren.
»Capito?!«, brüllte Ajax. Es war das erste nichtrussische Wort, das wir von ihm hörten. Und als wenn damit nun alles klar

wäre, setzte er sich ruhig und entschlossen wieder neben seine Urgroßmutter auf die Manegenkästen.

Niemand wagte ein Wort zu sagen, bis Mia vorsichtig einen Finger hob und fragte: »Könnte vielleicht irgendjemand übersetzen, was er da eben gebrüllt hat?«

Anastasja machte sich so gerade, wie es ihr krummer Rücken zuließ, und verkündete: »Mein Urenkel sagt: Nur eine Schlacht, die nicht geschlagen wird, ist schon verloren.«

»Das ist auf Russisch so kompliziert?«, platzte Mia heraus.

»Psst«, machte Coco und stieß sie in die Seite.

Da nahm ich meinen ganzen Mut zusammen, stellte mich in die Mitte der Manege und sagte mit lauter Stimme: »Wenn ich Ajax richtig verstanden habe, heißt das, wir hätten eine Jonglage-Nummer.«

Rose schaute auf. Ein unsicheres Lächeln huschte über ihr Gesicht, dann nickte sie mir zu und sagte: »Ich denke, eine romantische Hand-auf-Hand-Nummer haben wir auch. Oder, Antoine?«

»Ja«, antwortete er. »Soll dieser Makler doch kommen, wir nehmen es gern mit ihm auf!«

»Eine Feuernummer gibt es auch«, meldete sich Crevette.

»Jaaaa«, zierte sich Bredoni noch. »Unter Umständen … Ich kann natürlich nichts garantieren …«

»Verdammt«, fuhr Mia ihn an. »Ihr blöder Affe wird ja wohl irgendwas hinkriegen. Notfalls soll er Roller fahren oder balancieren, wie andere Zirkusaffen auch!«

»Genau das wollte ich ja gerade sagen«, maulte Bredoni beleidigt.

Nun wanderten alle Blicke zu Herrn Bohne, der immer noch

auf dem Boden saß und augenblicklich noch käsiger im Gesicht wurde.
»Ich versuche aufzutreten, ehrlich. Ich versuch's! Aber ich weiß nicht, ob ich's schaffe – ich kann nicht versprechen, dass ich nicht ohnmächtig werde vor Lampenfie…«
»Dann reißt du dich mal ein bisschen zusammen«, würgte Anastasja Bohnes Gejammer ab. »Ich bin schon mit Durchfall Schleuderbrett gesprungen, und mein Sohn hat trotz vereiterter Wurzel seine Frau im Zahnhang gehalten. In zwölf Meter Höhe!«
Coco schob die meckernde Alte beiseite und half seinem Lehrer auf die Beine. »Es wäre so toll, wenn Sie es probieren würden, Herr Bohne.«
Herr Bohne nickte unglücklich. »Ja, ich weiß. Nur eine Schlacht, die man nicht schlägt, ist schon verloren.«
Mia stemmte die Hände in die Hüften und drehte sich zu mir. »Sag mal, habe ich eben geträumt? Erst waren sie alle dagegen, und jetzt sind sie Feuer und Flamme – kann mir das mal einer erklären?!«
Ich grinste. »Was erwartest du von Leuten, die freiwillig über ein dünnes Drahtseil laufen, Sachen durch die Luft werfen, nur um sie wieder aufzufangen, oder Affen im Tubaspielen unterrichten?«
»Stimmt«, sagte sie. »Normal ist das alles nicht.«
Und dann konnten wir nicht anders, als vor Freude durch die Sägespäne zu hüpfen. Wir würden den Platz retten, und Arthur und ich würden für immer zusammenbleiben!
Aufgeregt lief ich zu Anastasja und fragte: »Was heißt danke auf Russisch?«

»Spasiba!«
Ich griff Ajax' Hände und schüttelte sie. »Spasiba!«
Ajax packte mich, nahm mich in den Schwitzkasten und schüttelte mich, während er wieder orkanmäßig laut russische Wörter brüllte. Hätte ich nicht gewusst, dass er auf unserer Seite war, hätte ich mich zu Tode gefürchtet!

4. Kapitel

Bevor wir uns alle an den alten Biertischen zu einer *Reunion* trafen – so nannten die Artisten die Besprechung –, huschte ich schnell zu Arthurs Wagen. Ich musste ihm unbedingt berichten, was passiert war. Wenn er hörte, dass alle gemeinsam für den Zirkusplatz kämpften wollten, würde es ihm bestimmt gleich viel besser gehen! Vorsichtig klopfte ich an der geflickten Tür und lauschte. Doch im Wagen bewegte sich nichts. Ich klopfte ein zweites Mal und drückte langsam die Klinke herunter. Auf Zehenspitzen schlich ich in die Küche. Die Scherben und Trümmer waren verschwunden. Auch das Regal im Wohnzimmer stand an seinem alten Platz im Erker, und die Bücher waren einsortiert. Einige Bilderrahmen hingen noch etwas schief oder hatten kein Glas mehr, aber ansonsten erinnerten nur die Beulen in den goldenen Pokalen an Arthurs Ausbruch. Der Fernseher und das Couchtischchen fehlten natürlich ganz.
Arthur lag mit geschlossenen Augen auf dem Sofa. Trotz der goldgelben warmen Sonnenstrahlen, die durch die Fenster schienen, hatte er sich fest in eine Decke gewickelt. Seine

Wangen waren eingefallen und mit Bartstoppeln übersät. Das glatte schwarze Haar stand wirr zu allen Seiten ab. Er sah so unendlich müde und erschöpft aus. Wie gern hätte ich jetzt seine Hand genommen oder mich einfach zu ihm gesetzt. Doch das traute ich mich nicht. Denn auch wenn sein Atem ruhig und gleichmäßig ging, war ich nicht sicher, ob er wirklich schlief oder einfach nur seine Ruhe haben wollte. Ich würde morgen mit ihm reden, beschloss ich und verließ so leise wie möglich wieder den Wagen.

Als ich zu den Bierbänken unter dem Pavillonzelt kam, waren die Artisten, Coco und Mia schon in eine wilde Diskussion verstrickt. Vor Bohne lag eine lange Liste mit Dingen, die wir für die Vorstellung brauchten: Licht, Tonanlage, Mikros, rote Vorhänge, Sitzbänke, Gradin, Plakate, Eintrittskarten, Handzettel, Strom, Miettoiletten … Mir wurde ganz schwindelig. Aber noch viel beunruhigender als die Länge der Liste waren die Zahlen, die Bohne dazu notiert hatte. Allein für die Leihgebühren dieses Gradins hatte er 2000 Euro veranschlagt!
»Was ist das überhaupt?«, zischelte ich Coco zu.
»Ein Gradin ist so eine Art Podest, auf dem die Zuschauer sitzen. So halb rund. Wie in diesen alten griechischen Theatern.«
Mia schien die Liste der Kosten nicht sonderlich zu beeindrucken.
»Na und?«, sagte sie schulterzuckend. »Dann geben wir halt ein paar Vorstellungen mehr, um die Kohle wieder einzuspielen!«
»Wie viel verdienen wir überhaupt mit einer Vorstellung?«, fragte Coco.

»Ins Zelt passen etwa 350 Leute«, schätzte Crevette.
»Rechnen wir mal im Schnitt zwölf Euro pro Zuschauer ...«, überschlug Antoine.
»So wenig?«, unterbrach Rose.
»Na, du musst doch auch den Familienrabatt und Kinderkarten einplanen«, erklärte Antoine.
»Sag mal«, flüsterte ich Mia zu, »haben die gerade miteinander geredet?«
»Schon die ganze Zeit«, wisperte sie. »Aber sprich sie nicht drauf an, ich glaube, sie haben es selbst noch nicht bemerkt.«
»Rechne doch lieber mit fünfzehn«, schlug Rose vor.
»Einigen wir uns auf vierzehn«, entgegnete Antoine, »macht ...«
»4900 Euro«, rief Bredoni wie aus der Pistole geschossen. Wir sahen ihn erstaunt an. Er errötete. »Ich bin als Rechenkünstler aufgetreten, bevor Lulu in mein Leben trat.«
»Aber 4900 Euro nehmen wir nur ein, wenn das Zelt ausverkauft ist, und das ist es sicher nicht immer«, warf Crevette ein. »Darum lasst uns lieber mit Einnahmen von 3000 Euro pro Vorstellung planen.«
»Das heißt, wir bräuchten 2,449 Vorstellungen, um die geplanten Ausgaben einzuspielen«, ratterte Bredoni herunter. »Und 10 000 Euro Gewinn hätten wir dann nach 3,333333 weiteren Aufführungen eingespielt. Macht zusammen ...«
»Sechs Vorstellungen – dafür muss man kein Rechenkünstler sein«, fiel ihm Bohne ins Wort.
Einen Moment herrschte betretenes Schweigen.
»Trotzdem bräuchten wir ja einen Geldgeber, der die Summe vorschießt, oder?«, fragte Rose.

Sofort riefen alle wild irgendwelche Firmennamen durcheinander.
Mia klopfte laut auf den Tisch. »Hey, ich frage meine Mutter. Die kümmert sich bestimmt gern um Sponsoren! Die macht so etwas auch immer für den Tennisklub.«
Nachdem das geklärt war, verteilten wir die anderen Aufgaben: Herr Bohne musste Druckereien abtelefonieren, und Antoine wollte sich bei seinen Verwandten umhören, ob jemand noch alte Plakate hatte, bei denen wir nur den Zirkusnamen überkleben mussten. Bredoni sollte eine Mitteilung für die Zeitungen schreiben. Ajax meldete sich freiwillig, um die Presspappen zu sägen, auf die wir Plakate kleben konnten. Rose und Anastasja wurden dazu verdonnert, unsere Kostüme und den Manegenvorhang zu nähen. Außerdem sollte Rose einen Programmablauf entwerfen, und jeder sollte ihr sagen, wie viele Minuten er beisteuern könnte.
»Tom, Mia, Coco! Das gilt auch für euch«, mahnte Crevette, die sich um Musik und eine anständige Tonanlage kümmern sollte.
Unsere Aufgabe war, herauszufinden, wo man am günstigsten Bänke leihen konnte. Zusätzlich sollten wir Firmen, Kindergärten und Vereine ausfindig machen, die vielleicht in großen Gruppen kommen und viele Karten abnehmen würden. Dafür hatte ich auch Omas Namen in die Liste eingetragen. Sie würde uns bestimmt dabei helfen.
Am Ende beschlossen wir, jeden Abend um halb sechs eine Reunion abzuhalten, um uns über den Stand der Dinge auszutauschen und zu besprechen, wie es weitergehen sollte.
Merkwürdig, dachte ich, als ich abends im Bett lag und noch

einmal in unserem Buch der Verdächtigen blätterte. Jeder der Artisten hatte eine Idee eingebracht, und alle hatten eine Aufgabe übernommen. Wer von ihnen spielte mit gezinkten Karten? Wer von ihnen schreckte nicht davor zurück, das Leben eines Menschen zu riskieren? Es machte mich verrückt, wenn ich daran dachte, dass einer von ihnen den Karabiner am Vertikalseil manipuliert hatte! Aber noch verrückter machte mich die Angst, was als Nächstes geschehen würde.

5. Kapitel

»Am Anfang waren alle dagegen, Vorstellungen zu organisieren – außer Heinz! Ihn können wir jetzt wirklich ausschließen.« Coco hangelte sich das Klettergerüst hinauf und rutschte auf die Stange neben Mia.

»Ajax fällt auch aus dem Kreis der Verdächtigen«, sagte Mia.

Ich seufzte. »Und Anastasja, die alte Hexe, auch.«

Mia runzelte die Stirn. »Wieso das denn?«

»Na, wenn sie der Verräter wäre, hätte sie Ajax' Beschimpfung doch einfach falsch übersetzen können. Das hätte keiner gemerkt.«

»Doch«, widersprach Coco. »Antoine versteht ein bisschen Russisch.«

»Na gut.« Ich schlug das Buch der Verdächtigen auf und machte bei Anastasja ein Fragezeichen. Ehrlich gesagt fiel mir das bei ihr am leichtesten, obwohl es keinen einzigen Beleg für ihre Schuld gab.

»Fällt euch zu den anderen noch was ein?«

Coco schüttelte den Kopf. »Nicht wirklich. Die waren alle erst einmal dagegen.«
»Wir sollten eine Falle stellen«, schlug Mia vor. »Wir picken uns eine Person raus und geben ihr eine wichtige Information, oder noch besser: eine super Gelegenheit für einen Anschlag. Dann warten wir ab, ob etwas passiert. Und wenn nichts geschieht, probieren wir es bei dem Nächsten.«
Ich hielt das für keine gute Idee. Wenn wir eine Zündschnur legten, mussten wir uns nicht wundern, wenn es zur Explosion kam. »Das ist viel zu gefährlich«, lehnte ich Mias Vorschlag ab.
»Was wollt ihr dann machen?«, fragte Mia genervt. »Warten, bis ein richtiges Unglück geschieht?«
Sie hatte ja recht. Während wir auf dem Pausenhof Ermittler spielten, wusste das Rattengesicht wahrscheinlich längst über unsere Pläne Bescheid und plante das nächste Attentat. »Wir müssen einfach höllisch aufpassen und alles doppelt kontrollieren«, antwortete ich mit einem unbehaglichen Gefühl. »Und vielleicht können wir den Kreis der Verdächtigen einengen, wenn wir wissen, wie Arthur vom Platz gelockt wurde.«
»Ja, das ist unser einziger neuer Anhaltspunkt«, stimmte Coco zu.
»Mal was anderes«, sagte Mia da und klang gleich viel fröhlicher. »Habt ihr schon eine Idee, was für eine Nummer ihr machen wollt?«
Coco sah sie verständnislos an. »Drahtseil, was sonst?«
Mia rollte mit den Augen. »Maaann! Du willst ja wohl nicht nackt und ohne Musik in die Manege kommen!«
»Wer weiß?«, stichelte ich.
Mia ließ sich von der Stange in eine Trapezfigur gleiten. »Also,

ich überlege, ob ich als Elfe zu klasischer Musik auftrete. Oder in einem goldenen Sternchenkostüm. Was, denkt ihr, passt am besten zu mir?«
Coco prustete los. »Du und Elfe?! Wenn du etwas Passendes suchst, geh doch als Teufel oder Zicke!«
Obwohl sie über Kopf hing, stützte Mia empört die Arme in die Seite. »Als was möchtest du denn auftreten? Vielleicht als Klapperskelett?«
Der Treffer hatte gesessen. Coco entglitten die Gesichtszüge. »Was kann ich denn dafür, dass ich so dünn bin?«, murmelte er.
»Hey, das war ein Spaß«, sagte Mia schnell. »Aber jetzt mal ehrlich: Ich fände Pirat für dich gut.«
Coco lief rot an. »Ich hatte eigentlich an einen Gentleman in Frack und Zylinder gedacht.«
Ich war baff – damit hatte ich nun überhaupt nicht gerechnet! Aber das war noch nichts gegen das, was jetzt kam, Coco war nämlich noch nicht fertig. Mit leicht verklärter Miene sah er zu Mia und schwärmte: »Für dich fände ich den Song *Shine bright like a diamond* schön, und dass du ein Kostüm trägst, das überall mit Glitzersteinen besetzt ist.«
Ich konnte mir ein Grinsen nicht verkneifen. Erst recht nicht, als Mia ganz ernsthaft antwortete: »Also, wenn du das gut findest … Warum nicht?« Dann drehte sie sich zu mir. »Und hast du schon eine Idee für deine Nummer?«
»Äh, noch gar nicht«, gestand ich. Leider reichte das, was ich konnte, niemals für eine ganze Zirkusnummer. Und da nun auch noch Arthur als mein Trainer ausfiel, wusste ich sowieso nicht, wie ich in vier Wochen nur eine einzige Minute

mit meiner Akrobatik füllen sollte. Das Letzte, worüber ich mir also im Moment den Kopf zerbrach, war ein passendes Kostüm.
Ich vermutete, dass Mia und Coco dasselbe dachten, denn für mich hatten sie nicht einen einzigen Vorschlag parat.
Ich tröstete mich damit, dass Arthur ganz bestimmt eine Idee für mich hatte. Wir würden für alles eine Lösung finden, da war ich ganz sicher. Wenn wir nur endlich sprechen konnten!
Noch beruhigter wurde ich, als Oma mir nach der Schule verkündete, dass Martin Lehmann dem Rattengesicht zuvorgekommen war und schon eine neue Kopie von Arthurs Vertrag hatte. Außerdem wollte er sich in den nächsten Tagen mit Oma treffen, um mit ihr eine Vorlage für das Konzept auszuarbeiten. Das waren wirklich super Nachrichten!
Glücklich fiel ich Oma um den Hals.
»Ich hab es doch gesagt«, sagte sie. »Martin ist genau der richtige Mann. Ich bin ganz gerührt, wie sehr er sich für uns ins Zeug wirft. Er hat sich auch ganz lieb nach dir erkundigt.«
»Das ist echt toll!«, jubelte ich. »Wir werden es schaffen!«
»Natürlich«, bestärkte mich Oma und strich mir über den Kopf. »Und ich helfe dir, wo ich nur kann.«

Als wir an diesem Nachmittag zum Platz kamen, saß Herr Bredoni als Wachposten vor Arthurs Veranda. Er hatte es sich in einem Liegestuhl bequem gemacht und las Zeitung.
»Ist Arthur heute schon aus seinem Wagen gekommen?«, fragte ich, bevor Coco und Mia auch nur *Hallo* sagen konnten.
Bredoni schüttelte den Kopf.
»Aber er hat etwas gegessen und sich geduscht und rasiert.

Ein paarmal ist er auch im Wagen auf und ab gegangen. Ich glaube, jetzt schläft er wieder.«
»Gut«, sagte ich und marschierte weiter zum Rundbau.
»Wolltest du nicht sofort mit Arthur sprechen?«, zischelte Coco.
Ich nickte. »Aber das darf niemand mitbekommen. Sonst belauscht der Maulwurf am Ende alles!«
Mia nickte. »Stimmt, wir müssen supervorsichtig sein.«
»Hey!«, rief uns Bredoni da nach. »Bohne hat übrigens eine Überraschung für euch! Sie ist nicht zu übersehen!«

Das stimmte: Bohne hatte die schwarze, sargähnliche Kiste, den Trick 113, mitten in der Manege geparkt. Ich war ganz aus dem Häuschen, denn wenn diese Zaubereinlage, diese *zersägte Jungfrau,* wirklich funktionierte, dann wäre ich wenigstens schon mal an einer Nummer beteiligt! Jetzt, im Licht, sah ich, dass die Kiste aus zwei Teilen bestand, die nur mit zwei Haken aneinander befestigt waren. Die beiden Teile standen jeweils auf einem Wagen mit Rollen, sodass man sie leicht auseinanderfahren konnte.
»Das Publikum sieht immer nur eine Person in die Kiste steigen«, erklärte uns Bohne. »Aber es befindet sich natürlich eine zweite darin, die später mit den Füßen wackelt, wenn man die zwei Teile auseinanderschiebt.«
Er zeigte uns, wie die erste Person, also die obere Hälfte der Jungfrau, sich zusammenrollen musste und welche Position die zweite Person in der unteren Kistenhälfte einnehmen sollte. Mia bekam die obere Hälfte prima hin – doch Coco und ich passten einfach nicht richtig in die untere Hälfte. Wir waren zu

groß und zu ungelenkig. Immer guckte irgendein Körperteil an der falschen Stelle heraus, oder der Deckel ließ sich nicht zuklappen. Und wenn es uns doch gelang, ihn zu schließen, rumpelte es laut, und die Füße, die aus den Löchern herauslugten, waren total verdreht. Der letzte Depp konnte erkennen, dass sich zwei Leute in die Kiste zwängten.

Nach einer halben Stunde gaben wir auf.

»Ich glaube, dafür braucht man entweder einen Gummimenschen oder einen Zwerg«, stöhnte Coco.

Frustriert setzten wir uns auf den Manegenrand und machten eine Trinkpause.

»Aber wenn wir beide es schon nicht hinkriegen, wen sollen wir dann da unten reinstecken?«, fragte ich. »Anastasja vielleicht?«

Coco prustete seine Apfelschorle in die Sägespäne und fragte: »Müssen denn immer zwei Leute in die Kiste?«

Mia gluckste. »Dachtest du etwa, die sägen die Frauen tatsächlich durch?«

»Haha!«, machte Coco. »Natürlich nicht!«

»Vielleicht fällt uns ja noch eine andere Nummer ein, die wir drei zusammen machen können«, sagte ich trübsinnig und zog die dicke Weichbodenmatte in die Manege. Wenn schon sonst nichts klappte, wollte ich wenigstens einen anständigen Flic-Flac springen. Natürlich gelang mir ohne Arthur alles nur halb so gut. Nachdem ich mein Programm trotzdem tapfer abgearbeitet hatte, setzte ich mich auf eins der Podeste und wartete auf einen günstigen Moment, um unauffällig aus dem Rundbau zu schleichen. Das war gar nicht so leicht, denn heute war in und um die Manege die Hölle los. Alle Artisten übten zusätzliche Nummern, um das Programm zu füllen. Ich war überrascht, was sie noch so alles auf Lager hatten: Rose konnte zum Beispiel fünf Hula-Hoop-Reifen gleichzeitig um den Körper kreisen lassen. Ajax spielte phantastisch Diabolo, Bohne fuhr perfekt Einrad, und Antoine vollführte unglaubliche Tricks am Lufttuch. Als gerade mal niemand auf die Tür achtete, huschte ich nach draußen. Sicherheitshalber lief ich erst in Richtung Stall, dann schlug ich einen Bogen und näherte mich von hinten, zwischen den Campings hindurch, Arthurs Wagen. Vorsichtig lugte ich am Schlangentransporter vorbei. Bredoni war zum Glück vollkommen in seine Zeitung vertieft. Geduckt preschte ich vor und schlüpfte unter der Plane hindurch auf das Verbindungsstück zwischen Zirkuswagen und Lkw.

Durch das geschliffene Glas der rückwärtigen Tür spähte ich in Arthurs Schlafzimmer. Das Bett war leer. Zaghaft klopfte ich. Es dauerte einen Moment, dann hörte ich Schritte auf dem Holzboden. Durch die gemusterten Scheiben sah ich Arthur näher kommen. Als er mich erkannte, hielt er kurz inne, dann gab er mir einen Wink und machte kehrt. Ich drückte die Klinke herunter und trat ein.

»Bitte!«, sagte Arthur und zeigte neben sich auf das Sofa. Er wirkte nicht mehr ganz so erschöpft und krank wie am Tag zuvor, aber immer noch schmal und irgendwie zerbrechlich.

»Wir waren bei dem Anwalt«, legte ich ohne Umschweife sofort los. »Es ist überhaupt nicht schlimm, dass du den Vertrag nicht mehr hast, das Original lag noch beim Notar. Unser Anwalt hat sogar schon eine Kopie gemacht.«

Arthur nickte stumm, ohne mich anzusehen.

»Und dann hatte der Anwalt noch eine super Idee, wie wir den

Platz retten und dieses Rattengesicht ganz einfach kaltstellen können.«

Müde sah Arthur auf.

Okay, jetzt hört er mir wirklich zu, dachte ich und erzählte Arthur nun in allen Details von unserem Plan. Mir wurde ganz warm vor Aufregung, als ich ausmalte, wie wir den Bezirksrat davon überzeugen würden, dass der Platz für eine Zirkusschule genutzt werden sollte und dass wir eine Aufführung machen würden und alle Artisten zusätzliche Nummern einstudierten. Ich schwärmte, wie begeistert jeder mitmachte – natürlich verschwieg ich ihm, dass Ajax dafür einmal kurz hatte ausrasten müssen. Mit leuchtenden Augen schloss ich meinen Bericht. »Wie findest du das?«

Arthur sah mich gerührt an, dann wischte er sich über die Augenwinkel und drehte den Kopf weg.

»Du solltest deine Kraft nicht an einen kranken, müden Mann wie mich verschwenden.«

»Das ist keine Verschwendung!«, erwiderte ich und strahlte ihn an.

Arthur schüttelte den Kopf.

»Tom, manchmal muss man einfach wissen, wann man die Waffen strecken soll.«

Ich sah ihn verständnislos an. »Wie meinst du das?«

»Wir haben verloren. Ich habe verloren.«

»Aber hast du nicht gehört, was ich dir gerade erzählt habe?«, rief ich. »Wir schaffen das! Wir organisieren Vorstellungen, wir schreiben ein Konzept, und dann kannst du für immer hierbleiben. Hier ist doch dein Zuhause!«

Arthur drückte sich müde vom Sofa hoch.

»Ich schaffe das alles nicht mehr.«
»Aber ich helfe dir! Und die anderen auch!« Aufgebracht sprang ich auf. »Du kannst doch jetzt nicht aufgeben! Wir haben alles organisiert! Wir wollen kämpfen!«
Arthur schien das plötzlich alles furchtbar anzustrengen, jedenfalls atmete er so schwer, als müsste er einen riesigen Berggipfel erklimmen.
»Tom!«, stieß er verzweifelt aus. »Du hast Talent. Such dir einen guten Lehrer und trainiere, dann kann ein großer Akrobat aus dir werden.«
»Ich will aber keinen anderen Lehrer!«, brüllte ich. »Und ich will kein Akrobat werden, wenn ich nicht bei dir sein kann!«
Nun schien auch Arthur wütend zu werden.
»Was redest du denn da?! Guck mich an! Ich bin ein abgewrackter, kaputter Artist! Ich bin zu nichts nutze!«
»Das stimmt doch nicht! Du bist Arthur Merlini, der König der Manege! Hast du das vergessen?! Du bist der Träger der goldenen Artisten-Medaille, der beste Handstandkünstler aller Zeiten! Du … Du bist mein Vater!«
Jetzt war es raus.
Völlig entgeistert starrte Arthur mich an.
»Du bist mein Vater«, wiederholte ich. »Darum bin ich hier. Darum will ich bei dir sein.«
»Das … Das … Das kann nicht sein«, stotterte Arthur.
»Doch. Ich heiße Tom Roth. Meine Mutter ist Julia Roth. Vor fast zwölf Jahren, am 13. Dezember 2001, habt ihr euch hier das letzte Mal gesehen, bei einer Vorstellung. Irgendwas muss damals passiert sein, jedenfalls habt ihr euch getrennt, aber da war sie schon mit mir schwanger.«

Arthur schüttelte den Kopf. »Ich kenne keine Julia Roth.«
»Natürlich kennst du sie!« Ich lachte hysterisch auf. »Ju-li-a Roth!«
»Nein, ich habe den Namen noch nie gehört.«
»Du lügst!« Plötzlich bekam ich eine unbändige Wut. Ich hatte wirklich genug von Heuchelei und Täuschungen! »Wieso lügst du?!«
»Ich sage dir die Wahrheit«, verteidigte sich Arthur. »Ich schwöre dir bei … bei meinen Eltern – ich kenne deine Mutter nicht. 2001 – da war ich mit Aurora zusammen. Wir waren glücklich. Ich habe sie niemals betrogen. Es gab keine andere Frau, bis sie mich verlassen hat. Deshalb kannst du nicht mein Sohn sein! Das ist unmöglich, verstehst du?«
Ich schüttelte den Kopf. In meinen Ohren begann es zu rauschen. Immer schneller drehten sich die Wände des Wagens um mich herum. Es fühlte sich an, als hätte mich jemand in eine rotierende Salatschleuder geschmissen.
»Aber die Eintrittskarte … die Narbe über deinem Mundwinkel … die schwache linke Schulter«, flüsterte ich. »Und dein weißes Kostüm und die Klaviermusik und der Winterzirkus!?«
»Tom!« Arthur kniete sich vor mich hin, umfasste meine Oberarme und schüttelte mich. Ganz dicht vor mir sah ich seine müden, traurigen Augen. »Ich wünschte, ich hätte einen Sohn wie dich. Aber ich bin nicht dein Vater.«
Ich riss mich los, stürmte aus dem Wagen und stolperte die Verandatreppe herunter. Bredoni sprang vor Schreck aus seinem Liegestuhl.
»Tom!«, schrie Arthur. »Lauf nicht weg!«

Ich rappelte mich auf und rannte. Es war die Stufe zwölf auf der Mercalli-Skala, die große Katastrophe, völlige Zerstörung, starke Veränderungen an der Landoberfläche. Nichts würde mehr sein, wie es mal war.

6. Kapitel

»Um Gottes willen, Tom! Was ist passiert?!«, rief Oma, als ich ihr noch vor der Haustür in die Arme fiel.

»Mir ist schlecht«, presste ich heraus.

Sie schleppte mich die Treppe nach oben und legte mich ins Bett.

»Hast du etwas Falsches gegessen?«

Ich zuckte mit den Schultern und murmelte: »Lass mich einfach nur schlafen.«

»Soll ich einen Arzt rufen?«

Ich schüttelte den Kopf und schloss die Augen.

Irgendwann musste ich eingeschlafen sein, denn als ich die Lider wieder öffnete, war es dunkel.

Das nächste Mal erwachte ich, als Oma mir sanft über das Haar strich.

»Was war denn gestern los?«, fragte sie. »Mia und ihre Mutter haben deine Sachen vorbeigebracht. Warum hast du deinen Freunden nicht Bescheid gesagt, dass dir übel war?«

Ich antwortete nicht.

»Tom, wenn es einem nicht gut geht, sollte man nicht allein in der Gegend herumrennen. Du hattest ja nicht mal dein Handy bei dir.«

»Passiert nicht wieder«, murmelte ich und schloss wieder die Augen.
Irgendwann später klingelte es an der Haustür, und ich hörte Cocos und Mias Stimmen im Flur. Ich drehte mich zur Wand und zog die Decke über den Kopf. Ich wollte mit niemandem sprechen, auch nicht mit den beiden!
Als es dämmerte, legte Oma mir mein Handy auf den Nachttisch. Coco und Mia mussten abwechselnd ungefähr hundert SMS geschickt haben. Ich schaltete das Telefon aus und zog das Ladekabel aus der Steckdose. Dann starrte ich an die Decke und wartete, dass die Zeit verging. Ich fühlte mich wie ein Astronaut, der aus seiner Raumfähre gefallen war und richtungslos durch die Weiten des Weltalls trudelte. Ich war nicht mal mehr sauer auf Mama. Ich spürte einfach gar nichts. Die nächsten vierundzwanzig Stunden döste ich stumpfsinnig vor mich hin.
Am dritten Tag quälte ich mich kurz nach unten in die Küche, aber nur, weil Oma sonst nicht zu ihrem Computerkurs gegangen wäre. Da sie mich wirklich für krank hielt und mich sogar in der Schule entschuldigt hatte, wäre sie allein aus schlechtem Gewissen zu Hause geblieben.
»Bist du ganz sicher, dass ich dich allein lassen kann?«, fragte sie ungefähr zehn Mal. Erst als ich ihr hoch und heilig versprach, im Notfall sofort anzurufen, verließ sie endlich das Haus, und ich konnte mich wieder ins Bett legen.
Eine halbe Stunde später klingelte es.
»Tom! Mach sofort auf!«, rief Mia und hämmerte gegen die Haustür. »Wir wissen genau, dass du da oben bist!«
Wahrscheinlich hatte Oma die beiden als Aufpasser bestellt, dachte ich wütend.

Ich schloss die Augen und steckte mir die Finger in die Ohren, so lange, bis es in meinem Kopf zu rauschen begann. Dann zog ich sie wieder raus und horchte. Da waren nur entfernte Motorengeräusche, das Bellen des Nachbarhundes und ein merkwürdiges Knartschen, ganz dicht an meiner Wand. Ich öffnete die Augen – und wäre vor Schreck fast aus dem Bett gefallen! Direkt vor meinem Fenster tauchte Mias Gesicht auf! Sie funkelte mich böse an.
»Mach sofort auf, sonst schlage ich die Scheibe ein!«
Ich hätte es wissen müssen: Meine Freunde waren Artisten. Fünf Meter waren für sie keine Höhe, schon gar nicht, wenn es direkt vor dem Fenster ein Gestell für Kletterpflanzen gab. Bei dem Gedanken, dass Mia ungesichert an Omas Giebel herumkraxelte, wurde mir schon wieder übel.
»Ich komme! Aber klettere sofort wieder runter!«
»Erst wenn du Coco aufmachst und er einen Fuß in die Tür stellen kann!«, forderte sie.
Ich sprang aus dem Bett und eilte die Treppe hinunter. Atemlos riss ich die Tür auf, und Coco trat in den Flur.
»Du kannst runterkommen!«, rief er zur Hauswand hoch.
Ich führte meine Freunde schweigend auf die Terrasse. Mia pflanzte sich in einen Korbstuhl und sah mich finster an.
»Ich hoffe, du hast eine gute Erklärung. Sonst knallt es nämlich gleich richtig!«
Coco warf mir einen sorgenvollen Blick zu.
»Bredoni hat gesagt, du warst bei Arthur, und dann bist du da rausgestürzt, als wenn ein wilder Tiger hinter dir her wäre. Stimmt das?«
Ich sah zu Boden.

»Was ist denn passiert?«, fragte Mia sanft.
Ich konnte nichts sagen. Es war einfach zu furchtbar. Ohne dass ich etwas dagegen tun konnte, liefen mir die Tränen herunter. Coco rückte dicht neben mich und legte den Arm um meine Schultern. Mia beugte sich über den Tisch und nahm meine Hand. Sie ließen mich einfach weinen und warteten. Und dann, irgendwann, war es plötzlich vorbei. So als wäre der Tank leer. Da endlich konnte ich erzählen, was ich all die Wochen mit mir herumgetragen hatte: vom Fund der Zirkuskarte, meinen Internetrecherchen, meinem Versuch, an Arthur heranzukommen – ich erzählte alles ganz genau, auch den schrecklichen Moment, als Arthur mir sagte, dass er nicht mein Vater war.
Mia und Coco hörten schweigend zu. Als ich fertig war, schaute ich in den Garten. Es war merkwürdig: Obwohl sich rein gar nichts geändert hatte, ging es mir trotzdem besser.
»Das ist bestimmt furchtbar«, sagte Mia schließlich. »Wenn man nicht genau weiß, wo man herkommt.«
»Und wenn man nicht weiß, warum der eigene Vater nichts mit einem zu tun haben will«, fügte Coco an.
»Weißt du was? Wir helfen dir, deinen echten Vater zu finden«, versprach Mia. »Irgendwo auf dieser Welt wird es eine Spur zu ihm geben. Die Zirkuskarte ist doch schon mal ein Anfang, auch wenn sie dich erst in die falsche Richtung geführt hat.«
Ich zuckte mit den Schultern. Ich war nicht sicher, ob ich überhaupt weiter nach meinem Vater suchen wollte. Ob ich noch einmal solch eine Enttäuschung ertragen würde. Und bei den vielen Lügen, die Mama gestreut hatte, war ja auch nicht mehr

klar, ob die Zirkuskarte und das Datum überhaupt etwas mit meinem Vater zu tun hatten.
»Und was ist mit Arthur?«, riss mich Coco aus meinen Gedanken.
Sofort spürte ich wieder ein Stechen in der Brust.
»Ich meine …« Coco sah Hilfe suchend zu Mia. »Also, er … Er war auf jeden Fall anders zu dir, so, wie zu niemandem sonst – obwohl er ja wusste, dass er *nicht* dein Vater ist.«
Na und?, dachte ich. Falls Coco glaubte, dass mich das irgendwie tröstete, war er auf dem Holzweg.
Aber Coco ließ nicht locker. »Es gibt eine besondere Verbindung zwischen euch«, beschwor er mich. »Das konnte jeder spüren!«
Mia rollte mit den Augen.
»Maaaann, Coco, er sucht seinen Vater, nicht eine besondere Verbindung.«
»Okay!« Coco schluckte. »Aber bedeutet das, dass du jetzt nicht mehr mit uns trainieren und den Platz retten willst?«

PRINZIPAL

Einmal gelang es der kompletten zwölfköpfigen Artisten-Familie Chung, gleichzeitig auf einem einzigen Kunstrad zu fahren – wobei die neunzigjährige Großmutter Li-Hau nur noch einen Platz im Kopfstand auf der Lenkstange fand. Zur Enttäuschung ihrer Enkel gelang es ihr dabei nicht, mit mehr als drei Reisschalen zu jonglieren. Im Zirkus wird das Unmögliche eben völlig normal.

1. Kapitel

Ich musste erst mal eine Nacht darüber schlafen. Das heißt, eigentlich lag ich eine Nacht darüber wach. Aber als ich am nächsten Morgen aufstand und unter die Dusche ging, waren mir zwei Dinge klar: Ein Leben ohne den Zirkusplatz und meine Freunde konnte ich mir nicht mehr vorstellen. Außerdem hatte Coco recht: Arthur hatte viel für mich getan. Er hatte mir Mut gemacht, den Flic-Flac zu lernen, er hatte mir Hilfestellung gegeben, er hatte mir sogar seine Akrobatik-Karten geschenkt – all das einfach so, ohne jeden Hintergedanken! *Ich* dagegen hatte alles nur getan, weil ich glaubte, damit meinem Vater näherzukommen. Ich fühlte mich schäbig, und ich hätte mich nicht mehr im Spiegel angucken können, wenn ich Arthur jetzt im Stich gelassen hätte. Schließlich konnte er am allerwenigsten für Mamas Lügereien und den ganzen Schlamassel.
Nach dem Frühstück schrieb ich Mia und Coco eine SMS: *Wir haben keine Zeit zu verlieren, wenn wir den Platz retten wollen. Wo treffen wir uns?*
Zwei Minuten später brummte mein Handy: *Wir holen dich um drei ab. Mia und Coco.*

Das war gut, denn ich wusste nicht, ob ich allein den Mut aufgebracht hätte, zum Zirkusplatz aufzubrechen. Es war eine Sache, zu beschließen, dass ich weitermachen wollte. Aber wie sollte ich Arthur gegenübertreten?

»Der wird wahrscheinlich gar nichts dazu sagen. Wie immer halt«, versuchte mich Mia zu beruhigen, als wir die staubige Straße zum Zirkusplatz entlanggingen.

Coco nickte. »Denk doch nur mal an die Kamelsache.«

»Hat er denn zu irgendjemand anderem was gesagt?«, fragte ich ängstlich.

»Zu niemandem!« Mia hob die Finger zum Schwur. »Keiner weiß, was los war.«

»Sonst hätte Bohne das auch sicher gleich rausposaunt«, bestätigte Coco.

Trotzdem hämmerte mein Herz mit jedem Schritt heftiger, und ich tippte mindestens auf eine Fünf auf der Mercalli-Skala. Als wir das Stallgebäude erreichten, hatte das Beben in mir die Sechs erreicht, und ich war kurz davor, umzudrehen und wegzulaufen.

»Stopp!«, sagte ich. »Hat Arthur denn schon was zu dem Plan mit der Vorstellung gesagt?«

»Na ja, also …« Coco trat nervös von einem Bein auf das andere. »Nicht so ganz … Also, nur, dass wir die Sache vergessen können, wenn wir nicht in den nächsten zehn Tagen das Geld für die ganzen Anzahlungen auftreiben.«

»Aber das liegt nur daran, dass seine Medikamente noch nicht richtig wirken!«, warf Mia schnell ein. »Solange sieht er einfach alles schwarz. Hat der Arzt gesagt.«

»Ja, genau. Und vielleicht ist er ja heute schon viel besser drauf? Nun komm!« Coco marschierte wieder los und gab mir einen Stups.

Ich stemmte mich dagegen. »Halt! Warte noch mal kurz!«

Mia rollte mit den Augen. »Was denn noch?«

»Gab es seit dem Einbruch bei Arthur noch irgendeinen Anschlag?«

Mia schüttelte den Kopf. »Nee. Und jetzt beweg dich! Meine neunzigjährige Uroma kommt ja schneller von der Stelle.«

Sie hakte mich unter und zog mich einfach mit.

Als wir auf den Platz bogen, stand die Tür von Arthurs Wagen weit offen. Ich bekam einen monstermäßigen Schreck, als ich ihn gleich vorn am Herd einen Espresso kochen sah. Ungerührt schob mich Mia zur Verandatreppe, stellte mich vor der untersten Stufe ab und zerrte Coco mit sich fort.

Das stand ich nun und wusste nicht, was ich tun oder sagen sollte. Musste ich mich entschuldigen? Alles noch mal erklären? Ich fühlte mich grauenhaft!

»Möchtest du eine Holunderschorle?«, fragte Arthur da, ohne den Blick von der zerbeulten Kaffeekanne zu lösen.

»Ja … gern«, sagte ich.

»Komm rein.«

Ich stieg die Stufen hinauf, schlängelte mich hinter Arthur vorbei ins Wohnzimmer und drückte mich in die äußerste Ecke des Sofas. Ein neues Tischchen mit feinen Intarsien stand davor.

»Du hast neue Möbel«, sagte ich, als Arthur mit seiner Espressotasse und einem Glas Schorle hereinkam.

Ich strich über die Tischplatte, als wäre sie wahnsinnig interessant. Wahrscheinlich hätte ich auch eine chinesische Ge-

brauchsanweisung für Bohrmaschinen durchgeblättert, nur um nicht aufschauen zu müssen.
»Den hatte ich noch hinten im Stall.«
»Er ist schön.«
Arthur reichte mir das Glas und setzte sich in die andere Ecke des Sofas. Stumm tranken wir jeder ein paar Schlucke.
»Tom?«
Ich hob den Kopf und sah ihn flehend an. Ich konnte jetzt nicht mit ihm über diese Vater-Geschichte sprechen, das würde ich einfach nicht aushalten!
»Wir reden irgendwann später darüber. Wenn du willst.«
Ich nickte.
»Dann erkläre ich dir auch, warum das hier an dem Abend … mit mir hier im Wagen passiert ist.«
»Ja«, sagte ich und schaute immer noch auf den Tisch. Dann nahmen wir wieder jeder ein paar Schlucke und schwiegen.
Irgendwann sah Arthur auf und schaute mich an.
»Wollen wir ein paar Flic-Flacs springen?«

Wir stellten uns auf die Weichbodenmatte und machten da weiter, wo wir aufgehört hatten. Arthur forderte mehr Spannung und Kraft im Absprung, und ich strengte mich an und schwitzte. Alles war wie immer und trotzdem anders. Es würde sich nie mehr so anfühlen wie in den Momenten, als ich glaubte, wir wären Vater und Sohn. Jede Übung, jede Hilfestellung, jeder Blick hatte diesen wehmütigen Beigeschmack, und mit jedem Sprung nahm ich ein Stückchen Abschied von meinem Traum vom berühmten Artisten-Vater.
Von den anderen Artisten verlor keiner ein Wort darüber, wo

ich in den letzten drei Tagen gesteckt hatte. Es war so, als wäre ich einfach nur drei Tage krank gewesen oder verreist. Als ich über den Platz zu unserer Reunion bei den Bierbänken schlenderte, fiel mir auch keine große Veränderung auf. Dennoch war während meiner Abwesenheit einiges geschehen, und leider waren die Neuigkeiten keine guten:

Antoines Verwandte besaßen keine alten Plakate mehr, die sie uns kostenlos überlassen konnten. Wir brauchten 75 Bierbänke, was laut Bredoni 490,50 Euro kostete. Über den Leihpreis der Musikanlage mochte Crevette schon gar nicht mehr reden. Das Gradin wollte uns irgendein Zirkusdirektor aus alter Verbundenheit zu Arthur leihen, doch allein der Transport von Köln nach Hannover kostete ein Vermögen.

Ich schielte auf die Liste, die vor Herrn Bohne auf dem abgenutzten Holz lag. Selbst wenn ich nur das zusammenzählte, was wir innerhalb der nächsten Woche bezahlen mussten, kam ich auf 4073 Euro!

»Was machen denn die Sponsoren?«, fragte Crevette und sah zu Mia.

»Meine Mutter ist dran. Aber bis jetzt haben wir nur eine Keksfirma, die uns kostenlos Süßigkeiten stellen will. Die anderen haben sich noch nicht zurückgemeldet.«

»In drei Wochen soll die Premiere sein – was machen wir denn jetzt?«, jammerte Herr Bohne.

»Dann haben wir keine andere Wahl: Wir müssen zusammenlegen«, stellte Antoine fest. »Die Druckerei liefert uns nur Plakate, wenn wir bezahlen. Und wir müssen in den nächsten Tagen plakatieren, sonst können wir gleich einpacken.«

»Wenn jeder 100 Euro gibt, hätten wir 1100 Euro«, schlug Rose vor. »Also kommt, Leute, irgendwo hat doch jeder einen Notgroschen gespart, oder?«

Es herrschte betretenes Schweigen.

»Ich nicht«, flüsterte Coco. »Und ich kann auch niemanden fragen.«

»Vielleicht kann ich dir was von meinem Sparbuch borgen«, sagte Mia leise.

Bohne seufzte wieder. »Wir werden auch mit 1100 Euro nicht weit kommen!«

»Aber ohne kommen wir keinen Zentimeter weit«, hielt Crevette dagegen. »Also, ich bin dabei.«

Nun nickten auch die anderen zustimmend.

»Wo ist denn Arthur?«, flüsterte ich Coco zu.

»Der? Also, der kommt ja nie hierher, du kennst ihn doch …«

»Er war bis jetzt bei keiner einzigen Besprechung?!«, fragte ich fassungslos.

»Pscht!«, machte Mia. »Der Arzt hat gesagt, dass die Medikamente erst nach zehn Tagen wirken! Und dann wird er auch kommen.«

Ich wusste nicht, warum, aber ich war fest davon ausgegangen, dass Arthur in die Planung mit eingestiegen war. Sein Zusammenbruch war jetzt genau eine Woche her, da musste die Medizin doch wenigstens mal ein bisschen Wirkung zeigen!

»Leider habe ich auch noch eine schlechte Nachricht«, jammerte Herr Bredoni da. »Die Presse interessiert sich nicht die Bohne für uns. Ich telefoniere täglich die Zeitungen und Radiostationen ab, Fernsehen natürlich auch … Aber alle vertrösten mich nur oder sagen, wir sollen Anzeigen oder Werbespots schalten. Aber das kostet natürlich ein Vermögen.«

»Und wo wir gerade bei Problemen sind …« Rose zog einen Zettel aus der Hosentasche, auf dem sie den bisherigen Programmablauf notiert hatte. »Alle Nummern zusammen ergeben gerade mal eine Show von fünfzig Minuten.«
»Da ist ja nur eine Halbzeit!«, stöhnte Bohne.
»Wir brauchen dringend mehr Nummern«, jammerte Bredoni.
»Dann habe ich ausnahmsweise mal eine gute Nachricht«, versuchte Crevette, die Stimmung zu heben. »Eins von den Pferden, das gescheckte, ist ein ausgebildetes Jockeypferd. Heinz hat erzählt, dass die Stute bis vor drei Jahren für eine bulgarische Kosakentruppe gearbeitet hat.«
Ich warf Coco einen fragenden Blick zu.
»Bei einer Kosakennummer hangelt man sich im Galopp unter dem Pferd entlang oder springt von hinten auf«, erklärte er mir leise.
»Eine neue Nummer!«, rief Mia begeistert. »Das bedeutet fünf Minuten mehr Programm!«
»Mindestens«, stellte Herr Bohne fest. »Außerdem: Ein Zirkus ohne Pferde wäre kein richtiger Zirkus!«
»Wer soll denn diese Jockey-Nummer machen?«, fragte ich und musste grinsen, weil ich mir gerade vorstellte, wie Anastasja mit ihrem Krückstock auf ein galoppierendes Pferd sprang.
Crevette lächelte mich an. »Na, ihr natürlich!«
»Ballerina zu Pferd!«, jubelte Mia. »Das wollte ich schon immer mal ausprobieren.«
»Hey, nichts mit Ballerina. Wir nennen das bitte schön weiter Jockey-Nummer!«, protestierte Coco.
Mir war der Name total wumpe. Denn ganz egal, ob Ballerina zu Pferd, Kosaken- oder Jockey-Nummer – schon beim

Gedanken daran, auf so einem riesigen Gaul herumzuturnen, wurde mir ganz flau im Magen. Das Vieh war mindestens 1,80 Meter hoch! Keine zehn Minuten würde ich das überleben! Doch leider war ich der Letzte, der sich vor irgendwas drücken konnte, denn laut Plan trug ich bisher als Einziger noch keine Sekunde zu unserem Programm bei.

»Wir nehmen euch erst einmal an die Longe. Da kann gar nichts passieren.« Crevette klopfte mir aufmunternd auf die Schulter. »Du weißt doch: Ein guter Artist ist vielseitig, der muss alles können.«

»Ich dachte, er muss das Unmögliche wollen«, seufzte ich.

»Das auch«, sagte sie und zeigte grinsend ihre breite Zahnlücke. »Allez, wir legen sofort los!«

2. Kapitel

Während wir zum Rondell gingen, suchte ich fieberhaft nach einer guten Ausrede. Wie kam ich nur aus dieser Pferdenummer raus, ohne dass alle dachten, ich wäre faul oder bockig? Oder, noch schlimmer: feige! Bis auf Mama hatte noch nie jemand kapiert, dass meine Höhenangst nicht mit irgendeiner normalen Angst vergleichbar war. Ich wurde wirklich einfach ohnmächtig oder übergab mich, sobald ich mehr als einen Meter und zwanzig über dem Boden schwebte. Dagegen war ich völlig machtlos!

Zu meinem Unglück wirkte das Pferd in der Manege noch riesiger. Ich reichte ihm gerade mal bis zur Schulter. Crevette schnallte einen Gurt mit zwei Griffen um den dicken,

geschecktem Leib, dann stellte sie sich in die Mitte des Kreises, schnalzte und ließ das Vieh an einer langen Leine lostraben.
»Schön ruhig, Isabell«, lobte sie.
Kaum hatte Isabell in ein gleichmäßiges Tempo gefunden, kam Antoine in die Manege. Er nahm lässig Anlauf – und *schwups*, saß er auf dem Pferderücken.
»Passt auf, das sind die Grundübungen«, rief er. »Also: aufspringen und abspringen.« Leicht wie eine Feder landete Antoine wieder in den Sägespänen, stemmte sich kurz gegen die Laufrichtung des Pferdes und schien dadurch wie automatisch zurück auf Isabells Rücken zu fliegen.
»Hinknien … hinstellen … freihändig stehen … am Hals vorbei kopfüber hängen … und quer über dem Rücken liegen.« Mit nur einer Hand am Gurt baumelte er über dem Pferderücken, streckte einen Arm aus und ließ die Finger durch die Sägespäne schleifen. »Dabei kann man wunderbar etwas vom Boden aufheben.«
Mir wurde übel.
»Du, ich glaube, das ist nicht viel anders als Seiltanzen«, flüsterte Coco. »Man braucht bloß gutes Gleichgewicht und ein bisschen Mut.«
»Seiltanzen würde ich auch nie«, ächzte ich.
Im selben Moment rief Antoine: »Wer möchte zuerst?«
»Ich, ich, ich!«, bettelte Mia und rannte in die Manege.
Antoine band ihr einen Ledergürtel um die Taille, an dem ein langes Seil befestigt war, das über eine Rolle in der Zirkuskuppel lief. Das andere Ende wickelte er sich fest um die Hand. So konnte er jeden Sturz abfangen.

Crevette knallte kunstvoll mit der Peitsche, und Isabell trabte los. Gleich beim zweiten Versuch landete Mia auf dem breiten Pferderücken. Ohne mit der Wimper zu zucken, absolvierte sie jede Übung, die Antoine ihr auftrug. Es sah aus, als hätte sie ihr ganzes Leben lang nichts anderes getan!

»Sie hat Talent«, lobte Antoine, als Mia nach dreißig Runden wieder absprang.

»Sie hat vor allem eine gute Lehrerin und ist anständig ausgebildet«, entgegnete Crevette stolz. Dann rief sie laut: »Hoooohh«, und brachte das Pferd zum Stehen. »Wer möchte jetzt?«

Mein Atem raste. Mercalli-Skala sieben, dachte ich nur. Dachziegel fallen, Kamine stürzen ein. Wie kam ich nur aus dieser Nummer raus? Übelkeit, Fuß verstaucht, Pferdehaarallergie … Verdammt, das mit der Allergie hätte mir mal früher einfallen sollen. Zum Glück hob Coco in dem Moment den Arm.

»Ich würde gern!«

Während nun auch er alle Grundübungen abspulte – wenn auch weniger elegant als Mia –, spürte ich, wie sich vor meinen Augen von rechts und links eine Gardine zuzog. Ich kannte das. Gleich würde ich ohnmächtig werden. Wenigstens musste ich dann erst mal nichts erklären, tröstete ich mich und klammerte mich an eines der Podeste. Aber danach würden mich die Artisten sicher für unfähig halten. Ich hatte schließlich oft genug gehört, wie sie über Bohnes Lampenfieber lästerten. Weichei und Schlappschwanz waren da noch die harmlosesten Bezeichnungen. Dabei hatte Bohne ja noch nicht mal das Bewusstsein verloren!

In der Sekunde fiel mir die Rettung ein.

»Hey! Wer macht eigentlich was mit dem Kamel?«, brüllte ich so laut, dass das Pferd vor Schreck einen Schritt beiseite machte und Coco beinahe gefallen wäre.
»Tu das nie wieder!«, fuhr mich Antoine wütend an.
Ich nickte und ließ das Podest los.
»Macht irgendwer was mit dem Kamel?«, fragte ich noch mal, nur leiser.
Antoine und Crevette sahen sich an und zuckten mit den Schultern.
»Das ist meine Nummer!«, jubelte ich und stürmte aus dem Rundbau.

Noch an diesem Nachmittag zeigte mir Heinz alles, was Suleika konnte. »Sie ist schon im Cirque d'hiver und im Festbau von Krone aufgetreten«, berichtete er stolz und klopfte das Kamel liebevoll am Hals.
»Woher weißt du das alles?«, fragte ich erstaunt, doch darauf gab mir Heinz keine Antwort.
Egal, dachte ich, Hauptsache, ich muss nicht auf diesen Riesengaul. Und wenn ich jetzt bis zur Aufführung keine vernünftige Akrobatiknummer mehr zustande brachte, würde ich meine Flic-Flacs einfach mit der Kameldressur kombinieren. Das wäre doch auch was? Sindbad, schoss es mir durch den Kopf. Genau so hatte ich mich damals gefühlt, als ich das erste Mal mit dem Kamel durch die Hitze am Bahndamm gestapft war. Vielleicht war das ja mein Ding? Ich beschloss, gleich heute Abend meine alten Märchenbücher durchzublättern, um nach Vorlagen für ein Kostüm zu suchen.

Das war der erste Moment seit dem großen Tiefschlag in Arthurs Wagen, an dem ich mich wirklich auf etwas freuen konnte.

In den nächsten Tagen verbrachte ich jede freie Minute auf dem Zirkusplatz und fieberte dem ersten Ferientag entgegen, an dem wir uns endlich von morgens bis abends in die Proben stürzen konnten. Es gab unendlich viel zu tun, und wenn Coco, Mia und ich nicht gerade an unseren Nummern feilten, dann halfen wir den Artisten beim Bauen und Streichen der Requisiten. Ich war froh, so viel um die Ohren zu haben, denn so blieb mir keine Zeit, traurig oder wütend auf Mama zu sein. Ohne dass ich es geplant hatte, waren in letzter Zeit all unsere Skype-Versuche gescheitert. Aber nach allem, was passiert war, hatte ich ehrlich gesagt keine Idee, wie ich überhaupt mit ihr ein Gespräch anfangen sollte. Halbherzig las ich die Wochenberichte auf der Internetseite der *Nordlicht* und schickte ein paar unverfängliche Kommentare, wie »Cool, echte Eisbären!« oder so. Manchmal hängte ich auch ein Foto von mir, Coco und Mia in der Manege beim Training an. Das war ja jetzt kein Problem mehr. Es konnte Mama ja nicht stören, dass ich auf dem Zirkusplatz abhing. Schließlich wusste sie besser als jeder andere, dass Arthur nicht mein Vater war und ihr dämliches Geheimnis bei den Artisten nicht auffliegen konnte.

In dieser letzten Woche vor den Ferien schien es auch Arthur langsam besser zu gehen. Unsere Trainingseinheiten wurden wieder länger, und immer häufiger schlenderte er über den Platz und beobachtete die Artisten bei ihren Vorbereitungen.

Nervös machte mich nur, dass er immer noch unserer täglichen Reunion fernblieb. Niemand wusste, was das zu bedeuten hatte. Hing es wirklich nur mit den Medikamenten zusammen, oder hatte Arthur längst den Mut verloren?
Und es gab noch etwas, das die Anspannung in der Zirkuscrew zunehmend steigen ließ: Seit nunmehr einer Woche hatte es keinen neuen Anschlag gegeben. Eigentlich war das eine gute Nachricht, aber mit diesen Anschlägen war es wie mit einem Erdbeben: Man wusste mit ziemlicher Sicherheit, dass es früher oder später krachen würde, nur *wann* genau das Beben zuschlagen würde, konnte niemand vorhersagen. Klar war nur: Je mehr Zeit verstrich, desto stärker baute sich der Druck im Erdinnern auf und umso gewaltiger würden die Energieentladung und Zerstörungen sein. Wir gingen alle fest davon aus, dass das Rattengesicht längst alle Vorbereitungen für einen neuen Tiefschlag getroffen hatte.
Antoine hatte deshalb Nachtwachen organisiert, und mehrmals täglich wurden die Anker und Stahlseile der Zirkuskuppel untersucht. Jedes Requisit, das einen von uns hielt oder sicherte, wurde vor dem Training zusätzlich durchgecheckt. Entsprechend gereizt war die Stimmung.

Am Sonntag, genau neunzehn Tage vor der Premiere und drei Tage vor Ferienbeginn, tauchte aber ein Problem auf, das alle anderen kurzzeitig in den Schatten stellte: Unsere eingesammelten 1100 Euro waren aufgebraucht – und es hatte sich immer noch kein Sponsor gemeldet. Wir waren pleite, mussten aber dringend Anzahlungen leisten, damit wir weitermachen konnten.

Als ich zwischen meinem Akrobatiktraining und der Kameldressur eine kleine Pause hatte und über die Wiese schlenderte, entdeckte ich Arthur, der vorn in seinem Wagen am Küchentisch saß. Er hatte den Kopf in den Händen vergraben und hing mit krummem Rücken über der Tischplatte. Im ersten Moment fürchtete ich, er hätte einen Rückfall, doch dann sah er müde auf.

»Na?«, sagte ich und wartete, bis er mich hereinwinkte.

Ich setzte mich ihm gegenüber und warf einen Blick auf die Papiere, die vor ihm ausgebreitet lagen. Es waren die langen Zahlenkolonnen von Herrn Bohne.

»Die momentanen Kosten, Crevette hat sie mir eben vorbeigebracht.« Arthur zuckte ratlos mit den Schultern. »Wenn nicht irgendein Sponsor in den nächsten Tagen 5000 Euro zusagt, dann sehe ich schwarz.«

»Das klappt!« Ich bemühte mich um einen extraoptimistischen Gesichtsausdruck. »Mias Mutter ist mit ganz vielen Sponsoren in Kontakt. Ehrlich, es sieht gut aus.«

Doch das schien Arthur kein Stück aufzubauen – im Gegenteil. Er tippte missmutig auf die Liste und seufzte. »In der Kalkulation fehlen auch noch die Veranstaltungsversicherung und die zusätzlichen Wasserkosten durch den Toilettenwagen.«

»Wir schaffen das!« Ich gab mir allergrößte Mühe, Begeisterung und Zuversicht zu versprühen, doch Arthur hob nur zweifelnd eine Augenbraue, dann stand er auf und wischte gleichgültig die Blätter beiseite.

Niedergeschlagen verließ ich den Wagen. Wenn das so mit ihm weiterging, sah ich auch langsam schwarz. Selbst eine Reihe super gesprungener Flic-Flacs konnte meine Laune nicht heben. Und auch nicht, dass Suleika fehlerfrei die gesamte Nummer absolvierte. Nicht mal, dass Oma sich bereit erklärte, mit ihren neuen Freunden aus der Yoga-Gruppe die Werbezettel in der Stadt zu verteilen. Was nützte es schon, wenn alle arbeiteten und wir das tollste Programm der Welt zusammenstellten, aber kein Geld für eine Lichtanlage, Musikboxen oder Sitzbänke hatten?

An diesem Abend ging ich mit einem beklemmenden Gefühl ins Bett. Es ähnelte diesem Schauder, der mich immer befiel, wenn ich zu nah an ein Brückengeländer trat. Ich rechnete schon mit dem Schlimmsten, doch dann machte ich am nächsten Morgen eine sensationelle Entdeckung.

3. Kapitel

Auf den ersten Blick wirkte er ganz unscheinbar: ein einfacher weißer Briefumschlag mit einem aufgedruckten Sparkassenzeichen. Ich hätte ihn vielleicht gar nicht bemerkt, wenn Oma an diesem Morgen nicht so in Hektik gewesen wäre. Sie flatterte wie ein aufgeschrecktes Huhn durch die Küche und sortierte Stapel von Plakaten und Handzetteln um, weil zwei Frauen aus ihrem Organisationsteam spontan abgesagt hatten.

»So ein Mist, jetzt muss ich alle Bezirke neu aufteilen«, fluchte sie. »Machst du dir heute bitte einfach ein Müsli?«

Ich öffnete die Tür des Küchenschranks, um das Müsliglas herauszunehmen, und in dem Moment fiel mein Blick auf den Umschlag. Wahrscheinlich wäre er mir auch da noch nicht aufgefallen, wenn er nicht zufällig offen herumgelegen und seinen Inhalt preisgegeben hätte: einen dicken Stapel blitzblanker 500-Euro-Scheine! Mir stockte der Atem. So viel Geld auf einem Haufen hatte ich noch nie gesehen. Das waren mindestens 10 000 Euro! Ich hatte nicht gewusst, dass Oma so viel Geld gespart hatte.

Aber wieso lag dieser Berg Scheine einfach so in der Küche herum? So eine Menge gab man ja nicht mal eben beim Shoppen aus! Sehnsüchtig dachte ich daran, was wir damit alles bezahlen könnten … Scheinwerfer, Musikboxen – einfach alles, was wir für die Zirkuspremiere brauchten. Moment, schoss es mir da durch den Kopf. Hatte Oma das Geld etwa für uns bereitgelegt? Weil ich ihr jeden Tag vorjammerte, dass wir ohne einen Sponsor bald das Chapiteau-Dach zusammenfalten könnten?! Ich konnte es kaum glauben … Aber gleichzeitig war es die einzige logische Erklärung, warum ausgerechnet jetzt ein paar Tausend Euro in unserer Küche rumflogen!

Ich drehte mich zu Oma und öffnete den Mund, doch da stand sie schon in der Tür und sagte: »Ich muss los! Bis nachher!«

»Wir gehen nach der Schule zu Mia!«, rief ich noch, dann war sie weg. Sehnsüchtig strich ich über die Geldscheine, die unsere Rettung sein konnten.

Nach der sechsten Stunde holte uns Mias Mutter von der Schule ab und lud uns zum Mittagessen in eine Pizzeria ein. »Zur Feier des Tages«, erklärte sie. »Nur noch zweimal schlafen, dann sind große Ferien!«

Sie wollte wohl eher den Schock der schlechten Nachrichten abmildern, denn nachdem wir die Hälfte unserer Margaritas verdrückt hatten, gestand sie, dass mittlerweile fast alle Sponsorenanfragen abgelehnt worden waren. Bloß eine einzige Antwort stand noch aus.

»Könntet ihr nicht einspringen, Mama?«, fragte Mia. »Nur für kurze Zeit?«

Ihre Mutter seufzte. »Schätzchen, das würden wir gern, aber im nächsten Monat wird unser Dach neu gedeckt. Wir wissen noch gar nicht genau, was da für Kosten auf uns zukommen.«

Coco knabberte unglücklich an einem Stück Pizzarand. »Na ja, noch besteht ja Hoffnung, dass der Letzte zusagt.«

In meinem Bauch kribbelte es, als hätte ich zehn Tüten Brausepulver auf einmal in mich reingeschüttet. Zu gern hätte ich meinen Freunden jetzt verraten, was ich am Morgen auf dem Küchenschrank entdeckt hatte! Aber das konnte ich natürlich nicht ohne Omas absolut sichere Zusage. Und die gab es nun mal nicht vor heute Abend. Also mussten meine Freunde leider noch ein bisschen auf die erlösende Super-Glücksbotschaft warten.

»Ich weiß gar nicht, wie du so entspannt sein kannst!«, schimpfte Coco, als ich mit einem genießerischen »Mmmmmh« in meine Pizza biss.

»Ach«, winkte ich lässig ab, »Oma sagt immer: Wenn du glaubst, es geht nicht mehr, kommt von irgendwo ein Lichtlein her.«

Mia seufzte. »Und meine Oma sagt immer: Wenn schon Kacke, dann mit Karacho!«

Mias Mutter verdrehte die Augen, und ich prustete los.

»Haha, ich weiß gar nicht, was daran so komisch ist«, maulte Coco, während ich mich vor Lachen nicht mehr einkriegte.

Meine Spitzenlaune wurde erst erschüttert, als Arthur an diesem Nachmittag ins Rondell kam und nicht zu den blauen Matten ging, sondern zu einem der Hauptmasten. Er band das lange Vertikalseil los und zeigte nach oben zur Kuppel.

»Du brauchst mehr Kraft. Ab jetzt kletterst du jeden Tag fünfmal hoch und runter. Noch darfst du die Füße zu Hilfe nehmen, aber bald musst du allein mit der Kraft deiner Arme unters Zeltdach kommen. Hopp!« Er hielt mir das Seil entgegen.

Ich schaute nach oben, und meine Knie begannen zu zittern. War ich von einer bösen Fee verflucht?! Oder warum sollte ich ständig in die Höhe? Gerade erst hatte ich mich doch aus dieser Kosaken-Nummer rausgerettet! Kalter Schweiß rann mir den Nacken herunter. Ich konnte unmöglich vor Arthur aus den Latschen kippen! Wie sollte ich ihn dann jemals überzeugen, um den Zirkusplatz zu kämpfen?! Wenn ich hier gleich platt wie eine Flunder in den Sägespänen lag – oder gar nicht erst den Versuch startete, das Seil hochzuklettern?

Um Zeit zu gewinnen, fragte ich: »Kannst du mir vielleicht erst noch zeigen, wie du das mit den Füßen meinst? Also, wie ich mir damit helfen soll?!«

Arthur sah mich einen Moment lang an, dann nahm er mir das Tau wieder aus der Hand.

»Vielleicht war das doch keine gute Idee.« Er drehte sich um und zog das niedrig hängende Trapez heran. »Ich zeig dir eine andere Übung.«

Das war fast genauso schockierend wie die Aufforderung, unter die Zirkuskuppel zu klettern. Arthur hatte mir noch nie etwas durchgehen lassen! Normalerweise existierte bei

ihm nicht mal das Wort *aufgeben*! Immer hatte er Härte gefordert – warum plötzlich nicht mehr? Weil er selbst aufgegeben hatte? Mir wurde eiskalt. Arthur wollte hinschmeißen! Das mussten wir verhindern, bevor die Artisten auch nur eine Ahnung davon bekamen! Wenn Arthur die Segel strich, würden alle anderen auch kapitulieren. Wir brauchten sofort eine gute Nachricht, eine, die Mut machte und alle darin bestärkte, weiterzukämpfen! Gleich nach dem Training drängte ich Mia, ihre Mutter anzurufen, um zu fragen, ob sich der Sponsor gemeldet hätte. Ich selbst versuchte, Oma zu erreichen. Doch egal, wie lange ich klingeln ließ, Oma nahm nicht ab! Verzweifelt schickte ich eine SMS, dass sie mich sofort zurückrufen sollte, aber auch darauf erhielt ich keine Antwort.
Da rief Antoine auch schon zur täglichen Reunion. Angespannt wie eine Seiltanzfeder, setzte ich mich zwischen Coco und Mia ans Ende der Biertische. Herr Bohne faltete umständlich einen Zettel auseinander und verlas, wie viel wir bereits ausgegeben hatten. In den letzten vierundzwanzig Stunden war die Liste der Kosten noch einmal gewachsen. Während die Artisten hilflos beratschlagten, worauf man am ehesten verzichten könnte, zeigte uns Mia eine Nachricht ihrer Mutter: Auch der letzte Sponsor hatte abgesagt.
»Wie bringen wir ihnen das jetzt bei?«, flüsterte Coco mit erstickter Stimme.
Mia zuckte mit den Schultern und biss die Zähne aufeinander. Wahrscheinlich hatte sie Angst, sonst loszuheulen.
Im selben Moment trat Arthur zwischen den Wagen hervor und baute sich am anderen Ende der Tische auf. Schlagartig

wurde es still. Arthur presste seine Handflächen vor der Brust zusammen, dann räusperte er sich und schaute auf.
Ich wusste, was jetzt kommen würde. Doch bevor Arthur unseren Zirkustraum für gescheitert erklären konnte, richtete ich mich auf und rief: »Wir haben einen Geldgeber!«
Arthur sah mich fassungslos an. Die Artisten rissen die Köpfe herum, und Mia und Coco entglitten die Gesichtszüge.
»Wirklich!«, bekräftigte ich noch einmal, denn ich sah den großen Zweifel in Arthurs Augen. »Wir haben jemanden, der uns genug Geld leihen würde, damit wir alles erst einmal bezahlen können.«
»Das ist ja phantastisch!«, jubelte Rose und drückte Antoine einen Kuss auf den Mund – was alle anderen mindestens genauso verblüffte wie Antoine!
»Ein Geldgeber!«, hauchte Herr Bohne und sackte erleichtert in sich zusammen, während Bredoni begeistert seine kurzen, dicken Ärmchen in die Luft reckte.
»Und wann könnten wir das Geld bekommen?«, fragte Crevette.
Ich zuckte mit den Schultern. »Das geht sofort, glaube ich.«
»Freitag müssen wir den Laster bezahlen, um das Gradin zu holen«, sagte Antoine.
»Das dürfte kein Problem sein.«
Dann sah ich gespannt zu Arthur.
Reglos stand er am anderen Ende des Tisches. Es war unmöglich zu erahnen, was ihm gerade durch den Kopf ging. Bedeutete sein Zögern etwas Gutes oder etwas Schlechtes?
»Also dann«, sagte Arthur da und setzte sich an den Tisch. »Was für eine Aufgabe habt ihr mir zugedacht?«

Es war, als hätte jemand ein Feuer entfacht. Nicht dass wir vorher halbherzig bei der Sache gewesen wären, aber mit einem Mal waren alle Zweifel verschwunden. Jeder hatte noch eine Idee, wie wir unsere Show verbessern konnten. Arthur hörte sich alles ganz in Ruhe an, hakte nach und machte einen genialen Vorschlag nach dem anderen. Die Artisten schnatterten wild durcheinander. Nur Mia und Coco hatte es noch immer komplett die Sprache verschlagen.
Als Arthur die Reunion aufhob und sich alle an die Arbeit machten, zog Mia mich mit einer heftigen Bewegung hinter die Wagen.
»Woher hast du plötzlich das Geld?«, zischte sie.
»Und wieso hast du uns nichts gesagt!« Coco klang wirklich wütend.
»Ich weiß es doch auch erst seit heute Morgen!«, erklärte ich und berichtete ihnen von dem Brief mit den Geldscheinen auf Omas Küchenschrank.
»Du hast sie noch gar nicht gefragt, ob das Geld für den Zirkus ist?!«, krächzte Coco und wurde ganz blass um die Nase. »Und wenn sie es für was anderes braucht? Für ein neues Dach, wie Mias Eltern?«
»Omas Dach ist völlig in Ordnung!«, versuchte ich, ihn zu beruhigen, obwohl mir nun auch ein bisschen mulmig zumute war. »Sie wird uns bestimmt nicht hängen lassen. Außerdem soll sie uns das Geld ja nur leihen und nicht etwa schenken!«
Coco sah mich skeptisch an, und selbst Mia, die sonst vor nichts zurückschreckte, schien ziemlich beunruhigt.
»Entspannt euch, Leute. Ich klär das nachher mit Oma, und

dann läuft das schon. Ganz sicher.« Doch so lässig, wie ich geklungen hatte, war ich jetzt leider überhaupt nicht mehr.

4. Kapitel

Am nächsten Morgen erwartete mich Coco schon am Schultor.
»Und?! Was hat deine Oma gesagt?«
»Sie war gestern mit ihren Yoga-Freundinnen essen. Als sie zurückkam, habe ich schon geschlafen.« Ich ging einfach im Strom der Schüler weiter. Das Letzte, was ich jetzt gebrauchen konnte, war Cocos Panikmache.
Er rannte mir nach. »Und heute Morgen?!«
»Hing sie am Telefon, um die Plakatierung in der Region zu organisieren.«
Coco sah mich fassungslos an. »Das ist nicht dein Ernst!«
»Wo ist dein Problem? Es ist doch völlig egal, ob ich das heute Morgen oder heute Abend mit ihr bespreche!«
Ich drehte mich um und marschierte Richtung Kunsträume. Ich wusste ja selbst, wie kacke es war, dass ich das immer noch nicht geklärt hatte! Aber ich hatte wirklich hundert Anläufe gemacht, mit Oma zu reden. Doch eins hatte ich mittlerweile gelernt: Wenn jemand gereizt und in Hektik war, dann hielt man besser den Mund. Da kam nie was Gutes raus!
Coco schien das anscheinend nicht zu wissen. Denn auch später beim Warmmachen im Rundbau konnte er seine Klappe nicht halten, obwohl ich ganz genau gesehen hatte, dass Mia ihm einen warnenden Blick zugeworfen hatte.
»Ich finde das überhaupt nicht gut!«, schimpfte er. »Was tust

du, wenn sie jetzt doch Nein sagt? Dann hast du allen Hoffnung gemacht und …«

»Wenn ich nichts gesagt hätte, wäre es sowieso vorbei gewesen!«, schnitt ich ihm das Wort ab. »Außerdem kannst du mal ganz still sein: Du hast noch gar nichts besorgt!«

»Dafür kann ich nichts!«, fuhr mich Coco an.

»Aber dann meckere wenigstens nicht rum! Was hast du überhaupt für eine bescheuerte Laune?«

»Morgen ist der letzte Schultag – schon vergessen?!«

»Ja, und?«, fragte ich verständnislos. »Das ist doch super! Endlich Ferien! Dann können wir von morgens bis abends trainieren!«

»Aber vor der Zeugnisvergabe ist noch das große Fußballturnier der fünften Klassen! Mein Vater hat mir heute Morgen verkündet, dass er sich extra freigenommen hat, um mir zuzuschauen! Er will unbedingt, dass wir die 5e schlagen – in die Klasse geht nämlich der Sohn von seinem Kollegen.«

»Häh?«, sagte Mia. »Stellen dich die Jungs überhaupt auf? Du warst doch nie beim Training!«

Coco zuckte unglücklich mit den Schultern.

»Keine Ahnung. Ehrlich gesagt weiß ich auch nicht, was schlimmer ist: wenn ich nicht eingesetzt werde oder wenn ich wie ein Idiot auf dem Spielfeld stehe. Ich hab seit Wochen nicht gegen 'nen Ball getreten. Das merkt mein Vater sofort!«

»Ach du Kacke!«, entfuhr es Mia. »Und was willst du jetzt machen?«

Coco zuckte unglücklich mit den Schultern. So verzweifelt hatte ich ihn noch nie gesehen.

»Kannst du nicht irgendeine Verletzung vortäuschen?«, fragte ich. »So was wie einen verknacksten Fuß?«
»Ja, los! Humple mal!« Mia gab Coco einen Schubs.
Coco atmete tief durch und humpelte durch die Manege. Es sah ein bisschen so aus, als würde Lulu versuchen, Stepptanz zu machen – aber nicht wie eine schmerzhafte Verletzung.
»Es gibt da einen einfachen Trick«, meldete sich da Herr Bohne zu Wort und sprang vom Seil. »Du musst dir einen spitzen Stein in den Schuh legen. Wenn es wirklich wehtut, humpelst du von ganz allein und vergisst es nicht zwischendurch. Das glaubt dir jeder!«
Mit offenem Mund starrten wir Herrn Bohne an.
Er errötete. »Kinder, wenn ihr wüsstet, was ich alles getan habe, nur um nicht auftreten zu müssen … Das ist noch das Harmloseste!«
»Der Trick ist super. Genau so machst du das!«, befahl Mia. »Wir bringen dich heute nach dem Training nach Hause und sagen, dass du beim Fußball umgeknickt bist.«
»Aber meine Mutter schleppt mich bestimmt zum Arzt. Oder sie guckt sich den Fuß selbst an. Und wenn der ganz normal aussieht, flieg ich doch erst recht auf!«
Mia drehte sich zu Herrn Bohne.
»Sie haben doch bestimmt noch einen Tipp für uns, oder?«
»Es gibt da eine wärmende Salbe gegen Muskelverspannungen und Gelenkschmerzen«, flüsterte Bohne. »Davon wird die Haut feuerrot, und manchmal schwillt sie auch ein bisschen an. Ihr kriegt sie in jeder Apotheke.«
Mia klopfte Coco beruhigend auf die Schulter.
»Siehste. Die besorgen wir sofort nach dem Training!«

Als wir nach dreißig Flic-Flacs, zweiundvierzig Läufen über das Drahtseil und zehn kompletten Durchgängen der Trapeznummer den Rundbau verließen, tapezierten die Artisten gerade die nächsten hundert Plakatwände. Wir hüpften zwischen den klebrigen Presspappen hindurch zur staubigen Straße, als Crevette uns plötzlich nachrief: »Hey, wo wollt ihr hin? Ihr habt noch gar nicht mit Isabell geübt!«
»Wir müssen nur kurz ins Einkaufszentrum«, antwortete Mia.
»Oh, prima! Könnt ihr mir was mitbringen?« Crevette kramte in ihrer Hosentasche nach Geld. »Ich brauche nur zwei Meerschweinchen oder Ratten aus der Zoohandlung.«
»Für welche Nummer denn?«, fragte ich.
Crevette reichte Mia einen Schein.
»Für gar keine. Nur als Schlangenfutter. Das ist total lieb von euch, danke!«
Mir klappte der Kiefer runter. »Wir kaufen doch nicht Tiere, um sie dann …«
»Das ist ja barbarisch!«, krächzte Coco.
Nur Mia blieb ganz cool. »Du hast doch vorhin ein Wurstbrot gegessen – meinst du, das ist besser? Und jetzt kommt! Das Training mit Isabell steht noch auf dem Programm, und Tom muss rechtzeitig zu Hause sein, damit er endlich mit seiner Oma reden kann!«

Nachdem wir in der Apotheke die Salbe gekauft und Coco einen Klecks zum Test auf den Arm geschmiert hatten, liefen wir weiter zur Zoohandlung. Ratlos standen wir vor den unzähligen Glaskästen mit Meerschweinchen, Mäusen und Ratten. Schließlich deutete Mia auf ein orangefarbenes Schild.

»Teddyratten gibt es im Angebot.«
»Nein!«, schrie Coco so laut, dass die Frau hinter uns vor Schreck einen Sack Vogelsand fallen ließ. »Mein Bruder hatte mal eine Teddyratte – das geht auf gar keinen Fall. Das mache ich nicht! Niemals!«
Mia zuckte mit den Schultern und drehte sich zu dem Kasten mit den kleinen Mäusen, die fröhlich zwischen ihren Häuschen hin und her flitzten.
Ich schluckte. »Die sehen so … lebendig aus.«
Plötzlich hellte sich Cocos Miene auf.
»Hey! Die Eulen im Zoo, die bekommen auch Mäuse, aber tote aus der Tiefkühltruhe! Das hat der Pfleger bei einer Führung erzählt. Wollen wir nicht mal fragen, ob die hier auch tiefgefrorene haben?«
Mia legte Coco beide Hände auf die Schultern und sah ihn mitleidig an.
»Coco, nur weil die jetzt tiefgefroren in irgendeiner Truhe liegen, haben die vorher ja trotzdem mal gelebt. Wo ist denn da der Unterschied?«
Ich nickte. »Und soweit ich weiß, fressen Schlangen keine toten Tiere. Willst du vielleicht mit einer Tiefkühlmaus im Schlangenterrarium herumwedeln, bis die Python zuschnappt? Ich nicht.«
»Eben.« Mia setzte wieder ihre energische Miene auf. »Also: Wer muss dran glauben?«
»Mir wird schlecht!«, presste Coco hervor und rannte Richtung Ausgang.
Am liebsten wäre ich hinterhergelaufen, doch Mia hielt mich am Arm fest.

»Wenn wir jetzt kein Tier kaufen, verhungern die Schlangen. Das ist auch nicht schön!«
»Genau. So müssen wir das sehen«, versuchte ich, mich selbst zu überzeugen. »Entweder die Schlangen oder zwei Ratten … So ist das nun mal.«
»Also doch Ratten«, sagte Mia erleichtert, als hätte ich jetzt die Entscheidung getroffen. Bevor ich Luft holen und den armen Teddyratten vielleicht doch noch das Leben retten konnte, winkte sie schon energisch einem Verkäufer. »Können Sie uns bitte helfen?«
Der Mann kam betont fröhlich mit großen Schritten auf uns zu.
»Was darf's denn sein?«
»Wir hätten gern zwei von den Ratten«, sagte Mia.
»Männchen, Weibchen? Eine weiße oder vielleicht so eine süße haselnussbraune?«
Mia zog die Schultern hoch und sah den Verkäufer schief an.
»Keine Ahnung. Ich glaube, die schmecken alle gleich, oder?«

So schnell wie möglich rasten wir zum Platz zurück und drückten Crevette die Pappschachtel mit den Ratten in die Hand. Dann prüften wir Cocos Arm. Der Punkt, auf den wir die Salbe geschmiert hatten, glühte jetzt knallrot. Also balsamierten wir seinen ganzen Fuß ein, bis er kochend heiß wurde. Nach dem Training mit Isabell und Suleika packten wir Coco noch einen spitzen Stein in den Schuh und brachten ihn nach Hause.
Kurz bevor wir in die Auffahrt bogen, kniff Mia ihn noch einmal fest in den Arm.
»Au!«, quietschte Coco auf.

»Gut«, stellte Mia fest. »Genau so ein schmerzverzerrtes Gesicht musst du machen.«
Dann drückte sie die Klingel und tischte Cocos Mutter eine unglaubliche Lügengeschichte davon auf, wie Coco sich beim Fußball den Knöchel verknackst hatte.
»Jetzt kann ich morgen gar nicht beim Turnier mitspielen«, jammerte Coco.
»Du bist aber auch ein Pechvogel! Ausgerechnet jetzt!«, tröstete seine Mutter und nahm ihn mitfühlend in den Arm.
Coco zwinkerte uns heimlich zu und humpelte dann mit gesenktem Kopf ins Haus.
Kaum war die Tür ins Schloss gefallen, boxte mir Mia begeistert gegen den Arm. »Das lief doch wie am Schnürchen! Jetzt musst du nur noch das Geld von deiner Oma klarmachen, und alles ist in Butter!«
Ich nickte und hatte jetzt wirklich ein gutes Gefühl. Bisher war an diesem Tag alles gut gegangen. Da würde doch auf den letzten Metern nichts mehr schieflaufen. Dachte ich.

5. Kapitel

Als ich zu Hause den Schlüssel ins Schloss steckte, hörte ich Oma fröhlich pfeifen. Na bitte! Das waren doch die besten Voraussetzungen. Selbst wenn Oma das Geld für irgendetwas anderes eingeplant hatte, würde sie mir mit dieser Superlaune doch nicht den Wunsch abschlagen, dem Zirkus etwas zu borgen. Außerdem war es ja auch nur für kurze Zeit – und zur Not reichte auch die Hälfte des Geldes!

»Da bist du ja endlich!« Oma kam mit leuchtenden Augen die Treppe heruntergeeilt. »Und? Ist dir etwas aufgefallen?«
Ich musterte erst Oma und dann den Hausflur – aber alles sah aus wie immer.
»Nein … Wieso?«
»Nicht hier! Draußen«, drängelte Oma. »Ach, Tom, du merkst aber auch gar nichts! Los, schließ mal die Augen!«
Das tat ich, und Oma drehte mich um und führte mich wieder aus dem Haus zurück in den Vorgarten.
Dort befahl sie: »Jetzt gucken!«
Ich schlug die Augen auf und sah mich um. Doch auch hier fiel mir keine Veränderung auf: dieselben Blumen, das weiße Gartentor, die parkenden Autos … Alles war wie immer.
»Auf der Straße!«, half Oma nach.
Ich hatte wirklich keinen Plan, was sie von mir wollte. Da stand der dunkelblaue Kombi der Familie von gegenüber, das gelbe Motorrad vom Nachbarn links und ein knallrotes, schnittiges Cabrio. Das hatte ich hier allerdings noch nie gesehen. Ich drehte mich zu Oma.
»Da steht ein Auto, das hier sonst nicht steht … Und?«
Oma grinste von einem Ohr zum anderen. »*Unser* Auto!« Sie klimperte mit dem Schlüssel und schob mich zu dem roten Flitzer. »Kleine Probefahrt gefällig?« Sie öffnete die Beifahrertür und drückte mich auf den Sitz.
Benommen sackte ich in das schwarze Leder.
»Weißt du, ich hatte noch ein Sparbuch für schlechte Zeiten«, erzählte Oma unbekümmert, während sie um den Wagen herumrannte und sich ans Steuer setzte. »Das habe ich leer geräumt und mir diesen Traum erfüllt.«

Ich musste Omas letzte Sätze noch zweimal leise wiederholen, bis mir wirklich klar wurde, was das bedeutete … Das Geld aus dem Umschlag war für das Auto bestimmt gewesen! Und jetzt war alles ausgegeben!
Nach der Sache mit Arthur hatte ich geglaubt, mich könnte nichts mehr umhauen. Doch da hatte ich mich gewaltig geirrt! Das hier war vielleicht keine Zwölf auf der Mercalli-Skala, aber es fehlte nicht viel. Ich tippte auf Zehn: vernichtend.
Oma ließ den Motor aufheulen und startete mit quietschenden Reifen. Schwungvoll steuerte sie durch die kleinen Gassen, nahm rasant die Auffahrt zur Schnellstraße und gab Gas. Meine Haare flatterten im Wind. Und während Oma lässig Kleinwagen und Laster abhängte und sich begeistert ein Kopf-an-Kopf-Rennen mit einem Porsche lieferte, betete ich, dass das nur ein schlechter Traum war, aus dem ich jeden Moment erwachen würde. Ich hatte keine Ahnung, wie es jetzt weitergehen sollte. Wie sollte ich das Geld auftreiben, das ich Arthur und den anderen versprochen hatte?

6. Kapitel

»Schöne Kamelkacke«, seufzte Mia, als ich am nächsten Morgen alles beichtete. Wir standen am Spielfeldrand, eingequetscht in einer Horde grölender Schüler, die ihre Klassen beim großen Fußballturnier anfeuerten.
»Das Ganze war von Anfang an eine bescheuerte Idee!«, schimpfte Coco und schwenkte halbherzig sein Fähnchen mit

der Aufschrift: *5 a vor – noch ein Tor!* »Warum erzählst du auch einfach so, dass du einen Geldgeber hast?!«

»Und was machen wir jetzt?« Mia hob die Arme und jubelte einfach mit, ohne zu merken, dass gerade die gegnerische Klasse den Ball erobert hatte.

Ich zuckte mit den Schultern.

»Mensch, Tom! In zwei Tagen müssen wir den Lkw und den Stromanschluss zahlen. Wenn wir bis dahin keine Lösung haben, war's das!«

»Vielleicht fällt uns ja noch was ein?«, murmelte ich kleinlaut.

»Na klar!« Coco rollte genervt mit den Augen. »Vielleicht regnet es bis dahin Bonbons? Oder Euroscheine wachsen an Bäumen?« Seine letzten Worte gingen in lautstarken Fangesängen unter, denn Cocos und Mias Klasse hatte in der Nachspielzeit einen Strafstoß verwandelt, und damit stand der Gewinner des Schulpokals fest. Um uns herum flippten alle aus, pfiffen und jubelten, während wir mit hängenden Schultern einfach nur so dastanden.

Schweigend verfolgten wir die Siegerehrung, dann stapften wir in die Klassenräume, um unsere Zeugnisse abzuholen. Mit unseren Noten konnten wir alle drei wirklich zufrieden sein, aber keiner von uns konnte sich richtig darüber freuen. Doch noch schlimmer als Cocos und Mias Vorwürfe war, dass Arthur und die Artisten seit meiner großspurigen Ankündigung so glücklich und voller Tatendrang waren.

Mir wurde ganz übel, als ich am Nachmittag auf den Platz kam und sah, wie an jeder Ecke gestrichen, gehämmert, gesägt, Feuer gespuckt, Keulen durch die Luft gewirbelt, Musik gespielt und Kostüme probiert wurden. Alle waren mit Feuereifer dabei. Wie sollte ich ihnen jetzt nur erklären, dass das alles nichts nützte, weil wir ganz einfach pleite waren?

»Ist Coco noch nicht da?«, fragte Mia, als sie etwas verspätet in den Rundbau stürmte.

Ich schüttelte den Kopf.

»Merkwürdig«, sagte sie. »Wir wollten doch jetzt mit Crevette und Antoine die Reihenfolge der Jockey-Nummer festlegen.«

»Vielleicht glaubt er, dass das sowieso nichts mehr wird?«

»Jetzt hör auf, zu jammern!«, fuhr Mia mich an. »Ich will das nicht hören! Denk lieber nach, wie du das wieder geradebiegst.«

»Was meinst du, was ich die ganze Zeit tue?!«, fauchte ich zurück.

»Tut mir leid«, seufzte Mia. »Am besten konzentrieren wir uns erst einmal auf unsere Nummern und überlegen nachher weiter.«

Das hätte ich wirklich gern getan, doch Coco erschien auch in der nächsten Viertelstunde nicht. Das war echt komisch. Auch, dass sein Handy ausgeschaltet war und er uns keine Nachricht hinterlassen hatte …

Crevette, die Isabell in der Manege warmlaufen ließ, wurde langsam ungeduldig. »Hoffentlich ist die Sache mit dem verknacksten Fuß nicht aufgeflogen«, stöhnte ich.

Mia nickte besorgt. Dann zog sie entschlossen ihr Handy aus der Tasche. »Ich rufe jetzt bei Coco zu Hause an.«

Sie wählte und drückte die Lautsprechertaste, sodass ich mithören konnte. Nach dem vierten Klingeln hob Cocos Mutter ab.

»Ach, das tut mir leid«, sagte sie. »Coco ist mit seinem Bruder auf dem Fußballplatz. Er konnte ja heute schon beim Turnier nicht mitspielen, darum hat er sich wohl von Felix überreden lassen, für ihn und seine Freunde Schiedsrichter zu sein, um wenigstens etwas Fußballluft zu schnuppern.«

»Was?«, fragte Mia verwirrt. Denn *Fußballspielen* hieß normalerweise ja, dass Coco beim Zirkus war. Aber natürlich ohne seinen kleinen Bruder! War Coco diesmal tatsächlich auf dem Bolzplatz? Ohne uns Bescheid zu sagen?!

»Okay, na dann ... Danke, ich melde mich später noch mal, tschüs!«, beendete Mia das Gespräch, bevor Cocos Mutter noch Verdacht schöpfte.

Wir setzten uns auf die rot-goldenen Podeste und rätselten, was das zu bedeuten hatte.

Antoine wurde langsam richtig ärgerlich. »Wir fangen jetzt an! Wer nicht pünktlich zur Probe erscheint, hat Pech gehabt.«

»Ich kann ja schon anfangen!«, rief Mia und kletterte in die Manege.

Im selben Moment flog die Tür des Rundbaus auf, und Coco stapfte herein.

Mia stemmte wütend die Arme in die Seite. »Mann! Wo warst du?! Wir haben uns Sorgen gemacht!«

»Aber jetzt ist ja alles gut!«, stieß ich erleichtert aus.

»Gar nichts ist gut. Ich werde erpresst!« Coco zeigte mit dem Daumen über die Schulter.

Erst jetzt bemerkten wir hinter Coco, selbstzufrieden und mit breitem Grinsen: Felix. Während Coco eilig in seine Trainingshose schlüpfte, berichtete er, dass sein Bruder ihn am Tag zuvor heimlich mit zwei Freunden verfolgt und dabei gesehen hatte, wie er an der Bahnstation zum Zirkusplatz ausgestiegen war. »Heute nach dem Mittagessen hat er mich vor die Wahl gestellt: Entweder ich nehme ihn mit, oder er sagt Mama und Papa alles.«

»So ein fieser, kleiner Erpresser!«, schimpfte Mia und warf Felix einen bösen Blick zu.

Coco zuckte hilflos mit den Schultern.

»Was soll ich jetzt tun? Wenn er mich verrät, kann ich einpacken.«

»Und was will dieser Giftzwerg den ganzen Tag hier machen?«, fragte Mia.

»Keine Ahnung. Uns nerven. Das kann er ja besonders gut.« Coco drehte sich zu seinem kleinen Bruder. »Hey, Felix – was willst du hier eigentlich?«

Erstaunlich selbstsicher für so einen kleinen, moppeligen Kerl, kam Felix herangeschlendert.

»Du solltest lieber nett zu mir sein. Sonst erzähl ich Mama alles.«

»Du solltest lieber nett zu *uns* sein. Sonst steck ich dich in den Affenkäfig«, sagte Mia. Felix streckte ihr beleidigt die Zunge raus.

Mia holte tief Luft, doch dann besann sie sich eines Besseren und raunte Coco zu: »Wir müssen den irgendwie bei Laune halten. Wenn er dich verpetzt, haben wir ein echtes Problem – und zwar für alle Zeiten.«

Ratlos sahen wir uns an. Und diesmal kam mir ausnahmsweise ein wirklich genialer Einfall.

»Die zersägte Jungfrau!«, rief ich. »Er ist unser Fußteil!«

»Hammer-Idee!« Coco hielt mir die Hand zum Abklatschen

hin. »Und wenn er anfängt, uns auf den Geist zu gehen, lassen wir ihn einfach nicht mehr aus der Kiste raus!«
»Wird es jetzt bald?«, motzte da Antoine.
»Trainiert schon mal die Voltige-Nummer, ich kümmere mich um ihn!«, sagte ich und gab meinen Freunden einen Schubs Richtung Manege. Dann drehte ich mich zu Felix. »Los, komm!«
Während Coco und Mia ihre Runden auf Isabell drehten, holte ich zusammen mit Felix den Trick 113 aus dem Stall. Gleich nach dem Voltige-Training legten wir los. Es war, als wäre die Kiste der zersägten Jungfrau eigens für Mia und Felix gebaut worden: Mit einem Mal wirkte es tatsächlich so, als würden Mias Füße am Ende hinauslugen und ihr Körper wäre in zwei Teile geteilt!
»Das sieht absolut echt aus! Ihr müsst nur die gleichen Strümpfe und Schuhe tragen«, jubelte Coco.
Auch die Artisten waren völlig begeistert. Für einen kurzen Moment freuten wir uns wie wild und vergaßen sogar unsere schlimmen Sorgen.
»Jetzt will ich aber auch noch jonglieren und Feuer spucken!«, forderte Felix da frech.
Coco, Mia und mir blieb der Mund offen stehen.
»Du bist so dermaßen superpeinlich«, zischte Coco seinem Bruder zu.
Doch Crevette fand die Idee gar nicht so abwegig.
»Warum nicht? Er muss ja nicht mit Flüssigkeit spucken. Komm mit, Kleiner!«
Wir folgten den beiden vor das Rondell auf die Wiese.
»Bärlappsporen«, erklärte Crevette und reichte Felix einen

Löffel mit einem gelblichen Puder aus einer Papiertüte. »Das ist der Grundstoff für Tabletten. Wenn man das in eine Flamme spuckt, bekommt man eine ordentliche Staubexplosion.«
»Aha.« Felix stopfte sich einen großen Löffel voll in den Mund.
»Anders als bei Flüssigkeit kann die Flamme nicht in den Mund zurückschlagen. Verstehst du?«
Felix nickte mit dicken Backen, und dann zeigte Crevette ihm, wie er das Pulver in eine Flamme spucken musste, damit ein schöner, orangefarbener Feuerball entstand. Zu Cocos Ärger war Felix ein Naturtalent. In null Komma nichts spuckte er phantastische Flammen.
»Wieder zwei Minuten mehr im Programm«, jubelte Rose.
Spätestens da landete ich wieder auf dem harten Boden der Wirklichkeit.
Mia ging es wohl genauso, denn sie stupste mich in die Seite und flüsterte: »Wir müssen sie wenigstens vorwarnen!«
Ich nickte und nahm mir fest vor, beim Training mit Arthur zu reden. Doch an diesem Nachmittag stürzte Arthur sich mit solcher Begeisterung in unsere Übungen, dass ich es einfach nicht übers Herz brachte. Ausgerechnet heute achtete Arthur noch versessener auf jedes Detail und ließ mich sogar zwanzig Flic-Flacs mit einem zwischen die Knie geklemmten Bierdeckel springen, nur damit meine Beine jede Sekunde geschlossen blieben!
»Wenn du das Publikum fragst, warum eine Darbietung besonders schön ist, kann es meist niemand genau sagen. Sie erkennen nicht, ob es an dem komplett gestreckten Fuß oder an der wertvollen Seide des Kostüms liegt. Aber sie spüren den

Unterschied zwischen Perfektion und Schlamperei«, erklärte Arthur und legte dabei den Arm um meine Schultern. »Und *wir* wollen nur das absolut Perfekte zeigen.«
Ich wäre beinahe in Tränen ausgebrochen, so sehr schämte ich mich.
»Ich kann ihn nicht enttäuschen«, sagte ich nach dem Training zu Mia und Coco. »Ich muss das Geld irgendwo auftreiben. Und wenn ich eine Bank überfalle!«

7. Kapitel

Nach einer entsetzlichen Nacht voller wilder Albträume, in denen ich Geldtransporte ausraubte, Goldschätze aufspürte oder alten Damen die Handtasche stahl, erwachte ich mit brummendem Schädel. Das ist der schlimmste erste Ferientag meines Lebens, dachte ich und begann sofort wieder, mir das Hirn zu zermartern, wie ich mehrere Tausend Euro auftreiben könnte. Doch auch jetzt kam ich auf keine brauchbare Lösung. Woher sollte ein normaler elfjähriger Junge auch mal eben so viel Geld zaubern? Es war nicht zu ändern: Ich musste den Artisten sagen, dass der Platz verloren war. Bei dem Gedanken an Arthurs Enttäuschung wurde mir ganz schwindelig, und die Angst vor seinem traurigen Blick lag wie eine Schlinge um meinen Hals. Ich wünschte mir nichts sehnlicher, als dass der Tag schon vorbei wäre. Dabei konnte ich nicht einmal annähernd ahnen, was mir in den nächsten Stunden bevorstand.

Mit bleischweren Füßen machte ich mich auf den Weg zum Zirkusplatz. Ich umkreiste jedes Schlagloch auf der staubigen Straße, nur um den schrecklichen Moment noch ein paar Minuten hinauszuzögern. Doch auf der Hälfte der Strecke wurde ich stutzig. Mitten in der Einfahrt, gleich neben Arthurs Wagen, parkte ein Camping. Er war an einen kleinen Transporter gekoppelt. Stellten die Artisten die Wagen um, oder ließ das Rattengesicht etwa schon den Platz räumen? Ich legte einen Schritt zu, und bald erkannte ich das Gespann: Es war Crevettes Schlangentransporter mit ihrem Wohnwagen hintendran! Ich begann zu laufen. Als ich den Wagen erreichte, stand Crevette über die Achse gebeugt und sicherte gerade die Anhängerkupplung.

»Was machst du da?«, fragte ich verwirrt.

Crevette sah nicht auf und steckte die Kabel ineinander.

»Ich fahre.«

»Wieso? Wohin?«

»Zu meiner Mutter.«

»Aber du … Du bist doch zur Premiere wieder da, oder?«, fragte ich, obwohl mir im gleichen Augenblick klar wurde, dass es wohl nie eine Premiere geben würde.

»Nein. Meine Mutter fängt als Schneiderin bei einem spanischen Zirkus an. Und die suchen da noch eine Feuerspuckerin. Jetzt sofort. Für die nächsten zwei Jahre.« Crevette schaute kurz zu den anderen Artisten, die aus einiger Entfernung feindselig zu ihr herüberstarrten. Dann zuckte sie mit den Schultern. »Ein Vertrag für zwei Jahre – das kann ich mir nicht entgehen lassen.«

»Und was hier passiert, ist dir egal?«

Crevette hielt in ihrer Arbeit inne und sah mich an.
»Tom, wir sind Zirkusleute. Fahrendes Volk. Irgendwann ziehen wir immer weiter. Das ist so. Wir sind für eine Zeit zusammen, und dann trennen sich unsere Wege wieder.«
Sie ging um den Hänger und überprüfte die Rückleuchten. Als sie zurückkam, stoppte sie vor mir und knuffte mir gegen den Arm.
»Ich hab euch zwei Fackeln und Bärlappsporen für den Kleinen dagelassen. Mia kann all ihre Tricks, sag ihr, sie soll nur bei dem Einleger darauf achten, dass sie eng genug fasst. Und Isabell läuft bei Arthur sowieso besser als bei mir. Mach's gut. Es geht immer weiter. Irgendwie.«
Ohne ein weiteres Wort stieg sie in den kleinen Transporter und gab Gas. Der Auspuff hustete ein paar schwarze Qualmwolken aus, dann rumpelte das Gespann über die staubige Straße davon.
Es geht immer weiter?, dachte ich bitter und drehte mich um.
»Guck nicht so traurig«, fuhr mich Antoine an, als ich zu den anderen schlappte. »Davon lassen wir uns doch nicht unterkriegen!«
»Diese dürre Ziege ist halb von Privat«, wetterte Anastasja. »Kein Zirkusblut in den Adern. Keine Ehre.«
Ich nickte nur. Was würden sie erst sagen, wenn ich ihnen gleich offenbarte, dass es niemals eine feste Zusage von einem Geldgeber gegeben hatte? Dass durch meine Adern nur Blut *von Privat* und nicht vom Zirkus floss? Oder dass ich verflucht war wie die Schlangen?
»Ist Arthur da?«, fragte ich matt.
Rose schüttelte den Kopf. »Der ist auf dem Schrottplatz, weil

er irgendwelche Stahlrohre braucht. Aber sag mal … Jetzt, wo Crevette nicht mehr da ist, könnte deine Großmutter vielleicht den Kartenvorverkauf in die Hand nehmen?«
»Ich frage sie«, antwortete ich automatisch.
Weil Bredoni und Lulu die Manege besetzten, ging ich zum Stall, um Suleika zu putzen. Ich spürte, wie mir die Artisten bedauernde Blicke hinterherwarfen. Natürlich dachten sie, ich wäre so traurig, weil Crevette gefahren war. Und irgendwie stimmte das auch. Aber wenn ich ganz ehrlich war, war ich gleichzeitig auch ein bisschen erleichtert. So war ich wenigstens nicht die einzige Enttäuschung.
Ich striegelte das Kamel, bis das lange, sandgelbe Fell glänzte. Dann belohnte ich es mit frischem Heu und ging in die Vorhalle. In der Werkstatt war immer noch alles dunkel. Arthur war also noch nicht zurück. Ich mochte nicht nach vorn zum Rundbau gehen und all die tatkräftigen Artisten sehen. Lieber wartete ich hier auf ihn, am besten in einer der dunklen Rumpelkammern. Da hatte ich wenigstens meine Ruhe. Ich schlüpfte durch die halb offene Tür, wartete, bis sich meine Augen an die Dunkelheit gewöhnt hatten, und zog sie dann hinter mir fest ins Schloss. Auf einem der alten, großen Kleiderkoffer nahm ich Platz und umschlang meine Knie.
Ich hatte keine Ahnung, wie lange ich schon dasaß, als ich Schritte hörte. Ich lauschte – war das Arthur? Nein, Arthurs Gang war viel entschlossener, kraftvoller. Heinz wiederum war schwerfälliger. Ich tippte auf Herrn Bohne mit seinem leichtfüßigen Trippeln. Hoffentlich kam der jetzt nicht hier rein! Sein Gequassel konnte ich im Moment wirklich nicht er-

tragen. Aber ich hatte Glück: Wer auch immer da im Stall war, tappte nur kurz in Arthurs Werkstatt und verließ das Stallgebäude zwei Minuten später durch das große Tor. Ich atmete auf, schloss die Augen und tauchte wieder in die tiefe, warme Ruhe des Stalls. Da störte mich erneut ein Geräusch: Die Terrier kläfften. Plötzlich wieherten auch die Pferde und schlugen mit den Hufen gegen ihre Boxentüren. Suleika gab einen Schrei von sich. Was war denn da los?!

Ich sprang von dem Koffer und riss die Tür zur Haupthalle auf. Im selben Moment zerbarsten mit einem ohrenbetäubend lauten Knall die Scheiben von Arthurs Werkstatt, und eine riesige Feuerwalze schoss in die Halle. Dann sah ich nichts mehr, außer einem fauchenden, lodernden Flammenmeer.

Ich stolperte zurück in die Rumpelkammer und schmiss die Tür zu. Es prasselte und zischte. Wie unter schrecklichen Schmerzen ächzten die Balken über mir. Nur das Brüllen der Tiere übertönte noch das Brausen des Feuers. Ich schrie um Hilfe und sah mich panisch um. Schon kroch der Rauch unter der Tür hindurch. Ich wich zurück, doch die Schwaden wanden sich über den Boden und griffen wie gierige Finger nach mir. Hastig kletterte ich rückwärts, über Requisiten und Kisten hinweg, tiefer in die Kammer. Ich tastete verzweifelt die Wände ab, suchte eine Tür, einen Durchbruch, einen Ausweg. Plötzlich hörte ich etwas. Rief da jemand meinen Namen?

Ich schrie, so laut ich konnte. Der Rauch kroch schon an meinen Beinen hinauf. Meine Augen brannten, ein stechender Schmerz durchfuhr meine Lungen. Endlich spürte ich eine Erhebung in der gemauerten Wand, meine Finger fühlten raues

Holz, eine Tür. Ich ruckelte, zerrte, stemmte mich dagegen, doch meine Kraft reichte nicht aus.
Wieder hörte ich meinen Namen.
»Hier bin ich!«, schrie ich.
Und dann wusste ich, dass er es war.
»Arthur?! Ich bin hier, Arthur!« Ich trommelte gegen das Holz.
Plötzlich fühlte ich einen Schlag.
»Geh beiseite!«, brüllte er.
Die Tür bebte.
Ich taumelte zurück.
Dann verlor ich das Bewusstsein.

8. Kapitel

Ich phantasierte von feuerspuckenden Schimpansen und Artisten, die unter einem brennenden Chapiteau-Dach tollkühne Kunststücke veranstalteten. In meinen Ohren zischte und brutzelte es. Von weit her vernahm ich einen murmelnden Singsang, es dauerte eine ganze Weile, bis ich einzelne Wörter verstand … Vorsichtig öffnete ich die Augen und kniff sie gleich wieder zusammen. Weißes Licht blendete mich. Dann spürte ich eine Hand auf meinem Arm.
»Ich glaube, er wird wach«, hörte ich Oma sagen.
Mein Hals kratzte, und ich musste husten.
»Kann ich etwas zu trinken haben?« Ich erschrak über meine eigene Stimme. Sie klang ganz fremd und heiser.
»Hier ist Wasser. Kannst du den Kopf heben?«

Ich spürte Omas Hand in meinem Nacken und rappelte mich auf. Noch einmal öffnete ich die Augen.
»Wo bin ich?«
»Im Krankenhaus. Alles in Ordnung. Du hast eine leichte Rauchvergiftung, ein paar Schrammen und vermutlich einen Schock.« Oma lächelte mich beruhigend an und hielt mir den Trinkbecher an den Mund. Das kühle Wasser tat gut. Aber wie war ich hierhergekommen? Ich war verwirrt. Wie war das noch mal, wenn man nicht weiterwusste? Informationen sammeln, sortieren ... Da war der Stall, die Rumpelkammer, die Schritte, das Feuer ...
»Die Tiere!«, krächzte ich und musste gleich heftig husten. »Was ist mit den Tieren passiert?«
»Dieser etwas merkwürdige Mann ... du weißt schon, ... der ohne Zähne.« Oma schüttelte sich.
»Heinz?!«
»Ja, so heißt er, glaube ich. Er hat sie in letzter Sekunde befreien können. Ein Hund hat Verbrennungen, und eins der Pferde hat sich auf der Flucht verletzt ... Aber ... sie sind alle rausgekommen. Der ... also, Heinz ... hätte unbedingt ins Krankenhaus gemusst, aber er ist den Sanitätern von der Trage gesprungen und weggerannt. Wir haben ihn nicht gefunden. Auch die Polizei nicht.«
»Und wie bin ich ...?«
»Arthur hat dich aus den Flammen gerettet. Ohne ihn ...« Oma versagte die Stimme. Sie wischte sich eine Träne aus dem Auge. »Ohne ihn wärst du jetzt nicht mehr hier. Er hat auch eine Rauchvergiftung und Verbrennungen. Aber das wird wieder, haben die Ärzte gesagt.«

Ich ließ den Kopf zurück in die Kissen fallen. »Und der Zirkusplatz?«
»Die Feuerwehr war rechtzeitig da, bevor der Brand sich ausbreiten konnte. Der Wagen von diesem Heinz ist noch in Flammen aufgegangen, aber der Rest steht.«
»Das war das Rattengesicht!«, krächzte ich. »Er steckt dahinter! Als ich im Stall war, habe ich Schritte gehört. Jemand hat sich in die Werkstatt geschlichen – und danach hat es gebrannt.«
»Du hast etwas gehört?«, fragte Oma alarmiert. »Hast du auch jemanden gesehen?«
Ich schüttelte den Kopf. »Ich war in der Rumpelkammer, aber konnte es ganz deutlich hören: Jemand ist da reingegangen und gleich wieder raus. Und kurz danach hat es gebrannt.«
»Das musst du unbedingt den Brandermittlern sagen! Sie sind davon überzeugt, dass das Ganze von dem Schweißgerät ausgegangen ist. Jemand hat es nicht ausgeschaltet – oder eben bewusst angeschaltet.«
»Das hat niemand angelassen. Ich hab ja vorher durch die Scheiben geguckt. Da war es absolut dunkel in der Werkstatt.«
»Was hast du überhaupt in dieser Kammer gesucht?«, fragte Oma da.
Erst in dem Moment fiel mir auch alles andere wieder ein: der Brief mit dem Geld, meine großspurige Ankündigung, Omas roter Flitzer und das Geständnis, das ich Arthur machen musste …
»Ich hab Mist gebaut«, flüsterte ich, und dann erzählte ich Oma alles.
Sie hörte geduldig zu. Am Ende schwieg sie eine lange Zeit.

»Lass mich darüber nachdenken«, sagte sie schließlich. »Vielleicht fällt mir etwas ein. Aber jetzt muss ich noch einmal zum Platz. Ich habe den Artisten versprochen, Bescheid zu sagen, wie es dir und Arthur geht.« Oma legte mein Handy auf den Tisch. »Versuch, zu schlafen. Wenn etwas ist, ruf mich an. Ich komme später noch einmal und schaue nach dir.«
»Kann ich zu Arthur?«
»Morgen. Heute bleibst du im Bett.«
Sie gab mir einen Kuss auf die Stirn und verließ das Zimmer. Erschöpft schloss ich die Augen.

9. Kapitel

Am nächsten Tag standen gleich nach dem Frühstück Mia und Coco an meinem Bett.
»Ich finde, jetzt reicht es mal mit Alarm! Du bist echt anstrengend«, sagte Mia und boxte mir gegen den Oberarm.
»Das war das Schrecklichste, was ich je erlebt habe!« Coco ließ sich auf den Stuhl neben dem Nachttischchen fallen. »Wir hatten Todesangst um dich!«
»Was meinst du, was ich hatte?!«
»Also, wenn Arthur dich nicht …«
»Hat er aber«, fiel ich Coco schnell ins Wort, denn ich wollte jetzt einfach nicht daran denken. Immer wenn in meinem Kopf die Erinnerung an das Feuer einsetzte, blieb mir für einen Moment die Luft weg, und ich bekam Panik.
Zum Glück wurde Mia nun ganz sachlich.
»Er hat mit einer Axt eine Seitentür hinter der Werkstatt ein-

geschlagen. Wir wussten gar nicht, dass es da noch eine Tür gibt.«
»Ich auch nicht. Habt ihr das Buch der Verdächtigen dabei?«, fragte ich, aber nicht nur, um das Thema zu wechseln. Denn solange der Brand ungeklärt war, bestand schließlich Gefahr für einen weiteren Anschlag! In knappen Worten berichtete ich meinen Freunden, was ich vor dem Brand in der Werkstatt gehört hatte.
»Dann war das versuchter Mord!« Coco war kreidebleich, und selbst Mia zitterte, als sie mir nun das grüne Notizbuch reichte.
»Also, wer von den Artisten hat ein Alibi?«, fragte ich und schlug die erste Seite auf.
»Hmm, Herr Bohne hat gesehen, dass du in den Stall gegangen bist. Er hat auch Arthur alarmiert«, erzählte Mia.
»Ich glaube, wir können ihn ausschließen«, stellte Coco fest. »Bohne würde nicht den Stall anzünden, wenn er wüsste, dass da jemand drin ist. Schon gar nicht seine Terrier! Und für den Affenausbruch damals hatte er auch ein Alibi.«
Ich sah zu Mia. »Streichen wir ihn von der Liste?«
»Er kommt jedenfalls nach ganz unten«, entschied Mia. »Wie Ajax. Der hat auch ein Alibi für die Affensache, und er war der Erste, der um den Platz kämpfen wollte.«
Irgendwie ging mir das alles zu sehr durcheinander.
»Vielleicht sollten wir zuerst nur gucken, wer definitiv nicht den Brand gelegt haben kann?«, schlug ich vor.
Mia und Coco sahen sich an.
»Heinz war mit Arthur unterwegs. Der kann auf gar keinen Fall das Feuer gelegt haben«, folgerte Coco.
Ich nickte. Bei Heinz war ich mir außerdem sicher, dass er nie

das Leben der Tiere riskiert hätte. Er hatte ja sogar sein eigenes aufs Spiel gesetzt, um sie zu retten.

Mia überlegte. »Ajax hat in der fraglichen Zeit Plakate aufgehängt. Bleiben also Antoine, Rose, Bredoni, Bohne und Anastasja.«

»Und Crevette«, warf Coco ein. »Sie hat für keinen einzigen Anschlag ein Alibi.«

»Sie ist doch gar nicht mehr da!«, rief Mia.

»Bist du sicher?«, fragte Coco. »Was, wenn die Abfahrt bloß Tarnung war? Und sie gar nicht in Spanien ist, sondern irgendwo ganz in der Nähe?«

Mia schüttelte den Kopf. »Das glaube ich nicht! Was ist mit Anastasja?«

»Negativ«, verkündete Coco. »Die hat gestern vor dem Rundbau genäht. Und genau in der Viertelstunde, bevor wir das Feuer bemerkt haben, war ich die ganze Zeit bei ihr, weil sie mein Kostüm abgesteckt hat.«

Ich nickte. »Dann können wir sie auch streichen. Nachdem das Feuer gelegt wurde, können allerhöchstens zehn Minuten vergangen sein, bis es richtig brannte. Eher weniger.«

Mit einem genervten Gesichtsausdruck strich Mia Anastasjas Namen durch.

Angestrengt dachte Coco nach.

»Antoine war im Rundbau. Ich glaube, da ist er in der entscheidenden Viertelstunde auch nicht rausgekommen.«

»So wie er sich für den Platz einsetzt, wäre das auch komisch«, sagte ich.

»Bleiben also Bohne, Rose und Bredoni?«, fasste Mia zusammen.

»Und Crevette«, sagten Coco und ich gleichzeitig.

Mia presste wütend die Lippen zusammen.

»Hey, wir können uns das doch auch nicht vorstellen«, versuchte ich, sie zu trösten. »Wir trauen das keinem der Artisten zu. Genau das ist doch das Problem!«

»Und vergiss nicht: Wir haben auch notiert, dass Rose Angst vor den Tieren hat«, sagte Coco leise. »Und Bredoni hätte niemals seinen Affen rausgelassen, und Bohne würde seine Terrier nicht in Gefahr bringen.«

Mia sah trotzig auf. »Ich rufe Crevette jetzt an und frage sie, wo sie ist.« Sie zog ihr Handy aus der Tasche, wählte und hielt es ans Ohr. »Ha!«, rief sie nach einem Moment triumphierend und stellte auf Lautsprecher. Eine französische Ansage erklang. »Crevette ist in Frankreich!«

Coco seufzte. »Mensch, Mia! Der Brand ist jetzt fast vierundzwanzig Stunden her! In der Zeit konnte sie locker bis nach Frankreich kommen!«

Im selben Moment klingelte Mias Handy.

»Da! Sie ruft zurück!«

»Lass uns mithören!«, rief Coco aufgeregt.

Mia hob ab und drückte wieder die Lautsprechertaste.

»Hallo, Crevette?« Ihre Stimme zitterte. »Wo bist du?«

»Kurz vor der spanischen Grenze. Was ist los?«

»Der Stall ist abgebrannt.«

»Was?!«

»Jemand hat das Stallgebäude angezündet. Tom und die Tiere wären beinahe gestorben. Arthur und Heinz haben sie im letzten Moment gerettet.«

Am anderen Ende der Leitung rauschte es.

»Warte. Ich fahre rechts ran. Das musst du mir genau erzählen!«
Mia schilderte Crevette ausführlich, was passiert war. Natürlich lauerten Coco und ich auf eine verdächtige Reaktion, aber Crevette wirkte einfach nur am Boden zerstört und sehr besorgt um Arthur, Heinz und mich.
Als Mia aufgelegt hatte, sah sie uns fragend an.
»So. Glaubt ihr immer noch, dass sie den Brand gelegt hat?«
Ich zuckte mit den Schultern, und auch Coco schien verunsichert.
»Wie geht es jetzt überhaupt weiter?«, fragte ich.
Darauf wussten die beiden auch keine Antwort. Nach dem Brand waren alle anderen Probleme erst einmal in den Hintergrund gerückt. Aber damit waren sie ja nicht verschwunden! Bald würden wir wieder vor denselben Fragen stehen. Schweigend starrten wir an die weißen Wände des Krankenzimmers, bis es an die Tür klopfte und Oma hereinkam.
»Ich habe jemanden mitgebracht. Könntest du ein paar Fragen beantworten, Tom?«
»Klar«, sagte ich, und Oma winkte den Brandermittler der Feuerwehr herein, der unbedingt wissen wollte, was ich im Stall vorab gehört hatte. Ich berichtete ihm alles ganz genau, auch von den Drohungen des Rattengesichts. Mia und Coco ergänzten noch das eine oder andere und schilderten ihm auch die anderen Anschläge mit Lulu, Suleika und dem angeknacksten Karabiner.
»Haben Sie denn eine Spur?«, fragte ich schließlich.
»Wir können mit Bestimmtheit sagen, dass das Schweißgerät den Brand ausgelöst hat.« Er wandte sich an Oma. »Da Herr

Merlini zum fraglichen Zeitpunkt nicht vor Ort war, scheidet er als Tatverdächtiger aus. Und mit großer Wahrscheinlichkeit auch als Auftraggeber.«

»Klar«, sagte ich wütend. »Wer zündet denn seinen eigenen Stall an?!«

»Es gibt Menschen, die legen Brände, um anschließend die Versicherungssumme zu kassieren. Aber da Herr Merlini keine Feuerversicherung hatte, kann er auch keinen Nutzen aus dem Brand ziehen.«

Oma machte eine beschwichtigende Geste. »Ich habe vorhin schon Martin angerufen. Er hat in unserem Namen Anzeige gegen unbekannt gestellt. Ich soll dir übrigens die allerliebsten Grüße ausrichten. Es hat ihn furchtbar mitgenommen.«

Dann mussten alle das Zimmer verlassen, weil die Ärzte zur Visite kamen. Oma wollte noch etwas Dringendes erledigen, aber sie versprach mir hoch und heilig, so schnell wie möglich zurückzukommen und mich zu Arthur zu bringen. Ich durfte nämlich noch nicht allein aufstehen. Selbst wenn ich nur kurz auf die Toilette wollte, musste ich nach der Schwester klingeln, die dann vor der Tür wartete, falls mein Kreislauf versagte.

Der Rest des Vormittags zog sich wie Kaugummi und wurde nur von einem Boten unterbrochen. Er übergab mir einen riesigen Korb mit Süßigkeiten und einem nigelnagelneuen Tablet-Computer. An der Seite steckte eine Karte.

Lieber Tom,
ich bin sehr froh, dass Dir nichts Schlimmeres passiert ist und es Dir den Umständen entsprechend gut geht. Damit Du Dir

ein wenig die Zeit vertreiben kannst, habe ich Dir ein paar schöne Zirkusfilme auf das Tablet gespielt.
Dein Martin Lehmann.

Ich war fassungslos. So ein Tablet kostete doch ein Vermögen! Ich öffnete die Schutzhülle und klickte die App mit den Filmen an. *Die größte Show der Welt, Trapez, Kinder des Olymp, Die dumme Augustine, Wasser für die Elefanten …* Martin Lehmann hatte sich wirklich richtig Mühe gegeben. Es war mir fast ein bisschen peinlich. So etwas Teures hatte mir noch nie jemand geschenkt.
Ich lehnte mich in meinem Kissen zurück und wählte *Die größte Show der Welt* aus, eine Zirkusgeschichte, die in einem riesigen Zirkuszelt mit drei Manegen spielte! Es gab Intrigen, Betrug und große Katastrophen. Beinahe wie bei uns, dachte ich. Nur dass unsere Trapezkünstlerin nicht in eine komplizierte Liebesgeschichte verwickelt war.
Ehe ich michs versah, stand Oma schon vor der Tür und brachte mich endlich zu Arthur. Er lag in einem anderen Krankenhaustrakt. Die Schwestern bestanden darauf, dass Oma mich in einem Rollstuhl dorthin beförderte.
»Aber du schiebst mich nicht mit dem Ding zu ihm rein!«, stellte ich klar.
Oma lachte. »Selbstverständlich nicht!«
Vor Arthurs Tür stieg ich aus dem Rollstuhl und schnappte mir mein neues Tablet. Ich war noch wackelig auf den Beinen und musste mich an der Wand abstützen, als ich klopfte.
»Herein«, hörte ich Arthurs Stimme. Sie klang genauso krächzig und heiser wie meine. Ich drehte mich zu Oma um.

»Geh nur«, sagte sie. »Ich trink in der Zwischenzeit einen Kaffee. Ruf an, wenn ich dich abholen soll.«
Als ich die Tür öffnete, rappelte Arthur sich auf. Er trug so ein komisches Krankenhausnachthemd, das hinten offen war. Wahrscheinlich hatte er darum die Decke bis unter die Achseln gezogen. Als er mich sah, breitete er die Arme aus. Ich wankte zu ihm hinüber, fiel ihm um den Hals, und er drückte mich so fest, dass ich seinen Herzschlag spürte und das Pochen des Blutes in seinem Hals. Nach einer langen Weile schob er mich zurück und betrachtete mich, so als müsste er sich vergewissern, dass ich wirklich vor ihm stand. Erst jetzt bemerkte ich, dass seine linke Hand und der Arm verbunden waren.
Arthur winkte ab. »Halb so schlimm. Sind deine Hände in Ordnung?«
Ich streckte die Arme vor.
»Rückenschmerzen? Schulterschmerzen? Die Beine?«
Ich schüttelte den Kopf.
»Gut.« Er wuschelte mir glücklich mit der gesunden Hand durch die Haare.
»Ich muss dir was zeigen«, sagte ich, zog das Tablet hervor und klickte das Kästchen mit den Filmen an.
»Komm«, forderte er mich auf und rutschte ein Stückchen zur Seite, damit ich auch etwas von dem Kissen hatte. Ich setzte mich neben ihn, und dann guckten wir zusammen den Film *Trapez*. Arthur kannte alle Artisten, die die Schauspieler bei den Luftszenen gedoubelt hatten, und er zeigte mir die Stellen, wo man es ganz genau sehen konnte.
Komisch, dachte ich zuerst, jetzt fühlt es sich fast wieder so an wie bei unseren ersten Trainingsstunden. Aber dann wurde

mir klar, woran es mich viel mehr erinnerte: an die gemütlichen Freitagabende mit Mama, wenn wir im *Journal of Earth Science* blätterten. Es war so, als wäre Arthur schon immer da gewesen.

10. Kapitel

Am nächsten Morgen wurde ich entlassen. Arthur musste leider noch zwei Tage länger zur Beobachtung bleiben. Ich verabschiedete mich von ihm, und dann verließ ich mit Oma das Krankenhaus.

Als wir aus dem großen Portal traten, zeigte Oma auf das linke Parkdeck.

»Ich steh da drüben.«

Wir gingen die lange Reihe der parkenden Autos entlang.

»Wo denn?«, fragte ich, denn ich entdeckte nirgendwo den feuerroten Flitzer. Mit Mama hatte ich ständig in falschen Parkhausetagen nach unserem Wagen gesucht. Einmal, in einem Möbelhaus, als unser Auto angeblich spurlos verschwunden war, hatte sie sogar die Polizei gerufen, um den Diebstahl zu melden. Dabei hatte sie nur nicht gemerkt, dass es *zwei* Stockwerke mit Parkplätzen gab – und wir auf der falschen Ebene suchten!

»Da«, sagte Oma und steuerte auf ihren alten Golf zu.

Verständnislos sah ich sie an.

»Ich habe das Cabrio zurückgebracht. Ich weiß ja nun, wie es ist, mit so einem schnittigen Ding zu fahren. Und es gibt Wichtigeres.« Sie schloss den Kofferraum auf und stellte meine Tasche ab. Dann drehte sie sich zu mir. »Ich habe beschlossen, mein Geld anders zu investieren.« Oma holte Luft und schien nach den richtigen Worten zu suchen. »Arthur hat dich gerettet, und jetzt retten wir seinen Platz. Was denkst du?«

Ich brachte kein Wort heraus. Für einen Moment stand die Welt still. Das war ein Wunder! Das war so unglaublich, dass es sogar die Mercalli-Skala sprengte!

Wie betäubt stieg ich ins Auto, und während ich mich mit flatternden Fingern anschnallte, berichtete Oma fröhlich, dass sie schon alles in die Wege geleitet hatte. Alle Anzahlungen waren angewiesen, und Antoine befand sich gerade auf dem Weg nach Köln, um das Gradin abzuholen. Sie erzählte das alles, als wäre es das Normalste der Welt.

»Und stell dir vor«, sagte sie, während sie den alten Golf vom Gelände des Krankenhauses steuerte. »Die Presse berichtet wie verrückt, und das Telefon für die Kartenvorbestellungen steht nicht mehr still. Es musste wohl erst brennen, damit sich die Leute für den Zirkusplatz interessieren. Ist das nicht absurd? Martin hat übrigens sehr geschickt Informationen über den Tathergang gestreut, jedenfalls gehen die Journalisten diesem Rattengesicht ganz schön an den Kragen. Alles läuft wie am Schnürchen!« An der nächsten roten Ampel blickte sie zu mir herüber. »Nur die vielen Zirkusschüler habe ich noch nicht kennengelernt.«

Beschämt senkte ich den Kopf.

Oma legte mir eine Hand auf das Bein. »Schon gut. Arthur hat mir alles erzählt. Ich weiß, wonach du gesucht hast.« Sie wischte sich über die Augen. »Es tut mir leid. Es tut mir so leid, dass du allein damit warst.«

11. Kapitel

Eine halbe Stunde später kamen wir auf dem Zirkusplatz an. Vom Stallgebäude war nicht viel übrig: Der Teil, in dem sich die Werkstatt befunden hatte, war vollkommen ausgebrannt. Die Wände waren unter den Flammen eingestürzt, und nur ein paar verkohlte Balken reckten sich in den Himmel. Die Feuerwehr hatte streng verboten, das abgesperrte Gebiet zu betreten. Aber wozu sollte sich jemand in das Trümmerfeld wagen? Von den Requisiten, Zaumzeugen und dem Werkzeug war nichts als Schutt und Asche geblieben.

Die Tiere hatten notgedrungen die erste Nacht im Rundbau verbracht, doch schon am nächsten Vormittag hatte ein befreundeter Zirkus ein altes Stallzelt geschickt, das die Artisten zwischen Rundbau und Bahntrasse aufgebaut hatten. Dort waren Suleika, die Pferde und die Terrier fürs Erste untergekommen. Und noch jemand hatte unter der rot-blau gestreiften Plane sein Quartier aufgeschlagen: Oma. Die rechte Seite des Zeltes war nämlich das neue Zirkusbüro. Und genauso entschlossen, wie Oma Opa gepflegt und an Yoga-, Koch- und Selbstverteidigungskursen teilgenommen hatte, stürzte sie sich jetzt in die Vorbereitungen der Premiere.

Als Arthur aus dem Krankenhaus entlassen wurde, hatte sie nicht nur ein Karten-Bestellsystem und eine Telefon-Hotline organisiert, sondern auch eine Journalistin aufgetrieben, die Texte für unser Programmheft schrieb, und einen Fotografen, der uns für Pressefotos ablichtete. Die meisten Helfer kannte Oma aus ihren Gruppen, und ich weiß nicht, wie sie es anstellte, aber alle arbeiteten kostenlos.

Kurz nachdem Arthur nach Hause gekommen war, tauchte auch Heinz wieder auf. Da alles, was er je besessen hatte, den Flammen zum Opfer gefallen war, fuhr Oma schnell nach Hause, packte Opas alte Anziehsachen in zwei große Kisten und schenkte sie ihm.

»Merkwürdig«, sagte Oma, als sie wieder hinter ihrem Computer im Stallzelt saß. »Ich habe es die ganze Zeit nicht geschafft, Hans' Sachen aus dem Kleiderschrank zu holen. Ich hatte einfach nicht die Kraft dazu … Aber vorhin fiel es mir ganz leicht.«

»Heinz hat sich riesig gefreut«, sagte ich.

Einen Moment blieb Omas Blick gedankenverloren an den Pferden hängen, dann sah sie mich zufrieden lächelnd an. »Dein Opa hat oft gesagt: In allem Schrecklichen liegt auch immer etwas Gutes …«

Im selben Moment streckte Coco seinen Kopf durch die Zeltplane.

»Hey, Tom! Komm mal schnell!«

Ich rannte nach draußen.

»Weißt du, wo Heinz jetzt wohnt?«, fragte Coco atemlos.

Ich zuckte mit den Schultern. »Keine Ahnung.«

»In Antoines Wagen.« Coco hüpfte aufgeregt auf der Stelle. »Und jetzt rate mal, wo Antoine hingezogen ist!« Bevor ich antworten konnte, rief er: »Der ist wieder bei Rose eingezogen!«

»Nein!«

»Doch!«

Ich schaute zurück zum Stallzelt. »Alles Schreckliche hat auch immer etwas Gutes«, murmelte ich.

»Was?«, fragte Coco.
»Ach, nichts«, sagte ich. »Los, lass uns das Kunstrad holen. Der Arzt hat mir nur Akrobatik, aber nicht Im-Kreis-fahren verboten.«
»Ich will auch mitmachen!«, rief da Felix, der in einiger Entfernung gewartet hatte.
»Nee!«, sagte Coco. »Mehr als drei passen da leider nicht drauf!« Er zeigte auf Ajax' Jonglierkiste, die zufällig vor dem Rundbau stand. »Nimm dir ein paar Bälle und versuch zu jonglieren. Jongleure kann man immer gebrauchen.«
»Super!«, rief Felix begeistert und schnappte sich die kleinen, bunten Lederbälle.

Zur Feier von Arthurs Rückkehr hatte Anastasja extra Bœuf Stroganoff, seine Lieblingsspeise, gekocht. Als die ersten Artisten sich zum Festmahl an die alten Biertische setzten, brach plötzlich eine Diskussion um den Toilettenwagen aus. Die Länge des Wasserschlauchs reichte nämlich nicht aus, und eine Verlängerung kostete 150 Euro. Bohne schlug vor, einfach auf irgendeinen Wagen *Toiletten* draufzuschreiben und dann ein Schild an die Tür hängen: *Vorübergehend defekt*. Rose fand das unmöglich, aber Bredoni hielt es für eine Spitzenidee. Die Auseinandersetzung wurde erst beendet, als Oma unter das Pavillonzelt trat.
»Ein Schlauch mehr macht den Kohl nun auch nicht fett«, sagte sie. »Außerdem habe ich eine gute Nachricht für euch: Wir haben vor einer Minute genau so viele Karten verkauft, dass die Ausgaben eingespielt sind. Ab jetzt fangen wir an, zu verdienen!«

Alle klatschten begeistert Beifall.

Als dann auch noch der Kurier mit unseren neuen Programmheften um die Ecke kam, war unser Glück perfekt. Omas Freunde hatten wirklich phantastische Arbeit geleistet: Jeder Artist wurde mit einem Foto und einem kurzen Lebenslauf vorgestellt. Außerdem gab es im Mittelteil zwei lange Berichte über die Zirkusdynastie Merlini und die Geschichte des Zirkusplatzes. Die hatte Mias Mutter geschrieben. Sie hatte dafür extra in Archiven gewühlt und alte Fotos und Zeitungsberichte herausgesucht.

Arthur baute sich am Kopf des Tisches auf und sprach einen Toast auf alle aus, aber vor allem auf Oma, ohne die es nie eine Premiere gegeben hätte! Oma errötete und versicherte, dass sie schon lange nicht mehr so viel Spaß gehabt hätte, und dann konnte das Essen endlich beginnen.

»Hey, Coco«, fiel mir da ein. »Wo ist eigentlich dein Bruder?«

»Mist, den habe ich ganz vergessen!« Coco wollte gerade aufspringen, als Ajax um die Ecke kam und Felix vor sich herschob.

»Hoffentlich hat der keinen Mist gebaut«, stöhnte Mia.

Ajax sagte etwas auf Russisch zu seiner Urgroßmutter und drückte Felix neben sie auf die Bank.

»Stimmt irgendwas nicht?«, fragte Coco Anastasja besorgt.

»Mein Enkel hat nur gesagt, dass sein junger Freund Hunger hat.«

Coco sah uns verwirrt an und flüsterte: »Hat sie eben *Freund* gesagt?«

Wir nickten, und dann wurden wir Zeuge, wie Felix drei rie-

sige Portionen Bœuf Stroganoff verdrückte und Anastasja ihm bei jedem Nachschlag den Kopf tätschelte.
»Das ist doch unfassbar!«, sagte Coco. »Diese kleine Stinkmorchel hat es geschafft, sich in null Komma nichts bei Anastasja einzuschleimen!«
Mia zuckte gleichgültig mit den Schultern.
»Wenn er eine Stinkmorchel ist, passt es doch.«

In den nächsten Tagen kamen Oma und ich immer erst spätabends nach Hause – hundemüde, aber glücklich. Wir ließen uns in die Korbsessel auf der Terrasse fallen, und ich weihte Oma in die Geheimnisse des Lieferservices ein. Davon hatte sie nämlich überhaupt keine Ahnung. Und wenn ich dann erschöpft mein vietnamesisches oder italienisches Essen mampfte, konnte ich immer noch nicht fassen, wie gut im Moment alles lief.
Nur eins funktionierte gerade nicht, aber darüber waren wir anscheinend beide nicht besonders unglücklich: Wann immer Mama versuchte, uns anzuskypen, lagen wir entweder schnarchend in unseren Betten oder waren auf dem Zirkusplatz dermaßen beschäftigt, dass wir ihre Anrufe erst im Nachhinein bemerkten.
Zu meiner Überraschung hatte Oma, gleich nachdem ich aus dem Krankenhaus gekommen war, Mamas Freizeitplan in die Altpapierkiste gestopft und so etwas gemurmelt wie: »Niemand hat uns vorzuschreiben, was wir tun und lassen sollen.« Aber das allein war bestimmt nicht der Grund, warum ihr Mamas Anrufe plötzlich schnuppe waren. War sie sauer, weil ich so verzweifelt nach meinem Vater gesucht hatte?

Ich hatte keine Ahnung und im Moment auch keine Zeit, mir darum lange Gedanken zu machen. Wenn es Grund zur Sorge gab, dann schon eher wegen des Rattengesichts. In den Zeitungen war dieser Verbrecher zwar hart angegangen worden, aber das hielt ihn ja sicher nicht davon ab, den Verkauf des Grundstücks voranzutreiben. Außerdem war die Premiere jetzt überall groß angekündigt, und sogar der Bezirksrat hatte die Einladungen auf dem Tisch liegen. Den Artisten hatten wir immer noch nichts vom eigentlichen Plan mit der Nutzungsänderung und dem Konzept für die Zirkusschule erzählt, aber das Rattengesicht war ja nicht blöd – er ahnte sicher, dass wir noch andere Ziele verfolgten. Darum stieg mit jeder Stunde, die verging, die Wahrscheinlichkeit für einen neuen Angriff. Und da die Attacken des Rattengesichts mit jedem Mal heftiger geworden waren, mochte ich mir gar nicht vorstellen, was uns als Nächstes bevorstand.

12. Kapitel

Die Zeit bis zur Premiere flog nur so dahin, und es gab so viel zu tun, dass wir uns alle wünschten, die Tage hätten doppelt so viele Stunden. Im Rundbau hing nun schon der rote Vorhang, und das Kassenhäuschen thronte frisch gestrichen am Eingang des Platzes. Nach dem Mittagessen, wenn unsere Mägen voll und alle ein wenig träge waren, standen jetzt Lichtproben auf dem Plan. Arthur bestimmte noch einmal jede einzelne Position in der Manege neu und probte, wann und wie der Vorhang zu welcher Musik geöffnet wurde. Er stoppte die Zeiten, kürzte und veränderte. Nicht eine Sekunde sollte sich der Zuschauer langweilen. Das hieß aber nicht, dass in der Manege immer der Mob toben musste. An einer Stelle bestand Arthur sogar auf einem ganz ruhigen, leisen Moment. Rose sollte im Nackenhang unter die Kuppel des Zirkusdaches gezogen werden. Dabei musste sie um die eigene Achse rotieren und silbernes Konfetti verstreuen. Wie ein Sternenregen fiel der Glitzer in den Zuschauerraum, und wir hielten alle den Atem an, so wunderschön sah es aus.

Endlich konnte auch ich wieder trainieren, und Arthur widmete Tag vier vor der Premiere fast ausschließlich mir und meiner Nummer. Bevor es losging, brachte Rose mir mein Kostüm. Die Seide meiner Hose schimmerte wie kristallklares Wasser. Bei jedem Schritt wehte der blaue Stoff um meine Beine und raschelte geheimnisvoll. Noch toller war aber das Oberteil: Es war über und über mit goldenen Applikationen besetzt.

»Wow!«, entfuhr es Coco.

»Du siehst aus wie ein orientalischer Prinz«, schwärmte Mia.

»Wer hat denn diese schönen Stickereien gemacht?«, fragte ich Rose und deutete auf die goldenen Muster an meinen Schultern.

Sie lächelte. »Das war Anastasja. Sie hat die letzten zwei Nächte für dich durchgearbeitet.«

»Oh«, sagte ich ein bisschen beschämt, denn besonders nett hatte ich ja nie von ihr gesprochen.

Arthur warf noch einen prüfenden Blick auf mein Kostüm,

meckerte an einem Abnäher herum und ließ sich Nadeln bringen, um das Ganze neu abzustecken. Dann gingen die Proben los.

Am Abend war ich so erschöpft, dass ich auf dem Weg nach Hause im Auto einschlief. Aber so müde und kaputt, wie ich war, so stolz war ich auch. Und Oma erst! Sie war richtig ausgeflippt, als sie mich in meinem Kostüm in der Manege Flic-Flacs hatte springen sehen.

Am nächsten Tag mussten Coco und Herr Bohne zu einem Durchlauf ihrer Nummer antreten. Es waren die letzten Minuten des Programms, die Arthur vor der großen Generalprobe noch einmal durchgehen wollte. Antoine und Ajax bauten pünktlich das hohe Auftrittsseil in der Manege auf. Doch als es losgehen sollte, fehlte von Bohne jede Spur.

»Er ist weder in seinem Wagen noch im Stallzelt bei den Terriern«, meldete Rose.

Antoine wurde ärgerlich. »Er soll mir jetzt bloß nicht mit diesem Lampenfieber kommen! Wenn ich das schon höre! Immer dieses Affentheater!«

»Bitte! Ich möchte Lulu nicht in so einem Zusammenhang erwähnt hören«, empörte sich Bredoni.

»Ach, ist doch wahr«, fluchte Antoine. »Da muss man eben mal die Arschbacken zusammenkneifen! Ist er ein Mann oder eine Memme?!«

Mir tat Herr Bohne leid. Ich wusste ja, wie man sich fühlte, wenn man eine Panikattacke hatte und plötzlich wie gelähmt war oder vor Angst sogar ohnmächtig wurde. In so einem Moment fühlte man sich wie ferngesteuert, da war nichts mit Arschbacken zusammenkneifen!

»Wir suchen ihn«, flüsterte ich Coco zu. »Fang du schon mal mit der Probe an.«
Ich gab Mia einen Wink und rannte los.
»Ich helfe euch!«, rief Felix und düste hinter uns her.
Wir fanden Herrn Bohne schließlich hinter der Ruine des Stallgebäudes. Er saß auf einem Haufen Schutt und schien zu beten.
Ich näherte mich langsam und tippte ihm auf die Schulter.
»Alle suchen Sie«, sagte ich. »Kommen Sie schon!«
Herr Bohne schüttelte beschämt den Kopf.
»Ich mache nur Schwierigkeiten. Zu was bin ich denn noch nutze? Ein Clown und Seiltänzer, der sich nicht traut, aufzutreten?«
»Mensch, Herr Bohne!«, sagte Mia. »Sie sind der beste Seiltanzlehrer, den ich kenne!«
Bohne blickte traurig auf. »Du kennst ja auch nur einen.«
»Stimmt«, sagte Mia. »Aber was würde Coco ohne Sie tun? Der braucht Sie jetzt, Sie können ihn doch nicht alleinlassen!«
»Ach, Unsinn. Niemand braucht mich.«
»Natürlich! Wen hätte Bredoni denn ohne Sie zum Streiten? Und wer hätte sonst die Liste mit den Aufgaben geführt?«, fragte ich. »Sie gehören zum Platz wie … wie … das Kamel!«
Felix stieß mich in die Seite und zeigte mir einen Vogel.
»Okay, das war nicht der beste Vergleich, aber Sie gehören dazu wie … der Rundbau! Oder wie Anastasja … oder wie Arthur!«
Herr Bohne blinzelte gerührt. »Denkt ihr das wirklich?«
Da nickte sogar Felix.

Bohne sortierte seine langen Arme und Beine, die er merkwürdig verdreht um seinen dünnen Körper geschlungen hatte, und stand auf.

»Ich will es versuchen. Bei meiner alten Großmutter: Wenn ich es im Zirkus Merlini nicht schaffe, dann werde ich es nie und nirgendwo schaffen.«

Wir nahmen ihn an den Händen und zogen ihn mit uns zum Rundbau.

Zum Glück verlor weder Antoine noch einer der anderen Artisten ein Wort über die Verzögerung. Arthur verlangte auch nicht, dass Herr Bohne sein Kostüm für die Probe anzog, und schickte alle außer Coco und Antoine aus dem Rondell. Es sollte sich auf keinen Fall wie eine Vorführung anfühlen, nur wie eine ganz einfache Probe.

Nach einer halben Stunde kamen die vier aus dem Rundbau. Bohne war schweißgebadet und stolperte sofort zu seinem Wagen. Antoine blickte ihm besorgt nach.

»Er hat das erste Drittel geschafft. Danach ist er vom Seil gestiegen. Arthur hat gesagt, er muss heute Abend noch einmal ran.«

»Er bekommt das hin«, sagte Coco zuversichtlich. »Da bin ich ganz, ganz sicher.«

Es waren noch zwei Tage bis zur Premiere. Drei Viertel aller Karten waren verkauft, und das Konzept für die Zirkusschule und die Nutzung des Platzes, das Oma und Martin Lehmann mit Arthurs Unterstützung geschrieben hatten, lag in zwanzigfacher Ausführung bereit, damit wir es gleich nach dem Ende der Vorstellung dem Bezirksrat übergeben konnten. Eine merkwürdige Spannung lag über dem Platz. So als könnte niemand wirklich glauben, dass jetzt einfach alles gut gehen würde. Und vielleicht ahnten wir es schon: In den letzten achtundvierzig Stunden bis zum großen Finale sollten sich die Ereignisse noch einmal überschlagen.

GRANDE FINALE

Ein Schwein bleibt ein Schwein – auch wenn man ihm Tigerstreifen auf die Borsten malt. Früher oder später fliegt der Schwindel auf. Manchmal muss man es einfach nur unter die Dusche stellen oder genau hinsehen.

1. Kapitel

Ich hatte keine Ahnung, was Mia und Coco von mir wollten, als sie sich mit merkwürdig ernsten Mienen in der Manege vor mir aufbauten. Wir hatten jetzt echt keine Zeit für irgendwelchen Pipifax. In zwei Stunden sollte die große Generalprobe beginnen. Ich war megaaufgeregt, und wir mussten noch einmal unser Zwischenspiel auf dem Kunstrad durchgehen.

»Muss das *jetzt* sein?«, fragte ich.

Coco und Mia nickten stumm, konnten mir dabei aber nicht in die Augen sehen. Jetzt wurde ich doch unruhig. War Coco etwa zu Hause aufgeflogen? Oder hatte Mia sich verletzt und konnte nicht auftreten?

»Los, sagt schon!«, forderte ich ungeduldig.

Mia holte tief Luft. »Wir müssen dir was zeigen.«

Coco druckste herum. »Wir haben da so einen Verdacht. Es geht um deinen … also, um Lehmann. Mias Mutter hat ein Foto gefunden.«

»Jaaa?«, fragte ich, denn ich hatte nicht den blassesten Schimmer, worauf sie hinauswollten.

»Mama hat doch in den Zeitungsarchiven gestöbert, weil sie

alte Bilder vom Zirkusplatz gesucht hat, für das Programmheft.«
»Und?«
Mia kramte in ihrer Tasche, zog ein zusammengeknicktes Bild heraus und reichte es mir. »Hier.«
Vorsichtig faltete ich das Foto auseinander. Es zeigte Martin Lehmann und Mama nebeneinander in einer rot-gold umrandeten Zirkusloge. Jetzt verstand ich gar nichts mehr.
»Guck auf die Rückseite«, sagte Coco.
Ich drehte das Foto um und erstarrte. *Gala im Circus Merlini, 13. Dezember 2001*, stand da.
Mia legte mir eine Hand auf den Arm.
»Ich war erst nicht sicher, ob es wirklich deine Mutter ist, ich hab sie ja nur mal kurz auf dem Foto bei dir zu Hause gesehen. Aber dann haben wir im Internet nachgeschaut. Und … sie ist es.«
»Was hat das zu bedeuten?«, fragte ich tonlos. In meinem Hirn polterten die Gedanken durcheinander wie loses Geröll in einer Steinlawine. »Ich verstehe nicht …«
»Erinnerst du dich noch, wie überrascht Lehmann reagiert hat, als du gesagt hast, wie alt du bist?«, versuchte Mia, mir auf die Sprünge zu helfen.
»Und hat deine Oma nicht erzählt, Lehmann und dein Opa wären Freunde gewesen?«, fragte Coco vorsichtig. »Aber dann ist der Kontakt abgerissen?«
Ich schüttelte mechanisch den Kopf.
»Tom! Denk nach!«, sagte Mia. »Niemand schenkt doch einfach so mal eben einem fremden Jungen ein Tablet!«
»Und es erklärt auch, warum deine Mutter deinem Opa nicht

verraten wollte, wer dein Vater ist! Weil Lehmann sein Freund war und schon eine Familie hatte.«

Sosehr ich in dem Geröllhaufen meiner Gedanken auch wühlte, mir fiel leider kein logisches Argument dagegen ein. Es passte alles.

»Außerdem geht er genau wie du«, sagte Mia leise.

Ich hatte mir so oft vorgestellt, was ich fühlen würde, wenn ich endlich mit Sicherheit wüsste, wer mein Vater war. Aber jetzt fühlte ich einfach nichts. Da war nicht der leiseste Ausschlag auf der Mercalli-Skala.

Ich drehte mich um und schnappte mir das Kunstrad.

»Tom, warte!« Mia hielt den Lenker fest. »Wollen wir nicht erst mit deiner Oma …?«

»Kein Wort zu Oma«, sagte ich scharf und fuhr los. So ungefähr wusste ich noch, wo Lehmanns Kanzlei war. Und ich wollte jetzt endlich Klarheit. Ich hatte genug von der ganzen Lügerei.

2. Kapitel

Bevor die junge Frau am Empfang überhaupt den Mund aufmachen konnte, marschierte ich an ihr vorbei und auf das Zimmer zu, in das Lehmann damals nach unserem Termin verschwunden war. Ich riss die Tür auf. Martin Lehmann saß über einen Ordner gebeugt an seinem Schreibtisch und schaute überrascht hoch. Ich glaube, er wusste sofort, worum es ging, als er mich da bebend vor sich stehen sah. In seinem Blick lag die pure Panik. Wahrscheinlich hatte er mich schon erwartet, oder sogar befürchtet, dass ich irgendwann vor seinem Schreibtisch stehen würde.

»Du kannst da nicht einfach …« Die Empfangsdame fasste mich am Arm und wollte mich wieder hinausziehen, aber Lehmann hob die Hand.

»Lassen Sie nur, Christine, das ist in Ordnung.«

Überrascht machte sie zwei Schritte rückwärts und schloss die Tür.

»Du hast es die ganze Zeit gewusst!«, fuhr ich Lehmann an.

Er schüttelte den Kopf und kam um seinen Schreibtisch herum.

»Nein, Tom, ich versichere dir, ich hatte nicht die leiseste Ahnung. Erst als du hier warst und sagtest, wann du Geburtstag hast, da … da … Ich habe sofort Nachforschungen angestellt und …« Er stockte und sah auf meine Hände, die ich wütend in die Seiten gestemmt hatte. »Sie sehen aus wie meine. Und die meines Vaters.« Hilflos versuchte er ein Lächeln. »Ich war auch ein sehr guter Turner. Daher mein Interesse für Artistik.«

»Wann hättest du es mir gesagt?«, platzte ich heraus.

Lehmann zuckte mit den Schultern und machte einen Schritt vorwärts. Wie ferngesteuert wich ich zurück.

»Ich wollte erst mit deiner Mutter reden. Ich dachte, so unvorbereitet … Ich wollte dich nicht schockieren!«

»Warum habt ihr euch damals getrennt?«

Lehmann suchte nach Worten. »Wir … wir …« Er strich sich fahrig über das Gesicht. »Wir waren nicht wirklich, also … Ich war verheiratet, ich hatte zwei Kinder, die Kanzlei gerade eröffnet … Das war alles nicht so einfach. Ich war unglaublich verliebt in Julia … deine Mutter … Ich hatte ihr Versprechungen gemacht, das hätte ich nicht tun dürfen – es war alles so schrecklich kompliziert, ich war ja auch mit deinen Großeltern befreundet …«

»Und dann hast du ihr nach der Vorstellung am 13. Dezember 2001 gesagt, dass du nicht mit ihr zusammen sein willst?«

Einen Moment sah Lehmann mich perplex an. »Das hat sie dir erzählt? Ich dachte …«

Ich hielt ihm das Foto hin. »Nein. Sie hat nur gesagt, dass sie meinen Vater dort das letzte Mal gesehen hat.«

Lehmann betrachtete schweigend das Foto.

»Und jetzt?«, fragte ich.

Lehmann zuckte ratlos mit den Schultern.

»Hast du es deiner Familie gesagt?«

Lehmann schüttelte verzweifelt den Kopf.

»Es ist gerade ein ganz ungünstiger Zeitpunkt! Mein Sohn … Also, mein anderer Sohn … Markus heiratet in drei Wochen, und …«

In dem Moment wusste ich, warum Martin Lehmann für Mama gestorben war. Er war ein Feigling. Er stand nicht zu dem, was er getan hatte. Und er dachte nur an sich. Dass es für *ihn* kompliziert oder der falsche Zeitpunkt war. Hatte er sich nie gefragt, wie es Mama ging? Oder jetzt mir?

Aber das Merkwürdigste überhaupt war, dass ich immer noch nichts spürte, es kratzte mich kein Stück! Ich wusste nur, dass er bestimmt nicht der Vater war, nach dem ich so verzweifelt gesucht hatte. Dieser Feigling hatte nicht einmal den Mut gehabt, sich mir zu offenbaren, als ich mit knapper Not den

Brand überlebt hatte! Stattdessen hatte er mir ein Tablet geschickt! Das konnte er gern wiederhaben.

Ich drehte mich um und ging zur Tür. Bevor ich die Klinke herunterdrückte, warf ich noch einen Blick zurück.

»Wehe, du sagst ein Wort zu Oma!« Es reichte schließlich, dass er Mama so enttäuscht hatte.

»Tom …«

Ich stieß die Tür auf und ging.

3. Kapitel

Ich sah Coco und Mia schon von Weitem in der Auffahrt des Zirkusplatzes stehen. Es war merkwürdig, aber die beiden schienen schockierter als ich. Selbst Mia, die immer cool blieb, war den Tränen nahe.

»Alles in Ordnung«, beruhigte ich sie. »Ihr hattet recht … Hat die Generalprobe schon begonnen?«

Ich sah, wie die beiden sich Blicke zuwarfen. Offenbar waren sie nicht sicher, ob sie meine Reaktion gesund finden sollten.

»Ehrlich, ich habe jetzt einfach nur keine Lust, zu reden. Ich möchte mich lieber auf meine Nummern konzentrieren.«

In dem Moment hörte ich den Gong, den Antoine zu Beginn der Vorstellung schlagen wollte. Das war der Startschuss zur Generalprobe.

»Kommt!« Ich rannte an ihnen vorbei zum Stallzelt, um mich umzuziehen.

Nach der Begrüßungsansage von Bredoni und dem bunten Charivari folgte die Hula-Hoop-Nummer von Rose. Dann gab es die nächste Überraschung des Tages: Als Anastasja die Musik für die Jonglage-Nummer hochfuhr, betrat nämlich nicht Ajax den roten Ring – sondern Felix. In dem gleichen Kostüm, das auch Ajax tragen sollte – nur in Klein! Lässig warf er erst drei, dann vier Bälle in die Luft und passte sie schließlich quer durch die Manege zu Ajax. In rasendem Tempo jonglierten die beiden sich die Bälle zu. Coco haute es vor Schreck von der Bank, und selbst Mia verschlug es die Sprache.

»Groß Talent«, sagte Ajax am Ende der Nummer und klopfte Felix auf die Schulter.

»Ajax hat sogar zwei neue deutsche Wörter für Felix gelernt?!«, fragte Coco fassungslos. »Kann mir mal einer sagen, was hier los ist?!«

Aber genau so war es: Während Ajax und Felix jonglieren geübt hatten, hatte Felix ihm deutsche Vokabeln beigebracht. Anastasja war hingerissen von Cocos kleinem Bruder und hatte ihn mehr oder weniger adoptiert.

»Er könnte fast ein Russe sein«, sagte sie stolz und schloss den roten Vorhang.

Wir setzten uns auf die Bänke, um die Überraschung erst mal zu verdauen. Da gellte ein Schrei durchs Chapiteau.

»Luluuuu!«, kreischte Anastasja.

»Genau. Der wäre jetzt dran«, stellte Coco trocken fest.

Der Affe sprang durch den Vorhang und raste ans andere Ende der Manege. Er hielt irgendetwas Feuerrotes, Haariges in der Hand und drückte es fest gegen seine Brust, als hätte er einen Schatz gefunden, den er auf keinen Fall wieder hergeben wollte. Da flog auch schon der Vorhang auseinander, und Anastasja humpelte mit lautem Gezeter in die Manege.

Über ihren Kopf war ein graues Haarnetz gespannt, das ein paar weiße Fusseln zusammenhielt. Die rote Haarpracht war eine Perücke! Nun kam auch Bredoni in den Ring gerannt und stellte sich bettelnd vor seinen Affen.

»Komm, mein Lieber, gib Papa die Perücke. Komm, sei ein guter Junge.«

Doch Lulu dachte gar nicht daran, seine Beute wieder herzugeben, und drückte das rote Haarteil nur noch fester an sich.

Bevor Arthur vom Lichtpult aufspringen und eingreifen konnte, stampfte Ajax herein. Mit geballter Faust marschierte er auf den Affen zu.

Bredoni stellte sich schützend vor den Schimpansen und wimmerte: »Tu ihm nichts, tu ihm bitte nichts. Er hat doch nur einen Spaß gemacht!«

Aber anscheinend war Lulu klug genug, die Lage richtig einzuschätzen, denn er warf Ajax flugs die Perücke vor die Füße. Ajax schüttelte, so gut es ging, die Sägespäne aus den roten Strähnen und reichte seiner Urgroßmutter das wilde Haarbüschel. Anastasja stülpte sich unter wüsten Verwünschungen den roten Mopp über den Kopf. Sie sah aus, als wäre sie in den Schleudergang einer Waschmaschine geraten. Kaum hatte sie den Rundbau verlassen, konnten wir uns vor Lachen nicht mehr halten. Wir schütteten uns aus, bis uns die Bäuche wehtaten. Schließlich scheuchte uns Arthur hinter den Vorhang, weil wir uns für die zersägte Jungfrau bereit machen mussten. Nach dem Zaubertrick kam unser Auftritt mit dem Kunstrad. Mia, Coco und ich mussten mindestens zwei Minuten überbrücken, damit Antoine von einem Kostüm ins andere wechseln konnte. Dann hatte ich einen Moment Ruhe und war erst wieder mit der Orient-Akrobatik an der Reihe. Suleika und ich waren der Auftakt zum zweiten Teil des Programms. Abwechselnd zeigte ich ein Akrobatikkunststück und einen Dressurtrick. Doch heute ging alles schief. Meine Aufregung übertrug sich auf das Kamel, sodass es sich ständig in der Reihenfolge verhaspelte.

Unglücklich brachte ich Suleika in den Stall zurück.

»Wie soll das erst vor Publikum werden?«, fragte ich verzweifelt.

»Generalproben sind meistens ein Desaster«, tröstete mich Arthur. »Glaub mir, wenn die letzte Probe zu gut läuft, wird die Premiere nichts.«

So ganz konnte ich ihm nicht glauben, und ich hätte lieber mit Mia getauscht, die ihre Trapeznummer ohne einen einzigen Fehler abspulte.

»Wenn das morgen genauso gut läuft, dann setz bei der Bauchwelle und der Felgrolle ruhig noch ein paar Umdrehungen drauf«, schlug Antoine vor.

Mia strahlte. »Das versuch ich!«

Bevor wir an diesem Abend auseinandergingen, rief Arthur noch einmal die ganze Compagnie in der Manege zusammen.

»Ich bin stolz, was ihr alles geleistet habt. Und ich bin noch stolzer, dass ich euch meine Freunde nennen darf. Was auch immer passiert – niemand kann uns nehmen, was wir in den letzten Wochen erreicht haben. Ich danke euch!«

Wir klatschten alle, umarmten uns und wünschten uns gegenseitig Glück für den morgigen Tag. Alle taten sehr fröhlich und ausgelassen, doch das täuschte nicht über die schreckliche Anspannung hinweg. Jeder von uns rechnete fest damit, dass das

Rattengesicht nichts unversucht lassen würde, um uns einen Strich durch die Rechnung zu machen. Für die letzte Nacht waren stündlich wechselnde Wachen eingeteilt worden. Trotzdem wollte Antoine sicherheitshalber im Rundbau übernachten. Kurz bevor wir den Platz verließen, holte auch Rose ihre Decke aus dem Camping. »Glaubst du, ich lasse dich dort allein?!«, fragte sie Antoine und legte schützend den Arm um ihn.
Coco und Mia durften an diesem Abend bei mir schlafen. Felix hatte ausnahmsweise mal kein Theater gemacht, sondern war völlig freiwillig allein nach Hause gefahren.
»Aber nicht noch lange Halligalli machen«, mahnte Bredoni. »Ihr müsst morgen ausgeschlafen und voller Energie sein!«
Ich versprach es ihm, obwohl ich insgeheim daran zweifelte, dass ich überhaupt ein Auge zubekommen würde.
»Glaubst du, dass die Nachtwachen ausreichen?«, fragte ich Arthur leise, als wir uns zum Abschied kurz umarmten. »Schließlich ist einer von ihnen ja der Maulwurf!«
»Glaubst du, ich kontrolliere nicht zusätzlich?«
Ich ließ ihn los und schaute ihn bestürzt an. »Hast du einen Verdacht?«
Arthur schüttelte den Kopf. »Mach dir keine Gedanken. Schlaf gut und träum lieber von deinem großen Auftritt morgen.«

4. Kapitel

Als Coco, Mia, Oma und ich am Tag der Premiere den Zirkusplatz betraten, lag ein seltsames Flirren in der Luft. Die Nacht war ruhig verlaufen, und egal, wie oft Arthur am Vormittag die Requisiten, Stahlseile und Eisenanker rund ums Zelt kontrollierte – er fand nichts Verdächtiges. Bredoni und Bohne streuten frische Sägespäne in die Manege, und anschließend putzten wir alle gemeinsam das Zelt. Leider dauerte es danach immer noch mehrere Stunden bis zum Einlass des Publikums.

Mia, Coco und ich striegelten Suleika und wuschen Isabell den Schweif und die Mähne, bis das lange Haar silbrig glänzte. Währenddessen reservierte Oma zwanzig Plätze in der ersten Reihe für den Bezirksrat. Die Konzepte wollte sie erst in allerletzter Minute verteilen. Schließlich wussten wir ja noch immer nicht, wer der Maulwurf war und was das Rattengesicht noch vorhatte.

Als alles perfekt vorbereitet war, begann Rose, Mia kunstvoll das Haar zu flechten, und dann schminkte sie auch uns drei Jungs. Felix bekam sich nicht mehr ein vor Lachen, und Coco brummte nur: »Muss das sein?«, als Rose ihm mit einem großen Pinsel Rouge auf die Wangen legte.

»Unbedingt!«, rief Rose. »Antoine trägt auch Make-up. Ohne siehst du im Scheinwerferlicht wie ein bleicher Käse aus!«

Das wollten wir natürlich auch nicht, trotzdem mussten wir kichern, als wir uns hinterher im Spiegel betrachteten.

Die Vorstellung sollte um sechs beginnen. Um kurz nach fünf gab uns Anastasja die Kostüme. Noch war es seltsam still, aber um fünf vor halb sechs kündigte eine Staubwolke das erste Auto an – und dann ging es Schlag auf Schlag: Oma gab an ihrem Kassenhäuschen die Karten aus und verkaufte Programmhefte. Damit Felix und Coco nicht gleich zu Beginn der Vorstellung von irgendwem erkannt wurden, kontrollierten

Mia und ich zu zweit die Karten, Anastasja und Bohne wiesen den Zuschauern ihre Plätze zu.

Um kurz vor sechs eilten Mia und ich ins Stallzelt, um uns dort mit Coco und Felix auf einer Mattenbahn warm zu machen. Um Punkt sechs standen wir alle hinter dem Vorhang und warteten auf den Gongschlag. Durch einen kleinen Spalt zwischen den roten Samtbahnen linste ich in den Zuschauerraum. Die Spannung war kaum auszuhalten. Meine Beine kribbelten, und mir wurde abwechselnd heiß und kalt.

»Mache ich erst den Flic-Flac, oder knickst Suleika zuerst? Und was kommt dann noch mal?«, flüsterte ich aufgeregt. In meinem Kopf war nur noch Zuckerwatte.

Coco sah genauso verwirrt aus. »Ich glaube, erst bist du dran und dann das Kamel. Oder hat Arthur das noch mal geändert?«

Da klopfte uns Felix ganz cool auf die Schultern und sagte: »Hey, ihr könnt überhaupt nichts falsch machen. Die da draußen wissen doch gar nicht, wie es richtig ist.« Dann drehte er sich um und marschierte davon, als würde er nie in seinem Leben etwas anderes tun, als in einem proppenvollen Zirkuszelt aufzutreten!

Im selben Moment zuckte Mia zusammen, als hätte sie vom Vorhang einen Stromschlag bekommen. »Ich glaube, *da draußen* haben wir gerade ein ganz anderes Problem. Guck mal in die dritte Reihe, neben dem Hauptmast.«

Coco linste zwischen den roten Samtbahnen hindurch und taumelte drei Schritte zurück. Jetzt schaute auch ich und verschluckte mich fast vor Schreck. Im Zuschauerraum saßen Cocos Eltern – und sie sahen nicht besonders begeistert aus.

»Was machen wir denn jetzt?«, fragte Mia. »Coco muss auftreten, und Felix auch! Wo ist der überhaupt?«
»Der muss doch Heinz mit den Tieren helfen«, jammerte Coco.
»Das ist ein Fall für meine Oma«, sagte ich und rannte hinaus zum Kartenhäuschen.
Oma verstand sofort. »Ich kümmere mich. Wieso sind die überhaupt hier? Hat die jemand eingeladen? Und sag mal, hast du Martin eigentlich schon *Guten Tag* gesagt?«
»Was?! Der ist auch da?«, fragte ich entsetzt und biss mir sofort auf die Lippe, denn eigentlich war ja sonnenklar, dass Martin Lehmann hier auftauchte, nach all dem, was er für den Zirkusplatz getan hatte. Zum Glück erklang in dem Moment der Gong, und ich musste zurück nach hinten rasen, bevor Oma stutzig werden konnte. Kaum war ich hinter dem großen Tor verschwunden, rissen Mia und Coco den Vorhang auf, damit Bredoni in seinem roten Frack in die Manege stolzieren konnte.
»Meine Damen und Herren, Ladies and Gentlemen! Willkommen! Willkommen im Zirkus Merlini! In wenigen Sekunden ist es so weit, in Bruchteilen von Sekunden beginnt die Reise durch die Wunderwelt der Feuerschlucker und Jongleure, der Seiltänzer und Schlangenmenschen! Kommen Sie! Staunen Sie! Manege frei!«
Das Publikum applaudierte, und die Show begann.
Durch den kleinen Spalt sah ich, wie Oma sich durch die Reihen drängelte und hinter Cocos Eltern Platz nahm. Wenigstens konnten sie jetzt nicht mehr aufspringen und die Manege stürmen, wenn Coco oder Felix auftraten. Das würde Oma schon zu verhindern wissen.

Felix war noch vor Coco an der Reihe. Ich sah, wie Oma sich während der Jonglage-Nummer nach vorn lehnte und seinen Eltern etwas ins Ohr flüsterte. Als Felix und Ajax sich verbeugten, klatschte Cocos Vater sehr verhalten, aber seine Mutter schien begeistert zu sein. Nach den beiden Jongleuren kam Bredoni mit Lulu an der Hand in die Manege, und Lulu brachte die Kinder auch ohne Tuba zum Jubeln. Im Anschluss folgten die zersägte Jungfrau, Antoines Solo, die Kunstrad-Nummer, Ajax mit dem Diabolo und Coco und Mia mit ihrer Voltige auf Isabell. Arthur trug einen schwarzen Frack und sah wirklich aus wie der König der Manege. Cocos Mutter sprang am Ende der Nummer begeistert auf, und nun klatschte auch sein Vater richtig. Direkt danach kamen Felix und Ajax mit der kleinen Feuernummer – und dann war Pause.

Oma versorgte uns mit Traubenzucker und stellte uns frische Wasserflaschen bereit.

»Es läuft wie geschnitten Brot«, freute sie sich. »Wir sind die nächsten drei Tage schon komplett ausverkauft. Die Leute reservieren für Freunde und Bekannte – ich musste sogar schon ein paar wegschicken!« Sie winkte uns etwas näher heran. »Übrigens hat Felix seine Eltern eingeladen. Sie wären die dümmsten Eltern der Welt, wenn sie es sich nicht angucken würden, hat er zu ihnen gesagt. Und dass das, was sein großer Bruder alles kann, zehnmal cooler ist als Fußball spielen!«

»*Das* hat er gesagt?«, fragte Coco ungläubig.

»So hat es mir jedenfalls deine Mutter erzählt. Felix ist offenbar richtig stolz auf dich.«

In dem Moment traten Cocos Eltern in den Backstage-Bereich. Coco sah aus, als müsste er sich vor Angst fast übergeben.

»Alles in Ordnung?«, rief seine Mutter und lief bestürzt auf ihn zu.
»Nein«, sagte Mia streng, und Felix, der eilig herangelaufen kam, rief: »Es geht ihm beschissen, weil er Angst hat, dass ihr uns gleich mit nach Hause nehmt und wir nicht mehr zeigen können, was wir sonst noch draufhaben.«
»Du sollst nicht *beschissen* sagen«, schimpfte seine Mutter.
Cocos Vater schaute streng auf seine Söhne. Aber dann wich die Härte aus seinem Gesicht. Zerknirscht beugte er sich zu Coco.
»Hätte ich geahnt, wie ernst dir das Ganze ist, dann … dann hätte ich es dir bestimmt nicht verboten! Trotzdem …« Er richtete sich auf. »Es ist ungeheuerlich von dir, uns so zu belügen!«
»Was hätte er denn machen sollen?«, fragte ich.
»Keine Ahnung«, gab sein Vater zu. »Nur so geht es natürlich nicht.« Er zögerte. »Aber dolle Sachen, die ihr hier macht. Und jetzt konzentriert euch auf den zweiten Teil.« Er hakte seine Frau unter. »Komm, sonst klaut uns noch jemand die guten Plätze.«
Damit verschwanden sie wieder in den Zuschauerbereich.
»Habe ich das eben geträumt?«, fragte Coco.
Wir schüttelten den Kopf.
Er drehte sich zu seinem kleinen Bruder. »Hey, Stinkmorchel«, sagte er und drückte ihn. »Danke!«
Da erklang auch schon der Gong zum Ende der Pause, und meine arabische Auftrittsmusik setzte ein. Ich schluckte. Am liebsten wäre ich einfach weggerannt. Aber Coco und Bredoni rissen schon den roten Vorhang für mich auf, und Rose gab

Suleika einen Klaps, damit sie in die Manege trabte. Es gab kein Zurück mehr!
Ich wartete auf mein Zeichen und sprang meine erste Radwende mit Flic-Flac. Von da an lief alles wie am Schnürchen: auf den Händen drehen, Pirouette Suleika, Räder, Schlangenlinien Suleika, Flic-Flac, Knicksen. Alles ging ganz automatisch, es war, als würde ich mir selbst dabei zusehen. Das Publikum jubelte, und ich sah aus den Augenwinkeln, dass Martin Lehmann sogar aufsprang. Ich hatte es geschafft. Das Herz klopfte mir immer noch bis zum Hals, als ich die Manege verließ, aber ich fühlte mich großartig und unendlich erleichtert. Bis zum Finale musste ich nun nur noch den anderen Artisten helfen.
Nach der Keulen-Jonglage baute ich mit Arthur die Manege für Mia und das Trapez um. Dann postierte ich mich vor dem Vorhang.
»Wo ist Bredoni?«, zischte ich, denn der sollte jetzt eigentlich das Trapez lösen.
»Bohne ist verschwunden«, raunte mir Mia durch den Vorhang zu. »Er hat gedroht, sich was anzutun, und ist davongelaufen. Jetzt suchen ihn alle!«
Ich bemühte mich, mir nichts anmerken zu lassen, lächelte freundlich ins Publikum, löste das Trapez und deutete dann mit ausgestrecktem Arm, so, wie Arthur es mit mir eingeübt hatte, zum Vorhang, aus dem Mia nun herausschwebte. Ihr Kostüm glitzerte wirklich wie tausend Diamanten. Mit Leichtigkeit kletterte sie das Seil hinauf.
Ich sah ihr gebannt zu. Mia gelang jedes Kunststück perfekt: der Abfaller, der Nackenhang, dann kam die Bauchrolle … Sie

war kaum zu bremsen. Mit unglaublicher Geschwindigkeit rotierte sie sechs Mal um die Stange. Das war Rekord! Das Publikum tobte. Lässig hob Mia nun ein Bein über das Trapez. Jetzt fehlte nur noch ihr Abschlusstrick: die Felgrolle.

Ich sah, wie ihre Arme vor Anstrengung zitterten. Sie stützte sich auf und begann, sich um die Stange zu drehen – als plötzlich das Licht ausfiel und die Musik erstarb. Gemurmel brandete auf, im Halbdunkel konnte ich gerade noch erkennen, wie Antoine hinter dem Beleuchtungspult hervorsprang und aus dem Rundbau stürzte. Jemand hatte uns den Strom abgedreht! Bestimmt das Rattengesicht!

»Keine Sorge«, rief Arthur Mia zu. »Antoine wirft den Generator an! Gleich hast du wieder Licht!«

Ich sah nach oben. Mia setzte unbeirrt ihre Nummer fort.

Jetzt verpassten alle ihren besten und schwierigsten Trick, dachte ich.

Aber währenddessen hörte ich schon ein Motorengeräusch, und dann flammte das Licht wieder auf. Mia rotierte immer noch um die Trapezstange. Das Publikum applaudierte wie verrückt. Doch genau in diesem Moment passierte es: Mia wurde plötzlich in ihrem Schwung gebremst und zurückgerissen. Und jetzt, im Licht, sah ich auch den Grund dafür: Der Stoff ihres Trikots hatte sich während der Rollen um die Trapezstange gewickelt. Im Dunkeln hatte Mia es einfach nicht bemerkt! Sie schien noch immer nicht zu begreifen, was geschehen war. In einer merkwürdig verdrehten Haltung hing sie unter der Stange und kam weder vor noch zurück. Sie war mit dem Kostüm an das Trapez gefesselt.

Ich blinzelte gegen das Scheinwerferlicht und suchte nach

Arthur, der jetzt zwischen den Zuschauern hindurch in die Manege sprang.

»Ruhig, ganz ruhig«, rief er Mia zu. »Versuch, dich zurückzudrehen.«

Mia wollte sich hochziehen, doch es gelang ihr nicht. Jetzt begann sie, am ganzen Körper zu zittern.

»Du schaffst das, komm!«

Mia presste die Lippen aufeinander und versuchte noch einmal, sich irgendwie aus ihrer Lage zu befreien, aber sie fiel nur wieder kopfüber. In ihren Augen stand die blanke Angst. Auch im Publikum breitete sich Unruhe aus.

Arthur drehte sich zu mir.

»Du musst da hoch und sie losschneiden«, bestimmte er und zog ein Messer aus der Tasche.

Sein Befehl traf mich wie ein Faustschlag.

»Ich … Ich kann nicht«, stammelte ich. »*Du* musst da hoch.«

»Tom!«, sagte Arthur streng. »Lange hält sie das nicht mehr aus! Reiß dich zusammen!«

»Ich … ich … ich … würde ja«, stotterte ich. »Aber ich … Ich hab Höhenangst! Die anderen …«

»Die anderen suchen Bohne! Und Antoine ist am Generator!«

»Bitte, tu du es!«, flehte ich.

Arthur schloss für einen Moment die Augen, dann sah er mich an.

»Ist das deine größte Angst?«

Ich nickte.

»Ich zeige dir jetzt, was *meine* allergrößte Angst ist.« Er beugte sich zu seinem rechten Hosenbein und zog es ein Stück hoch. Dort, wo normalerweise bei Männern eine behaarte Wade war,

war bei Arthur eine Metallstange. »*Das* ist damals in Südamerika geschehen. Ich hatte einen Unfall. Ich habe mein Bein verloren.«
Ich brachte keinen Ton heraus und starrte ihn nur an.
Da legte er mir die Hände auf die Schultern.
»Tom, du bist viel mutiger als ich, viel stärker. Du hast nie aufgegeben. Du hast mir neue Kraft gegeben!«
»Aber ich habe solche Angst!«
»Nur Dummköpfe haben keine Angst.«
Er drückte mir das Seil in die Hand und sah nach oben zu Mia.
»Tom kommt jetzt hoch und schneidet das Kostüm auf.«
Mia nickte. Sie war kreidebleich.
Ich stieg auf Arthurs Knie, schlang mein linkes Bein um das Tau, so, wie ich es bei den anderen gesehen hatte. Dann fasste ich so hoch ich konnte und zog mich langsam hinauf. Ich spürte den dicken Kloß in meinem Hals, aber ich hörte Arthurs Stimme.
»Ich vertraue dir. Ich weiß, dass du es schaffst.«
Ich spannte meine Muskeln an und zog mich hoch. Nur nicht runtersehen, dachte ich. Einfach nur nicht runtersehen.
Zwei Meter geschafft.
Mias Auftrittsmusik endete mit einem langen Akkord. Im Rundbau war es totenstill, bis jemand zu klatschen begann, in einem immer gleichen Takt. Nach und nach fiel das ganze Publikum mit ein. Es war wie ein Herzschlag. Ich warf einen Blick in den Zuschauerraum – doch sofort begann alles zu verschwimmen, Gesichter, Hände, alles wurde zu einer Masse wabernder Punkte. Mein Mund war staubtrocken, mir drehte sich der Magen um.

»Guck hoch!«, befahl Arthur. »Sieh dorthin, wo du hinwillst.«
Ich zwang mich, nach oben zu schauen, in den Himmel des Chapiteaus, zu den weißen, leuchtenden Plastiksternen. Meter um Meter kam ich ihnen näher. Ich zitterte am ganzen Körper. Nur nicht loslassen, nur nicht stürzen!
»Tom!«, hörte ich Arthurs mahnende Stimme.
Ich sah Mias panischen Blick, hörte ihren rasselnden Atem. Ich fasste das Seil erneut und zog die Beine an. Und noch einmal. Endlich hatte ich das Trapez erreicht.
»Ich kann nicht mehr. Gleich stürze ich ab«, hauchte Mia.
Ich schlang meine Beine, so fest ich konnte, um das Seil. Einen Arm legte ich um das Trapez, dann stach ich mit dem Messer in den Stoff und schlitzte das Trikot auf. Noch ein Schnitt. Nur noch ein letzter Fetzen klebte an der Stange. Ich drückte mich ein wenig höher, zog das Messer durch den Stoff – und Mia war befreit.
Ich warf das Messer in die Sägespäne und ließ mich viel zu schnell hinunter. Das Tau rutschte durch meine Hände, riss meine Haut auf, doch ich spürte nichts. Ich fühlte mich wie betäubt. Unten angekommen, taumelte ich. Arthur hielt mich fest und schob mich sanft beiseite. Jetzt rutschte Mia hinab, ganz langsam, Stück für Stück. Doch auf den letzten zwei Metern versagten ihre Kräfte. Sie ließ einfach los, und Arthur konnte sie gerade noch auffangen.
Jetzt tobte das Publikum. Die Zuschauer standen auf den Bänken, schrien und applaudierten.
Mia brach in Tränen aus und rannte aus der Manege. Ich wankte ihr nach und schaffte es gerade noch bis hinter den Vorhang, dann klappten mir die Knie weg. Arthur kam zu mir,

hockte sich neben mich und legte den Arm um meine Schulter. Ich ließ den Kopf an seine Brust fallen.
Und plötzlich wusste ich, warum ich nichts gefühlt hatte, als ich vor Martin Lehmann in seinem Büro gestanden hatte: weil ich schon lange gefunden hatte, was ich so verzweifelt suchte.
»Kannst du nicht mein Vater sein?«, fragte ich Arthur leise und sah ihn an.
Er lächelte. »Es gibt nichts, was ich lieber wäre.«

SCHLUSSTRICK

Am Ende unserer Vorstellung applaudierte das Publikum so wild und ausdauernd, dass wir drei Mal in die Manege kommen und uns verbeugen mussten. Erst als Arthur und Bredoni mit einem heftigen Schwung den roten Vorhang zum allerletzten Mal zuzogen und Anastasja eine leise Abschiedsmusik einspielte, verließen die Zuschauer die Reihen.
»Habt ihr das gesehen?«, flüsterte Coco und hüpfte aufgekratzt auf der Stelle. »Auch die Leute vom Bezirksrat sind bis zur letzten Sekunde geblieben! Ach, ich könnte für immer jeden Tag auftreten!«
»Ich habe mich total blamiert«, schluchzte Mia, die nur mit Mühe während des Finales ihre Tränen unterdrückt hatte. »Und ein Kostüm habe ich auch nicht mehr!«
»Du bekommst ein neues!« Rose strich ihr tröstend über die Wange. »Und wenn wir es bis morgen nicht schaffen, ändere ich eines von meinen, okay? Du hast phantastisch reagiert, wir sind sehr stolz auf dich.«

»Wirklich?« Mia wischte sich über die Augen und verschmierte die schwarze Schminke über das ganze Gesicht. Im selben Moment rief Herr Bohne lauthals: »Aber jetzt wollen wir unseren Erfolg feiern!« Er sprang in unsere Mitte und legte mit seinen dürren Beinen ein merkwürdiges Tänzchen hin. »Es war furchtbar! Aber ich habe bis auf einen Trick die ganze Nummer durchgehalten! Juhu!«

Und nun bekam selbst Mia sich vor Lachen nicht mehr ein. Ausgelassen verließen wir alle gemeinsam den Rundbau – und blieben wie vom Donner gerührt stehen: An der Verankerung der langen Stahlseile, die den rechten großen Zeltmast sicherten, standen zwei Polizisten – und Crevette.

»Was will die denn hier?«, fragte Antoine feindselig.

»Und die Polizei?«, zischte Rose.

Ajax krempelte sich schon die Ärmel hoch, aber Arthur hielt ihn zurück.

Crevette schaute kurz auf, doch als sie uns entdeckte, wandte sie sich erschrocken ab. Nun kam einer der Polizisten mit großen Schritten auf uns zu.

»Herr Merlini?«

Arthur ging ihm entgegen, und wir folgten mit etwas Abstand. Crevette blieb dicht hinter dem anderen Polizisten stehen. Sie sah blass und noch kleiner und schmächtiger aus als sonst. Vor Angst schlotterten ihr die Knie.

»Die Dame hier hat eine Aussage gemacht, zu Vorfällen, die sich auf diesem Platz ereignet haben«, erklärte der Polizist. »Dank ihrer Hilfe konnten wir heute wohl ein größeres Unglück verhindern.«

Verwirrt wechselten wir Blicke.

»Ich … schäme mich so …« Reumütig hob Crevette den Blick. »Ich war der Maulwurf, der Verräter. Das Rattengesicht hatte mir eine Wohnung für meine Schwester versprochen. Da habe ich Suleika und Lulu freigelassen. Aber der angebrochene Karabiner hing nie oben am Vertikalseil.«

Ich glaube, hätte Arthur nicht zwischen den Artisten und Crevette gestanden, dann wären sie auf sie losgegangen. Antoine und Rose waren außer sich vor Wut. Ajax kochte, und Bredoni und Bohne wurden abwechselnd rot, grün und weiß im Gesicht. Aber den größten Schock von allen hatte wohl Mia. Jedenfalls krallte sie sich in Cocos und meinen Arm und bebte am ganzen Körper. Crevettes Geständnis schien sie noch mehr aus der Fassung zu bringen, als gefesselt oben am Trapez zu hängen.

Crevette schlug beschämt die Hände vors Gesicht. »Aber ich habe Arthur nicht aus seinem Wagen gelockt, das müsst ihr mir glauben! Und als das Rattengesicht von mir verlangte, ich solle das Stallgebäude anzünden, bin ich gefahren. Ich hatte gehofft, dass ich damit Schlimmeres verhindern könnte …«

»Dank Ihrer Kollegin haben wir Herrn Liebermann vor einer Stunde dabei überrascht, wie er Stromkabel voneinander getrennt hat. In seinem Auto haben wir dann Werkzeug gefunden, das darauf schließen lässt, dass er noch anderes vorhatte.«

Crevette suchte Arthurs Blick. »Ich glaube, er wollte die Stahlseile der Zirkuskuppel lösen. Jedenfalls hatte er mich mal gefragt, woran der First hängt und wie man das Dach zum Einstürzen bringt.«

Nun ging ein entsetztes Raunen durch die Schar der Artisten. Niemand mochte sich vorstellen, was dann passiert wäre.

»Der Herr Liebermann bestreitet zwar alles, aber Ihre Kollegin hier kann durch Anrufe belegen, dass er sie mehrmals zu einer Straftat aufgefordert hat«, erklärte nun der andere Polizist.
»Du hattest also nie ein Engagement in Spanien«, stellte Mia mit tonloser Stimme fest.
Crevette schüttelte den Kopf.
Einen Moment war es totenstill. Dann sagte Arthur: »Wir haben heute eine großartige Show präsentiert. Ich möchte, dass ihr jetzt alle zum Pavillon geht und unsere Premiere feiert. Ich werde das hier klären und gleich nachkommen.«
Niemand wagte zu widersprechen, nur Bredoni machte auf seinen kurzen Beinen einen Schritt vor und spuckte vor Crevette auf dem Boden aus. »Du hast meinen Lulu in Gefahr gebracht, das verzeihe ich dir nie.«
Und da musste ich schon wieder grinsen. Denn wenn überhaupt jemand bei dieser Affen-Attacke in Gefahr gewesen war, dann waren es Coco und ich.
Natürlich brauchte es einen Moment, bis alle wieder in Feierlaune waren. Aber als uns klar wurde, dass von nun an niemand mehr dem anderen misstrauen musste und die ständige Angst vor weiteren Anschlägen vorüber war, wurden alle wieder fröhlich. Zwei Minuten später kamen Mias Eltern mit einer riesigen Torte, auf denen wir alle als kleine Marzipanmännchen abgebildet waren. Im Schlepptau hatten sie Cocos Eltern, die Oma glücklicherweise am Ausgang noch abgefangen hatte. Arthur stieß etwa eine halbe Stunde später zu uns. Kurz schien die Stimmung zu kippen, doch bevor die Artisten sich wieder mit wilden Beschimpfungen und Rachephantasien hochschaukeln konnten, hob er die Hand und bedeutete

allen zu schweigen. »Crevette hat Schlimmes getan, aber sie hat heute auch Schlimmes verhindert. Lassen wir es dabei.«
Er setzte sich neben mich und legte mir einen Arm um die Schultern. »Man muss verzeihen können. Sonst zerbricht man am Ende nur selbst daran.«
Von da an gab es keine gefährlichen Vorfälle mehr auf unserem Zirkusplatz. Natürlich passierte mal das eine oder andere Missgeschick, und gern wollten die Artisten das dann Crevette in die Schuhe schieben. Wie das Loch, in das Bohne stolperte und sich den kleinen Zeh brach. Aber die angebliche Falle entpuppte sich bei genauerem Hinsehen als Hasenbau.
Doch wichtiger als all das war natürlich die Rettung unseres Zirkusplatzes: Eine Woche nach unserer Premiere tagte der Bezirksrat und änderte den Flächennutzungsplan. Damit waren zwar nicht alle Probleme gelöst, aber die größte Gefahr war erst einmal gebannt.
Im Moment verhandelt Arthur mit einer Bank, damit sie ihm einen Kredit gibt, um das Grundstück zu kaufen. Für die Zeit bis dahin hat er mit dem Besitzer vereinbart, dass der nichts ohne uns unternimmt. Gleichzeitig haben wir einen Förderverein für unseren Zirkus gegründet. Oma ist erste Vorsitzende und Cocos Vater zweiter Vorsitzender. Dass aus Coco kein Fußballer wird, hat er endgültig begriffen.
Crevette ist mit ihrer Schwester bei einer befreundeten Seiltänzerin untergekommen, die einen kleinen Zirkus in Südfrankreich führt. Angeblich soll da sogar ein dressiertes Schwein namens Max auftreten.
Natürlich musste die Polizei noch ein bisschen ermitteln. Dabei wurde auch Heinz' Geheimnis gelüftet: Er war seit zwan-

zig Jahren auf der Flucht und anfangs nur deshalb im Zirkus untergetaucht, weil er nach einer Pleite vielen Menschen Geld schuldete.

Tja, und sonst? Als Mama kam, hat sie sich mit Martin Lehmann ausgesprochen, und dann haben wir uns alle drei zusammen getroffen. Er hat jetzt natürlich ganz schön Ärger zu Hause.

»Mein Mitleid hält sich in Grenzen«, sagt Oma dazu. »Selbst schuld.«

Ich habe nach wie vor nicht das Gefühl, dass er so etwas wie mein Vater ist. Vielleicht kann er ja irgendwann mal ein guter Freund oder Onkel werden? Keine Ahnung. Aber trotzdem geht es mir viel besser, seitdem ich meinen leiblichen Vater kenne. Ich habe ein Bild, eine genaue Vorstellung – und vor allem habe ich jetzt eine Erklärung dafür, warum er früher nicht da war.

Neulich habe ich meinen großen Halbbruder kennengelernt. Der ist nett, und er hat auch Höhenangst. Ich hab ihn darum gleich in den Zirkus eingeladen. Arthur und ich kennen ja jetzt einen Trick, der gegen die Höhenangst hilft … Wir nennen ihn Trick 347. Aber ob der ohne so einen Notfall wie oben am Trapez mit Mia funktioniert, wissen wir natürlich nicht.

Mama geht es ansonsten gut. Sie hatte in der Arktis beim Fußballspielen auf der Eisscholle einen Geologen mit einem Fallrückzieher ausgeknockt. Das behauptet sie jedenfalls. In Wahrheit ist Mama natürlich nur ausgerutscht. Trotzdem hat sie den Geologen danach ein bisschen gepflegt. Das hat wohl

beiden gut gefallen, denn seit sie zurückgekommen ist, kommt Jörn uns jedes Wochenende besuchen.
Ich habe über alles, was passiert ist, viel nachgedacht. Und ich glaube, dass es mit Familie manchmal so ähnlich ist wie mit Zement: Wenn man die fein gemahlenen Steine bei der richtigen Temperatur mit Wasser zusammenrührt, wird er superfest und zu einem der härtesten Materialien der Welt. Aber wenn eine Zutat zu warm oder zu kalt ist oder auch nur die Außentemperatur zu niedrig oder zu hoch, dann bröckelt das Ganze und bekommt Risse. Häuser und Brücken können deswegen zusammenstürzen. Oma sagt, ich hätte eine Geologie-Macke und dass ich das genauso gut mit Hefeteig erklären könnte. Aber egal, was ich nämlich eigentlich sagen will, ist: Vielleicht wäre Martin Lehmann ein super Vater gewesen, wenn er nicht schon eine Familie gehabt hätte. Vielleicht wäre mir dann nie aufgefallen, dass er zwar klug, nett und hilfsbereit ist, aber ein furchtbarer Feigling. Und vielleicht hätte Mama dann nie so schrecklich die Wahrheit verdreht und ein Netz aus Lügen gesponnen?
Das ändert natürlich nichts daran, dass sie großen Mist gebaut haben. Alle beide. Aber es hilft mir, das zu verstehen. Außerdem glaube ich, was Arthur gesagt hat: Man muss verzeihen können, weil man sich sonst nur selbst das Leben schwer macht. Und wenn ich ganz ehrlich bin: Ohne Martin Lehmanns Feigheit und Mamas dämliche Lügerei hätte ich niemals Arthur gefunden. Meinen echten Vater, der mich aus dem Brand gerettet und mir den Mut gegeben hat, meine schlimmste Angst zu überwinden. Mehr kann man sich von einem Vater doch nicht wünschen, oder?

Aber, Achtung! Glaubt bloß nicht, dass ich es mit meinem selbst ausgesuchten Vater einfacher hätte als mit so einem automatisch mitgegebenen! Arthur ist nie mit irgendwas zufrieden. Und wenn er rummotzt, dass ich mich beim Handstand mehr aus meiner Schulter hochdrücken soll, dann würde ich ihm manchmal am liebsten gegen das Schienbein treten. Natürlich gegen das linke, sonst merkt er es ja nicht … Aber jetzt muss ich aufhören. Arthur und ich wollen noch eine Runde Flic-Flacs üben!

Danksagung

Wie Tom in dieser Geschichte tauchte auch ich mit elf Jahren zum ersten Mal in die wunderbare Welt des Zirkus. 1982 gastierte der *Circus Roncalli* in Hannover, und nachdem meine Geschwister und ich die Vorstellung gesehen hatten, wollten wir nichts anderes mehr als Zirkus spielen. Wir bedrängten meinen Vater, der Pastor war, ein Ferienlager mit dem Thema *Zirkus* zu veranstalten. Daraus entstand der *Kinderzirkus Giovanni*. Ich lernte Seiltanzen, und trat mit den anderen Kindern und Jugendlichen an den Wochenenden und in den Ferien in ganz Deutschland auf. Zum Abitur schenkten mir meine Eltern einen kleinen Zirkuswagen, und ich ging ein Jahr mit dem *Circus Belly* auf Tournee. Dort lernte ich alles über das Zirkusleben auf der Reise: Zelt auf- und abbauen, Transporte von einem Ort zum anderen fahren, wie man sechs Kamele gleichzeitig hält – und dass man um Affen besser einen großen Bogen macht. Nach diesem Jahr änderte ich meine Pläne und widmete mich dem Schreiben. Meine jüngere Schwester Sarah verfolgte ihren Traum vom Seiltanzen zielstrebig weiter. Sie besuchte in Paris die Académie Fratellini und tourte um die Welt. Wenn wir sie besuchten, wohnten wir immer

auf dem Zirkusplatz unter den Artisten – in New York, Paris, Oxford … Als mein Vater dann in Pension ging, »erbten« meine Freundin Biggi Kumkar und ich den *Kinderzirkus Giovanni*. Seit nun elf Jahren erspielen und erarbeiten wir gemeinsam mit 50 Kindern und Jugendlichen, unterstützt von den Eltern, jeden Winter ein neues Zirkusprogramm.
Ohne den *Circus Roncalli* und Bernhard Paul (der heute Schirmherr des *Kinderzirkus Giovanni* und ein guter Freund ist) gäbe es meine Liebe zum Zirkus nicht, ohne meine Eltern, die mich immer haben spielen lassen, hätte ich nicht Seiltanzen gelernt, und ohne die Familie Köhler vom *Circus Belly* hätte ich nie erfahren, was ein Leben auf der Reise bedeutet. Dank meiner Schwester Sarah kann ich jederzeit in die Welt des Zirkus eintauchen. All diese Menschen haben ihren Teil zu diesem Buch beigetragen, und dafür bin ich ihnen sehr dankbar.
Außerdem danke ich Frau Sina Löschke vom Alfred-Wegener-Institut, die mir alle Fragen rund um Expeditionen im Polareis beantwortet hat. Über so komplizierte Dinge wie Nießbrauchrecht und wie man das für den Zirkusplatz lösen könnte, habe ich gemeinsam mit dem Anwalt und Notar Rolf Bartels getüftelt. Wie Nutzungsplanänderungen funktionieren, habe ich vom Bezirksbürgermeister Andreas Markurth gelernt. Über Depressionen und speziell Arthurs Zustand hat mich der Psychiater Stefan Beerboom aufgeklärt. Ihnen allen und meiner Testleserin Florentine Jacobs danke ich sehr. Außerdem Carina Mathern und Christiane Laura Schultz vom Oetinger Verlag für ihre Sondereinsätze, damit neben dem Buch auch noch die 31. Premiere des *Kinderzirkus Giovanni* stattfinden konnte!

Kleines Lexikon der Zirkuswörter

A

Abfaller: das rückwärtige Fallenlassen vom Trapez in den Knie- oder Fersenhang

Akrobat: Künstler, der Akrobatik macht.

Akrobatik: Bewegungskunststücke, also besonders schwierige, komplizierte Bewegungen, die man nur mit Körperbeherrschung, Kraft und Technik vollziehen kann (wie z. B. Salto oder Handstand)

Anker: lange Eisenstange, die in die Erde geschlagen wird und an der mit Stahlseilen das Zirkuszelt abgespannt wird

Äquilibristik oder **Equilibristik:** stammt vom lateinischen Wort ›aequilibris‹, was so viel bedeutet wie »sich im Gleichgewicht befinden«. Zur Äquilibristik gehören also alle Zirkuskünste, die mit Gleichgewicht zu tun haben

B

Bärlappsporen: feiner Staub aus Pflanzensporen, die, in eine Flamme gepustet, eine Staubexplosion mit einem runden Flammenball erzeugen

Bauchwelle oder **Bauchaufschwung**: Übung am Trapez, bei der sich der Künstler über den Bauch um das Trapez herumdreht

C

Camping: Abkürzung für Campingwagen
Chapiteau: französische Bezeichnung für das Zelt eines Zirkus, der von Stadt zu Stadt zieht
Charivari: bunter Umzug von Artisten zu Reklamezwecken oder zu Beginn einer Vorstellung
Cirque d'hiver: französische Bezeichnung, bedeutet eigentlich Winterzirkus. In Paris steht der gleichnamige, berühmte Festbau der Zirkusfamilie Bouglione, die dort im Winter Zirkusvorführungen zeigt.
Compagnie: im Zirkus eine Gruppe von gemeinsam arbeitenden Artisten

D

Devilstick: Stange, die man mithilfe zweier weiterer Stangen balanciert und hin- und herwirft. Bei echten Könnern sieht es so aus, als schwebe der Devilstick in der Luft
Dompteur / weibl. Dompteuse: jemand, der Tiere dressiert und mit ihnen Tricks vorführt
Dressieren: einem Tier Tricks beibringen
Dressur: Präsentation eines Tieres, das Tricks erlernt hat

F

Fakir: spezielle Artistik, bei der Fakirkünstler über Scherben laufen oder sich auf Nagelbretter legen

Feuerspucker: Künstler, der eine Flüssigkeit oder Puder in Flammen spuckt und damit riesige Flammen erzeugt
Finale: die letzte Nummer, in der sich noch einmal alle Artisten vor dem Publikum präsentieren und verbeugen
First: ein Balken, der sich ganz oben im Zirkuszelt befindet und an dem die Plane des Zirkuszeltes befestigt ist
Flic-Flac: Sprung, bei dem man rückwärts auf die Hände springt und dann wieder auf die Füße. Könner springen viele Flic-Flacs in einer Reihe hintereinander
Flugrolle: weit und/oder hoch gesprungener Purzelbaum, bei dem der Akrobat einen Moment in der Luft fliegt

G

Gradin: kreisförmige, in mehreren Stufen um die Manege angelegte Tribüne, auf die Bänke oder Stühle gestellt werden, damit auch von hinten gut gesehen werden kann
Grande Finale: siehe Finale, bedeutet einfach nur das »große Finale«

H

Hula-Hoop: Reifen, den der Künstler um Bauch, Taille, Beine oder Arme kreisen lässt, oft auch mehrere Reifen gleichzeitig

J

Jockeypferd: Pferd für die Jockeyreiterei
Jockeyreiterei: Kunstreiterei mit Sprüngen auf ein ungesatteltes Pferd
Jongleur: jemand, der jongliert

Jonglieren: die »Fangkunst«, mehrere Gegenstände (Bälle, Keulen etc.) werden gleichzeitig hochgeworfen und gefangen

K

Karabiner: Haken mit Verschluss, um zwei Seile, Stahlringe oder Schlaufen miteinander zu verbinden

Kaskadeur: Akrobat, der komische Sprünge und Stürze vorführt

Kautschuk-Nummer: von Kautschuk, Gummi – Akrobatik, bei der die Menschen sich auf so unglaubliche Weise verbiegen, dass man glaubt, sie bestünden aus Gummi und besäßen keine Knochen

Kosakennummer: stammt von dem Wort »Kosaken«, freien Reiterverbänden aus Russland, die besonders tollkühne Reiter waren. Dabei wird zum Beispiel unter einem galoppierenden Pferd hindurchgeklettert

Kunstrad: spezielles Fahrrad, das vorwärts und rückwärts fahren kann und so gebaut ist, dass man auf Sattel, Lenker und Stange gut turnen kann

Kuppel: die oberste Spitze des Zirkuszeltdaches

L

Lufttuch oder Vertikaltuch: ein langes Tuch, das in der Mitte geknotet und zur Zirkuskuppel hinaufgezogen wird. Die Vertikaltuch-Künstler turnen in den beiden Schals, wickeln sich ein und verknoten sich kunstvoll.

M

Manege: kreisförmige Vorführfläche in der Mitte des Zirkuszeltes

Mühlumschwung: Übung am Trapez oder auch am Reck. Der Künstler streckt ein Bein über die Stange und dreht sich dann um die Stange herum.

N

Nackenhang: Übung, bei der der Künstler mit dem Nacken in einer Schlaufe liegt und frei in der Luft hängt

P

Podest: ein Hocker, auf dem Raubtiere in der Manege Platz nehmen. Aber auch Erhöhungen oder Tische, auf denen geturnt wird, werden als Podest bezeichnet.

Premiere: erste Vorstellung einer neuen Show

Prinzipal: alte Bezeichnung für den Chef einer Artistentruppe oder für einen Zirkusdirektor

R

Racklo: Arbeiter im Zirkus

Requisit: Gegenstand/Gerät, mit dem der Artist bei seiner Darbietung/Vorführung arbeitet

Reunion: französisch für Versammlung

Rondell oder **Rundleinwand:** Eigentlich ist es die Zeltplane, die sich seitlich rund um ein Zelt zieht. Es wird aber auch der Raum innerhalb dieser »Außenwand« damit bezeichnet.

S

Schlangenfrau: Akrobatin, die sich besonders gut im Rücken verbiegen kann

Schleuderbrett: eine Wippe, auf deren eines Ende sich ein Artist stellt und ein oder mehrere Artisten auf das andere Ende springen, sodass der erste Artist in die Luft geschleudert wird. Die Kunst sind besonders viele Umdrehungen oder z.B. die Landung auf den Schultern eines Partners.

Seiltanz: Tanz und Akrobatik auf einem Tau oder Stahlseil, das fest gespannt wird. Oft wird eine Feder zwischen Befestigung und Seil gebaut, sodass das Seil leicht nachgibt

Spagat: akrobatische Übungen/große Grätsche, bei der im Winkel von 90 Grad entweder ein Bein vor- und ein Bein zurückgestreckt wird oder aber beide Beine zur Seite weggestreckt werden

T

Trapez: an Seilen hängende Eisenstange, an der in der Luft geturnt wird. Es gibt das fliegende Trapez, mit dem man schaukelt und von einem Trapez zum anderen fliegt, aber auch »fixe« Standtrapeze, an denen der Trapezkünstler Übungen vollbringt.

V

Vertikalseil: senkrechtes, in der Zirkuskuppel befestigtes Seil für Luftakrobatik

Voltige-Pferd: Pferd, das in der Manege im Kreis läuft und auf dessen Rücken geturnt wird

Voltige-Reiterei: Kunstreiterei, bei der auf einem galoppierenden Pferd geturnt wird

Z

Zahnhang: das Hängen mit den Zähnen oder dem Mund an einem Luftrequisit mithilfe eines Mundstücks, an dem man sich festbeißen kann

Zirkuscrew: die Gruppe/die Leute vom Zirkus

Zirkusfestival: ein Fest mit einem Wettbewerb, wo Artisten ihr Können zeigen. Ein sehr berühmtes findet jedes Jahr in Monte Carlo statt, wo als höchste Auszeichnung der Goldene Clown verliehen wird

Saustark! Die sprechenden Tierdetektive starten durch!

Nina Weger
Die sagenhafte Saubande.
Kommando Känguru
ISBN 978-3-7891-5130-9

Matheo kann mit Tieren sprechen. Bei einem Ausflug in den Safaripark freundet er sich mit den Pudeln Toffy und Nero an. Und braucht schon bald ihre Hilfe ...

Nina Weger
Die sagenhafte Saubande.
Polly in Not
ISBN 978-3-7891-5131-6

Polly unter Verdacht! Sofort stehen Spürschwein Max, die Pudel Toffy und Nero und die Krähe Dr. Black Matheo zur Seite, um seiner Freundin zu helfen.

Beide Bücher auch als e-book

Oetinger

Weitere Informationen unter: www.oetinger.de